21世纪高等学校规划教材

JAVA YUYAN CHENGXU SHEJI

Java 语言程序设计

主　编　王大虎　　陈　玮　　霍占强

编　写　罗军伟　　刘小燕　　吴振江

　　　　吴　岩　　任多奇　　刘　浩

主　审　杜春涛

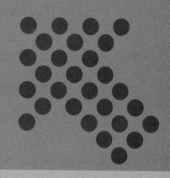

中国电力出版社

http://jc.cepp.com.cn

内 容 提 要

本书为 21 世纪高等学校规划教材。全书共分 11 章,主要内容包括绪论、Java 语法基础、类和对象、 继承、多态和接口、常用系统类、图形用户界面设计、异常处理、输入输出流、多线程、网络编程、JDBC 等,每章后附有习题。全书内容丰富,通俗易懂。

本书可作为普通高等院校本、专科 Java 语言程序设计课程的教学用书,也可作为计算机等级考试及计算机培训班中相关 java 课程的教材或参考书,还可作为有关工程技术人员的工作参考书。

图书在版编目(CIP)数据

Java 语言程序设计 / 王大虎,陈玮,霍占强主编. —北京:中国电力出版社,2010.8
21 世纪高等学校规划教材
ISBN 978-7-5123-0720-9

Ⅰ. ①J… Ⅱ. ①王… ②陈… ③霍… Ⅲ. ①JAVA 语言—程序设计—高等学校—教材 Ⅳ. ①TP312

中国版本图书馆 CIP 数据核字(2010)第 149048 号

中国电力出版社出版、发行
(北京三里河路 6 号 100044 http://jc.cepp.com.cn)
汇鑫印务有限公司印刷
各地新华书店经售
*
2010 年 8 月第一版 2010 年 8 月北京第一次印刷
787 毫米×1092 毫米 16 开本 18.5 印张 450 千字
定价 **29.80** 元

前　言

今天，从嵌入式电子设备及海量发行的智能卡、电子商务、电子政务等应用平台的开发到电信运营商、移动终端和 PDA 等系统的开发，都可以看到 Java 程序的应用。Java 已经无处不在，Java 开发人员数量也日益增多。另外，Java 开发者们锐意创新，将 Java 技术应用到各种领域，使得 Java 技术已经成为世界上最卓越的企业应用和移动应用开发平台之一。因此 Java 语言已经成为开发应用软件的主流开发语言之一。

本书的特点如下：

（1）脉络清晰，易学好用。全书共分十一章，各章的结构安排合理，给读者一个全局的框架。

（2）案例丰富，剖析透彻。全书共有 150 多个程序示例，均给出到位的分析。

（3）适用面广，实用性强。从起点上说，本书兼顾了零起点和有语言基础的读者；从目标上说，本书适合 Java 程序设计基础目标和进阶目标的读者。

本书由河南理工大学的王大虎、陈玮和霍占强三位老师合作完成。王大虎负责第 1～第 4 章的编写，陈玮负责第 5～第 7 章的编写，霍占强负责第 8～第 11 章的编写。全书由王大虎统稿。河南省电力公司焦作供电公司的任多奇、刘浩等人也参与了各章的组织、编写工作。

本书在编写过程中得到了河南理工大学计算机学院高岩老师的支持和鼓励，2008 级研究生白鹤原、查小菲以及 2009 级研究生张彤、李林强、刘欢、黄明克等同学帮助查找文献、调试例题和习题程序、排版和校对等，做了大量工作。本书由杜春涛审稿，提出很多宝贵意见，在此一并表示感谢。

限于编者水平，书中难免存在欠妥之处，恳请读者和同仁批评指正。

编　者
2010 年 7 月

目　　录

第 1 章　绪　　论

Java 是目前应用软件开发时使用的主流语言之一，是 1995 年以后伴随着互联网的应用而蓬勃发展起来的。

学习目标：

- 熟悉 Java 语言的发展历史。
- 熟练掌握 Java 应用程序开发环境和 Java 程序工作原理。
- 学会简单 Java 应用程序和小应用程序的调试过程。
- 了解 Java 语言的应用领域。

1.1　Java 语言的发展史

　　Java 自 1996 年正式发布以来，经历了产生、成长和壮大的阶段，现在已经成为 IT 领域里的主流编程语言之一。Java 起源于 Sun 公司的一个叫"Green"的项目，目的是开发嵌入家用电器的分布式软件系统，使电器更加智能化。Green 项目一开始准备采用 C++语言，但是考虑到 C++语言太复杂，于是决定基于 C++语言开发一种新的 Oak 语言（即 Java 的前身）。Oak 是一种适用于网络编程的精巧而安全的语言，它保留了 C++语言的许多语法，但去除了明确的资源引用、指针算法与操作符重载等潜在的危险特性。并且 Oak 语言具有与硬件无关的特性，制造商只需要更改芯片，就可以将烤面包机上的程序代码移植到微波炉上或其他电器上，而不必改变软件，这就大大降低了开发成本。当 Oak 语言成熟时，全球 Internet 也在迅速发展。Sun 公司的开发小组认识到 Oak 非常适合于 Internet 编程。1994 年，他们完成了一个用 Oak 语言编写的早期的 Web 浏览器，称为 WebRunner，后改名为 HotJava，展示了 Oak 作为 Internet 开发工具的能力。1995 年，Oak 语言更名为 Java 语言（以下简称为 Java）。Java 的取名有一个趣闻。据说，有一天，几位 Java 成员组的会员正在讨论给这个新的语言取什么名字，当时他们正在咖啡馆喝着 Java（爪哇）咖啡。有一个人灵机一动说，就叫 Java 怎样，这得到了其他人的赞赏。于是，Java 这个名字就这样传开了。1996 年，Sun 公司发布 JDK 1.0，计算机产业的各大公司（包括 IBM、Apple、DEC、Adobe、Silicon Graphics、HP、Oracle、Toshiba 和 Microsoft 等）相继从 Sun 公司购买了 Java 技术许可证，开发相应的产品。1998 年，Sun 公司发布了 JDK 1.2（从这个版本开始的 Java 技术都称为 Java 2）。Java 2 不仅兼容于智能卡和小型消费类设备，还兼容于大型服务器系统，它使软件开发商、服务提供商和设备制造商更加容易抢占市场机遇。这一开发工具极大地简化了编程人员编制企业级 Web 应用的工作，把一次编程到处使用的语言应用到服务器领域。

　　1999 年，Sun 公司把 Java 2 技术分成 J2SE、J2EE 和 J2ME。其中 J2SE 就是指从 1.2 版本开始的 JDK，它为创建和运行 Java 程序提供了最基本的环境。J2EE 和 J2ME 建立在 J2SE 的基础上，J2EE 为分布式的企业应用提供开发和运行环境，J2ME 为嵌入式应用（比如运行在手机里的 Java 程序）提供开发和运行环境。 在进入 21 世纪以来，随着 Web 技术成为展示和操作数据的事实标准，企业利用 J2EE 平台对原来分散的子系统进行整合。尽管应用整合可以通过多种手段来实现，但 J2EE 在出现后，因其天生具备良好的开放性和可扩展性，使之在应用整合和开发的过程中发挥了愈来愈显著的优势。J2EE 逐渐成为开发商创建电子商务应用的事实标准。 Java 的公用规范（Publicly Available Specification，PAS）在 1997 年被国际标准化组织（ISO）认定，这是 ISO 第一次破例接受一个具有商业色彩的公司作为公用规范 PAS 的提交者。总之，面向对象的 Java 语言具备一次编程、任何地方均可运行的能力，这使其成为服务提供商和系统集成商用以支持多种操作系统和硬件平台的首选解决方案。Java 作为软件开发的一种革命性的技术，其地位已被确定。如今，Java 技术已被列为当今世界信息技术的主流之一。

　　Java 语言产生于 C++语言之后，是完全的面向对象编程语言，充分吸取了 C++语言的优点，采用了程序员所熟悉的 C 语言和 C++语言的许多语法，同时又去掉了 C 语言中指针、内存申请和释放等影响程序健壮性的部分，可以说 Java 语言是站在 C++语言这个"巨人的肩膀上"前进的。Java 的发展历史见表 1-1。

表 1-1　　　　　　　　　　　　　　　　Java 的发展历史

时　间	描　述
1991	Sun 公司进军消费电子产品（IA）市场
1991.4	Sun 成立"Green"小组，以 C++为基础开发新的程序设计语言，并将其命名为 Oak
1995	Green 小组升格为 First Person 公司，他们将 Oak 的技术转移至 Web 上，并把 Oak 改名为 Java
1993～1994	Web 在 Internet 上开始流行，致使 Java 得以迅速发展并成功
1995.5	Sun 公司正式发布 Java 与 HotJava 产品
1995.10	Netscape 与 Sun 合作，在 Netscape Nevigator 中支持 Java
1995.12	微软公司 IE 加入支持 Java 的行列
1996.2	Java Beta 测试版结束，Java 1.0 版正式诞生
1997.2	Java 发展至 1.1 版，Java 的第一个开发包 JDK（Java Development Kit）发布
1998	JDK 1.1 下载量超过 200 万次，JDK 1.2（称 Java2）发布，JFC/Swing 技术发布，JFC/Swing 被下载了 50 多万次
1999.7	Java 发展至 1.2 版，Java 被分成 J2SE、J2EE 和 J2ME，JSP/Servlet 技术诞生
2000.9	Java 发展至 1.3 版
2001.7	Java 发展至 1.4 版，Nokia 公司宣布到 2003 年将出售 1 亿部支持 Java 的手机，J2EE 1.3 发布
2003	5.5 亿台桌面机上运行 Java 程序，75%的开发人员将 Java 作为首要开发工具
2004	J2SE 1.5 发布，这是 Java 在发展史上的又一里程碑事件。为了表示这个版本的重要性，J2SE 1.5 更名为 J2SE 5.0
2005	JavaOne 大会召开，Sun 公司公开 Java SE6。此时，Java 的各种版本被更名，取消其中的数字"2"：J2EE 更名为 Java EE，J2SE 更名为 Java SE，J2ME 更名为 Java ME
2009.4	sun 公司因为经营不善被迫以 74 亿美元被 Oracle 公司收购

1.2　Java 的工作原理——Java 虚拟机

Java 虚拟机（Java Virtual Machine，JVM）是软件模拟的计算机，可以在任何处理器上（无论是在计算机上还是在其他电子设备上）安全并且兼容地执行保存在.class 文件中的字节码。Java 虚拟机的"机器码"保存在.class 文件中，有时也可以称之为字节码文件。Java 程序的跨平台主要是指字节码文件可以在任何具有 Java 虚拟机的计算机或者电子设备上运行，Java 虚拟机中的 Java 解释器负责将字节码文件解释成为特定的机器码进行运行。Java 源程序需要通过编译器编译成为.class 文件（字节码文件），Java 程序的编译和执行过程如图 1-1 所示。

图 1-1　Java 程序的编译和执行过程

但是，Java 虚拟机的建立需要针对不同的软硬件平台做专门的实现，既要考虑处理器的型号，也要考虑操作系统的种类。目前在 SPARC 结构、X86 结构、MIPS 和 PPC 等嵌入式处理芯片上、在 UNIX、Linux、windows 和部分实时操作系统上都有 Java 虚拟机的实现，如图 1-2 所示，即 JVM 的工作方式。

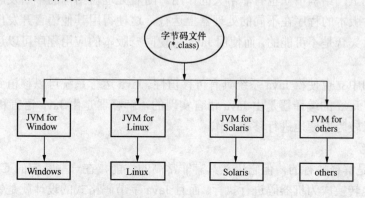

图 1-2　JVM 工作方式

1.3　Java 语言的特点

（1）简单、面向对象

Java 的简单首先体现在精简的系统上，力图用最小的系统实现足够多的功能；对硬件的要求不高，在小型的计算机上便可以良好地运行。和所有的新一代程序设计语言一样，Java 也采用了面向对象技术并更加彻底，所有的 Java 程序和 applet 程序均是对象，封装性实现了模块化和信息隐藏，继承性实现了代码的复用，用户可以建立自己的类库。而且 Java 采用的是相对简单的面向对象技术，去掉了运算符重载、多继承的复杂概念，而采用了单一继承、类强制转换、多线程、引用（非指针）等方式。无用内存自动回收机制也使得程序员不必费心管理内存，使程序设计更加简单，同时大大减少了出错的可能。Java 语言采用了 C 语言中的大部分语法，熟悉 C 语言的程序员会发现 Java 语言在语法上与 C 语言极其相似。

（2）鲁棒并且安全

Java 语言在编译及运行程序时，都要进行严格的检查。作为一种强制类型语言，Java 在编译和连接时都进行大量的类型检查，防止不匹配问题的发生。如果引用一个非法类型或执行一个非法类型操作，Java 将在解释时指出该错误。在 Java 程序中不能采用地址计算的方法通过指针访问内存单元，大大减少了错误发生的可能性；而且 Java 的数组并非用指针实现，这样就可以在检查中避免数组越界的发生。无用内存自动回收机制也增加了 Java 的鲁棒性（鲁棒性即健全性）。作为网络语言，Java 必须提供足够的安全保障，并且要防止病毒的侵袭。Java 在运行应用程序时，严格检查其访问数据的权限，比如不允许网络上的应用程序修改本地的数据。下载到用户计算机中的字节代码在其被执行前要经过一个核实工具，一旦字节代码被核实，便由 Java 解释器来执行，该解释器通过阻止对内存的直接访问来进一步提高 Java 的安全性。同时 Java 极高的鲁棒性也增强了 Java 的安全性。

（3）结构中立并且可以移植

网络上充满了各种不同类型的机器和操作系统，为使 Java 程序能在网络的任何地方运行，Java 编译器编译生成了与体系结构无关的字节码结构文件。任何种类的计算机，只要在其处理器和操作系统上有 Java 运行环境，字节码文件就可以在该计算机上运行。即使是在单一系统的计算机上，结构中立也有非常大的作用。随着处理器结构的不断发展变化，程序员不得不编写各种版本的程序在不同的处理器上运行，这使得用其他语言开发出能够在所有平台上工作的软件集合是不可能的，而使用 Java 将使同一版本的应用程序可以运行在不同的平台上。

体系结构的中立也使得 Java 系统具有可移植性。Java 运行系统可以移植到不同的处理器和操作系统上，Java 的编译器是由 Java 语言实现的，解释器是由 Java 语言和标准 C 语言实现的，因此可以较为方便地进行移植工作。

（4）高性能

虽然 Java 是解释执行的，但它仍然具有非常高的性能，在一些特定的 CPU 上，Java 字节码可以快速地转换成为机器码进行执行。而且 Java 字节码格式的设计就是针对机器码的转换，实际转换时相当简便，自动的寄存器分配与编译器对字节码的一些优化可使之生成高质量的代码。随着 Java 虚拟机的改进和"即时编译"（just in time）技术的出现使得 Java 的执行速度有了更大的提高。

（5）解释执行、多线程并且是动态的

为易于实现跨平台，Java 被设计成为解释执行型的语言，字节码本身包含了许多编译时生成的信息，使连接过程更加简单。而多线程使应用程序可以同时进行不同的操作，处理不同的事件。在多线程机制中，不同的线程处理不同的任务，互不干涉，不会由于某一任务处于等待状态而影响了其他任务的执行，这样就可以容易的实现网络上的实时交互操作。Java 在执行过程中，可以动态的加载各种类库，这一特点使之非常适合于网络运行，同时也非常有利于软件的开发，即使是更新类库也不必重新编译使用这一类库的应用程序。

1.4　Java 的运行环境

（1）Java 开发工具 J2SDK

Java 不仅提供了一个丰富的语言和运行环境，而且还提供了一个免费的 Java 软件开发工具集（Java Developement Kits，JDK）。到目前为止，Sun 公司先后发布了 JDK1.0，JDK1.2，JDK1.3，JDK1.4，JDK1.5 等多个主要的 JDK 版本，其最新版本为 JDK1.6。通常所说的 J2SDK，是指与 Java 2 语言相对应的 Java SDK（Java Software Developement Kits），它是对较新版本中 JDK 的一个特定称呼。J2SDK（JDK）包括 Java 的编译器、解释器、调试器等开发工具以及 Java API 类库。编程人员和最终用户可以利用这些工具来开发 Java 程序。其调试工具主要包括 Java 语言编译器 Javac，用于编译 Java 源程序；Java 字节码解释器 Java，用于解释运行 Java 程序，显示程序运行结果；小应用程序浏览工具 Appletviewer，用于测试并运行 Java 小程序。

JDK 中主要包括：JRE（Java Run Time Environment），即 Java 运行时环境；JVM（Java Virtual Machine，Java 虚拟机），主要作用是进行 Java 程序的运行和维护；Java API（应用程序编程接口），主要为编程人员提供已经写好的功能，便于快速开发；Java 编译器（Javac.exe）、Java 运行时解释器（Java.exe）、Java 文档化工具（Javadoc.exe）及其他工具和资源。

JRE 的三项主要功能：加载代码，由类加载器（Class Loader）完成；校验代码，由字节码校验器（Bytecode Verifier）完成；执行代码，由运行时解释器（Runtime Interpreter）完成。

（2）安装和设置环境变量

为了建立起 Java 的运行环境，可以到 Oracle 公司的网站（http://www.oracle.com/us/sun/index.html）上下载最新的 JDK。建议同时下载其 Java Documentation，这是 Java 的帮助文档。

以 JDK1.6 版的 J2SDK 为例（即 JDK6），运行下载的 "jdk6u20-windows-i586.exe" 文件，进行 Java 环境的正式安装。默认安装于 C:\Program Files\Java\jdk1.6.0 目录下，用户可以更改这个默认安装目录，建议安装路径不要有空格。

接下来需要设置运行环境参数，以 Windows 系统为例，主要是设置 path 和 classpath 路径，以便能够在 Windows 的任何目录下面都能编译和运行 Java 程序。

1）Path：用于指定操作系统的可执行指令的路径，即要告诉操作系统，Java 编译器和运行器在什么地方可以找到并运行 Java 程序的工具。

2）classpath：Java 虚拟机在运行某个类时会按 classpath 指定的目录顺序去查找这个类，对于 Windows 2000 或 Windows XP 以上版本操作系统的用户，使用鼠标右击【我的电脑】，依次选择【属性】→【高级】→【环境变量】，打开【环境变量】对话框，在【系统变量】列表框中，单击【新建】按钮，新建环境变量 classpath，其变量值为 ".；C:\Program Files\Java\jdk1.6.0\lib"；选择 path 变量，单击【编辑】按钮，在 path 变量的变量值后面加上 ";C:\Program Files\Java\jdk1.6.0\bin"。

默认安装会在 C:\Program Files\Java\jdk1.6.0 目录下产生如下内容：

bin 目录：存放 Java 的编译器、解释器等工具（可执行文件）。

db 目录：JDK6 附带的一个轻量级的数据库，名字叫做 Derby。

demo 目录：存放演示程序。

include 目录：存放用于本地方法的文件。

jre 目录：存放 Java 运行环境文件。

lib 目录：存放 Java 的类库文件。

sample 目录：存放一些范例程序。

src.zip 文件：JDK 提供的类的源代码。

选择【开始】→【运行】命令，在弹出的【运行】对话框中的【打开】下拉列表框中输入 cmd，接着单击【确定】按钮切换到 DOS 状态，直接输入 javac 按 Enter 键，如果能出现如图 1-3 所示的效果（英文版也行），说明配置成功，否则需要重新进行配置。

图 1-3   path 和 classpath 路径配置正确的验证

（3）Java 的编辑、编译和运行

Java 源程序是一种文本文件，可以使用任何的文本编辑器编写，只是要注意存储时的文件名后缀必须是.java。建议读者把所有源程序文件都保存在一个指定的目录下，便于调试和运行。

这里向大家推荐两种编辑器：一是 Windows 的记事本，二是文本编辑工具 UltraEdit 或者 EditPlus。使用 Windows 记事本编辑 Java 源程序文件，存储时先选择*.*（所有文件）的文件类型，然后，输入带有.java 后缀的文件名；或者直接以带英文双引号"XXXX.java"的形式输入文件名。UltraEdit 和 EditPlus 是两个非常易用且功能强大的文本编辑工具。编辑时，它们自动地把关键字、常量、变量等不同元素用不同的颜色区分开来，从而有助于减少语法错误。还有其他的 Java 开发工具可供选择，如 JCreator、JBuilder 、Eclipse、NetBean 等。

Java 是解释型语言。Java 源程序必须先由 Java 编译器进行编译，生成字节码文件（也称类文件），然后在 Java 解释器的支持下解释运行。Java 编译器是 javac.exe，其用法如下：

```
javac filename.java
```

其中 filename.java 是 Java 源程序文件的文件名。如果编译器没有返回任何错误信息，则表示编译成功，并在同一目录下生成与类名相同的字节码文件 filename.class。如果编译出错，则需查找错误原因，进一步修改源程序，并重新编译。编译成功只能说明程序的语法正确。

Java 源程序经过 javac 编译后的字节码文件需要通过解释器 java.exe 来执行，其用法如下：

```
java filename
```

其中 filename 是编译生成的 Java 字节码文件的文件名，注意不要带后缀名 .class。

1.5　最简单的 Java 程序

Java 有两类程序，即 Java 应用程序（Java application）和 Java 小程序（Java applet），前者是在命令行中运行的独立的应用程序，它类似于以往用其他高级语言开发的程序；后者需要嵌入网页在浏览器中执行。

（1）第一个 Java 应用程序的编写和调试

首先介绍 Java 应用程序的一个简单示例，以此来学习 Java 应用程序的开发流程，并了解程序的基本结构。

【例 1-1】　编写一个应用程序，在屏幕上显示字符串 "Hello, World!"。

第一步，编写源程序。使用记事本编写程序的源代码。将源代码保存为文件 HelloWorld.java，并存放在一个指定的目录例如 C:\test 中。注意：输入文件名时必须区分大小写。为了叙述方便，我们特地为本程序的源代码行增加上编号（值得注意的是真正的程序是没有行号的）。

```
1  /* HelloWorld.java */
2  public class HelloWorld {
3    public static void main(String args[]) {
4      System.out.println("Hello, World!");
5    }
6  }
```

第二步，编译源程序。在 Win2000 或以上版本中，单击【开始】→【运行】命令，在命令行上输入 "cmd" 并按回车键，打开一个 MS-DOS 命令窗口；将当前目录转换到 Java 源程序所在的目录 C:\test；输入 "javac filename.java" 形式的命令进行程序编译。本例应输入 "javac HelloWorld.java"。如果编译正确，就显示界面如图 1-4 所示。

第三步，执行程序。在同样的命令窗口中输入 "java filename" 形式的命令执行程序，本例应输入 "java HelloWorld"，运行结果如图 1-5 所示。

至此，完成了这个简单程序的开发。查看 C:\test 目录，其中应该有两个文件，分别是 HelloWorld.java 和 HelloWorld.class。

通过本程序，可以看出 Java 应用程序基本框架如下：

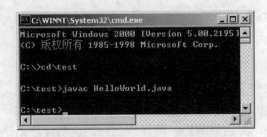 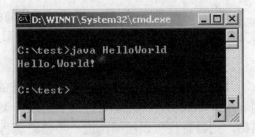

　　　图 1-4　HelloWorld 程序编译结果　　　　　　图 1-5　HelloWorld 程序运行结果

```
public class 类名{
    public static void main ( String args [ ] ){
        ………                    //程序代码
    }
                                //其他属性和方法
}
```

　　第 1 行是注释行。Java 语言主要有三种注释：①"/* 注释内容*/ "的格式，可以注释一行或多行文本；②"// 注释内容"的格式，可以注释一行文本；③"/** 注释内容*/ "的格式，可以注释一行或多行文本，并可用于生成专门的 Javadoc。注释可以放在一行的开头或某个语句之后，为程序增加必要的解释，提高程序的可读性。

　　第 2 行是类的定义。使用关键字 class 定义了一个 HelloWorld 类，class 前面的 public 关键字表示这个类的访问特性是公共的。

　　Java 语言中的基本程序单位是类，一个程序文件可以定义多个类，但仅允许有一个公共的类。源程序的文件名要与公共类的名称相同（包括大小写），其扩展名为.java。因此，HelloWolrd 程序的源程序文件名必须是 HelloWorld.java。

　　第 2 行最后到第 6 行的一对花括号，其内部是类体。类体中可以声明类的变量（属性）和类的方法（函数），它们是类的成员。本例中没有声明类的成员变量。其中 public class HelloWorld 叫做类头。

　　第 3 行是类的成员方法的声明，这是一个主方法 main。Java 应用程序必须含有一个主方法。public 关键字表示这个方法是公共的，可以从其他类中访问；static 关键字表示这个方法是静态的，指出这个方法是针对这个类而不是针对类生成的对象；void 关键字表示这个方法没有返回值。

　　一个类可以声明多个方法，但最多只能有一个主方法 main。应用程序从 main 方法获得入口点开始运行，并通过主方法调用类中的其他方法。

　　main 方法后的小括号中是方法的参数列表，它们是方法内的局部变量，接收从外部向 main 方法中传递的参数。它通常写成 String args[]，表明所接收的参数是一个名为 args 的字符串数组。

　　第 3 行最后到第 5 行的一对花括号，其内部是方法体。在方法体内部，可以声明方法的局部变量及书写执行语句，实现数据处理功能。

　　第 4 行是 main 方法唯一的一个语句，其作用是在标准输出设备（屏幕）上输出一行字符"Hello, World!"。这是一个字符串，必须用引号括起来。最后的分号是必须的，表明这是一条 Java 语句。

为了实现屏幕输出，这里使用了系统包 java.lang 中的 System 类，该类中有静态成员变量 out，它是一个标准输出流，主要用于输出用户信息，通过 out 调用标准输出流类中的 println 方法。println 方法将作为参数的字符串输出到屏幕并换行。与此相似的方法是 print，不同之处是 print 输出内容后不换行。

Java 语言系统以包的形式提供了许多的标准类库，这些类库是编制 Java 程序的基础。调用类库中的方法之前，先要使用 import 语句导入相应的类库（包），而系统包 java.lang 是 Java 最基本的类库，由系统自动导入，因此，Hello World 程序没有使用 import 语句。

（2）第一个 Java applet 程序编写和调试

Java 程序的另一种形式是 Java applet，applet 没有 main() 方法，它必须嵌在超文本文件中，在浏览器中运行。下面这个程序将在浏览器中显示一行字符串。

```
//这是我们的第一个 Java applet，该程序保存的文件名是 HelloJava.java
import java.awt.Graphics;      //在进行显示输出时，需要用到类 Graphics 的对象；
import java.applet.Applet;     //Applet 类是所有的 java applet 的父类；
public class HelloJava extends Applet {
                               //程序员给这个类取名为 HelloJava
                               //所有的 applet 程序都是 Applet 类的子类
    public String s;
    public void init() {
        s=new String("Welcome to Java Java"); //生成一个字符串对象
    }
    public void paint(Graphics g){
        g.drawString(s,25,25); //在浏览器中坐标为（25，25）的位置显示字符串 s
    }
}
```

applet 程序是从方法 init() 开始执行的，在该方法中完成了对字符串 s 的初始化工作，而显示功能是在方法 paint() 中执行的。paint() 方法是类 Applet 的一个成员方法，其参数是图形对象 Graphics g，通过调用对象 g 的 drawString() 方法就可以显示输出。

Java applet 程序也是一个类，其编译方式与 Java application 完全一样，HelloJava.java 程序经过编译以后就生成了 HelloJava.class 文件。Java applet 的执行方式与 Java application 完全不同，Java applet 程序必须嵌入到 html 文件中才能够执行，因此必须编写相应的 html 文件。下面为 HelloJava.html 文件的内容：

```
<html>
    <applet code=HelloJava.class  width=250  height=250>
    </applet>
</html>
```

然后可以通过 JDK 所提供的命令 "appletviewer"，在命令行下面执行 Java applet 程序。如果是在 Windows 操作系统中，就可以在"命令提示符"下敲入"appletviewer HelloJava.html"。此时系统会弹出另外一个窗口运行该 applet 程序。

applet 还可以采用另外一种方式运行，即直接在浏览器中打开 HelloJava.html 程序。在主流的浏览器如 IE、Netscape 中都包含有 Java 虚拟机，负责解释执行 Java applet 程序。

1.6　Java 的应用范围

（1）早期用于 Web 的 Applet

applet 是嵌入到 HTML 中的小应用程序，但 Java 语言的全部功能都可以实现，能解决一些传统编程语言很难解决的问题，如多线程、网络连接和分布式计算等。

（2）独立运行的 Application

Java 也是一种高级编程语言，和其他语言有许多共同之处。

（3）数字设备领域

目前，Java 的应用正从传统的计算机应用向其他数字设备领域扩展。

（4）Java 应用的发展趋势

可以预见，Java 在智能 Web 服务、移动电子商务、分布计算技术、企业的综合信息化处理、嵌入式 Java 技术等方面必将得到越来越广泛的应用。

小　　结

Java 语言是当今流行的网络编程语言，特别适合于开发网络上的应用程序，具有面向对象、简单、平台无关、多线程等优秀特性。

Java 程序主要包括 Java 应用程序（Java application）和 Java 小程序（Java applet）两种。Java 应用程序的开发必须经过编写、编译、运行三个步骤：使用记事本等文本编辑工具进行程序代码的编写，使用 Java 开发工具集 JDK 提供的编译器进行编译，最后使用 Java 解释器解释运行。Java 虚拟机使 Java 应用程序实现了跨平台运行。

限于篇幅，Java 代码的编写规范虽然不在这里特别讲述，但是这是一个初学者必须重视的问题。从一开始就按照规范来写代码，对于形成良好的编程习惯非常重要。

习　　题

（一）填空题

（1）Java 编译器将把 Java 语言编写的源程序编写成_____。

（2）Java 程序基本上可以分成两类，即_____和_____。

（3）Java 程序能在 WWW 浏览器上运行的是_____程序。

（4）Java 源程序文件和字节码文件的扩展名分别为_____和_____。

（5）Java 源程序的运行，至少要经过_____和_____两个阶段。

（6）与结构化编程语言不同，Java 是一种完全_____且平台_____的语言。

（二）选择题

（1）注释风格在 Java 中是错误的是（　　）。

　　A．/**comment**/　　B．/*comment*/　　C．/*comment　　D．//comment

（2）Java 是一种（　　）语言。

　　A．编译型　　　　　B．解释型　　　　　C．混合型　　　　D．以上都不是

（3）Java 作为编程语言，（　　）是最基本的元素。

  A．对象   B．方法   C．包   D．接口

（4）JDK 中，用于编译程序的工具是（　　）。

  A．Javac   B．Javap   C．Java   D．Javadoc

（5）下列描述中，不正确的是（　　）。

  A．一个 Java 源文件不允许有多个公共类

  B．Java 通过接口支持多重继承

  C．Java 不支持多线程

  D．Java 程序主要分为 Application 和 Applet 两类

（6）在创建 Applet 的应用程序时，用户应考虑的问题是（　　）。

  A．窗口如何创建   B．绘制的图形在窗口中的位置

  C．程序的框架   D．事件处理

（7）下列选项中，不属于 Java 核心包的一项是（　　）。

  A．Javax.swing B．Java.io   C．Java.util   D．Java.lang

（8）JDK 安装完成后，主要的命令如 Javac、Java 等，都存放在根目录的（　　）文件夹下。

  A．bin   B．jre   C．doc   D．include

（三）简答题

（1）JDK 安装完成后，如何设置环境变量？

（2）常用的 Java 开发平台有哪些？

（3）简述 javac 命令的用法。

（4）简述 java 命令的用法。

（5）简述 Java 应用程序与 Applet 小程序在开发过程中的区别。

（6）就 Java 语言的发展历史，谈谈 Java 为什么会如此流行。

（7）入口方法 main() 的作用是什么？

（8）简述 Java 虚拟机的原理。

（9）简述 Java 的垃圾回收机制。

（10）Java 语言有哪些特点？

第 2 章　Java 语 法 基 础

　　掌握 Java 语言的基本数据类型、操作符、表达式；掌握 Java 程序的流程控制方式，重点是分支结构和循环结构；了解 Java 中数组的概念及使用。类似其他计算机语言，Java 也规定了非常严格的语法规则，主要包括标识符、数据类型、表达式、语句等。Java 中的数据类型有基本数据类型和复合数据类型（或者也称引用类型）两种，其中，基本数据类型包括整数类型、浮点类型、字符类型和布尔类型；复合数据类型包含类、接口和数组。表达式是由运算符和操作数组成的符号序列，对一个表达式进行运算时，要按运算符的优先顺序从高向低进行，同级的运算符则按从左到右的方向进行。条件语句、循环语句和跳转语句是 Java 中常用的控制语句。最后介绍 Java 中数组的概念及使用。

　　学习目标：

- 深刻理解各知识点的概念，并熟记 Java 的语法规范。
- 熟练使用各种数据类型的定义、表示和引用。
- 熟练使用各种控制语句。
- 熟练处理字符串。

2.1　Java 中的标识符和保留字

2.1.1　标识符

　　程序员对程序中的各个元素加以命名时使用的命名记号称为标识符（Identifier）。Java 语言中，标识符是以字母、下划线（_）、美元符（$）开始的一个字符序列，后面可以跟字母、下划线、美元符、数字。例如，identifier，userName，User_Name，_sys_val，$change 为合法的标识符，而 2mail room#，class 为非法的标识符。

2.1.2　保留字

　　具有专门的意义和用途，不能当作一般的标识符使用的标识符称为保留字（reserved word），也称为关键字，下面列出了 Java 语言中的所有保留字（49 个）：

　　abstract，break，byte，boolean，catch，case，class，char，continue，default，double，do，else，extends，false，final，float，for，finally，if，import，implements，int，interface，instanceof，long，length，native，new，null，package，private，protected，public，return，switch，synchronized，short，static，super，try，true，this，throw，throws，threadsafe，transient，void，while。

　　Java 语言中的保留字均用小写字母表示。

2.2　数 据 类 型 简 介

Java 语言的数据类型有基本类型和复合类型，其中复合类型又叫引用类型。

    基本数据类型是 Java 语言中预定义的、长度固定的、不能再分的类型，数据类型的名字被当作关键字保留。

    与其他大多数的程序设计语言所不同的是，由于 Java 程序跨平台运行，所以 Java 的数据类型不依赖于具体计算机系统。Java 的基本数据类型见表 2-1。

表 2-1   **Java 的基本数据类型**

类　型	描　　　述	初　始　值
byte	8 位有符号整数，其数值范围在 –128～127	（byte）0
short	16 位有符号整数，其数值范围在 –32768～32767	（short）0
int	32 位有符号整数，其数值范围在 –2147,483,648～2147,483,647	0
long	64 位有符号整数，其值在 –264～264-1	0
float	32 位单精度浮点数	0.0
double	64 位双精度浮点数	0.0
boolean	布尔数，只有两个值：true、false	false
char	16 位字符	\u0000

注　Java 字符采用 Unicode 编码。

基本数据类型包括：

整数类型（Integer）：byte，short，int，long

浮点类型（Floating）：float，double

字符类型（Textual）：char

布尔类型（Logical）：boolean

复合数据类型包括：

类类型 class：自定义的类，Java API 提供的类

接口 interface：自定义的接口，Java API 提供的接口

数组类型。

2.3　常　量　和　变　量

    计算机在处理数据时，必须将其装入内存，按照不同的数据类型分配不同的存储空间，借助于对内存单元的命名来访问这些数据。被命名的内存单元就是常量和变量。

2.3.1　常量

常量是程序里不变的量，是一个简单值的标识符或名字，直接在 Java 代码中被指定。

Java 支持三种类型的常量：数值常量、布尔常量、由字符组成的常量。

（1）数值常量

Java 支持两种数值常量：整型常量和实数常量。

1）整型常量是最常用的常量，包括 byte、short、int、long 四种，它们都可以采用十进制、八进制和十六进制表示，其中 byte、short 和 int 的表示方法相同，而长整型必须在数的后面加字母 L（或 l），以表示该数是长整型。

十进制整数：以 10 为基准，它可以由一个或多个从 0～9 的数字组成，如 347，987L 等，但它的第一个数字不能是 0。十进制整数表示正的整型值，在程序中写的类似"−123"之类的"常量"，其实是用单目运算符"−"后面再加上十进制整型常量表示的，也就是说这里的"−123"并不是一个常量而是一个由运算符和常量组成的表达式。正因为如此，int 型的最大负数（−231）不能在 Java 中表述为十进制常量，可通过十六进制或其他形式表示。这是因为 231 超出十进制整型变量的最大值（231−1）。

十六进制：十六进制常量可表示正数、零或负数，它们由以 0x 或 0X 开头的一个或多个十六进制数组成。十六进制数字的 10～15 用字母 A 到 F（或 a 到 f）表示，如：0xA873、0X983e5c、0x98L。

八进制：八进制常量也可以表示正数、零和负数。它们由以 0 开头的一个或多个八进制数组成，如：0246、0876L。

2）实数常量分为双精度（double）和浮点（float）两种类型。双精度在内存中占 8 个字节，数值精度较高，数字后面可加 D（或 d），也可省略。系统默认的实数类型为双精度类型。浮点数占 4 个字节的内存，数值精度相对于双精度较低，浮点数后必须跟 F（或 f）。实数只能采用十进制表示，有小数和指数两种形式。当一个实数很大或很小时，可以使用指数形式，其指数部分用字母 E（或 e）表示，如：0.4e2、−1.3E2f。

（2）布尔常量

Java 中的布尔常量属于 boolean 类型，它的值只能有"true"或"false"两种形式。与 C/C++中的逻辑值不同的是，它不能代表整数，同时它也不是字符串，不能被转换成字符串常量。

（3）字符常量

字符常量是由单引号括起的单个字符，如：'a'，'6'，'M'，'&'，'我'。字符常量是无符号常量，占 2 个字节的内存，每个字符常量表示 Unicode 字符集中的一个字符。Java 语言使用 16 位的 Unicode 字符集，它不仅包括标准的 ASCII 字符集，还包括许多其他系统的通用字符集。

Java 使用转义符表示一些有着特殊意义的字符（如回车符），这些转义符见表 2-2，它们也可以作为字符常量，如：'\n'，'\t '等。

表 2-2   Java 转 义 符

转义续列	Unicode 转义代码	含　　　　义
\n	\u000a	回车
\t	\u0009	水平制表符
\b	\u0008	空格
\r	\u000d	换行
\f	\u000c	换页
\'	\u0027	单引号
\"	\u0022	双引号
\\	\u005c	反斜杠
\ddd		ddd 为三位八进制数，值从 000～0377
\udddd		dddd 为四位十六进制数

除了字符常量之外，由字符组成的常量还有一种是字符串常量。字符串常量由包括在双引号中的 0 个或多个字符组成，并且也可以使用转义符。

2.3.2　变量

变量：提供了一种访问内存中的数据的方法，是 Java 程序中数据的基本存储单元。它的定义包括变量名、变量类型和作用域几个部分。其定义格式如下：

typeSpecifier varName[=value[,varName[=value]…];

如：int countA，countB; char c='a';

Java 中的变量命名需要注意以下问题：

1）它必须是一个合法的标识符。一个标识符是以字母或下划线或$符号开头的一串 Unicode 字符，中间不能包含空格。

2）它必须不是一个关键字、布尔型字符（true 或者 false）或者保留字 null。

3）Java 对变量名区分大小写，如：myName 和 MYNAME 是两个不同的变量。

4）它必须在作用域中是唯一的，在不同的作用域才允许存在相同名字的变量。

合法的变量名如 myName、value-1、dollar $ 等。非法的变量名如 2mail、room#、class(保留字)等。变量名最好有一定的含义，以增加程序的可读性。

变量的作用域指明可访问该变量的一段代码，声明一个变量的同时也就指明了变量的作用域。按作用域来分，变量可以有局部变量、全局变量两种在一个确定的域中，变量名应该是唯一的。局部变量在方法中声明，它的作用域为它所在的方法。全局变量在类中声明，而不是在类的某个方法中声明，它的作用域是整个类。方法参数传递方法，它的作用域就是这个方法。

【例 2-1】　变量定义实例。

```
public class DataType {
    int  t,v;                  //t,v 属于全局变量，整型变量，其默认值为 0
    public static void main (String args [ ] ) {  //局部字符串数组变量 args
    int x, y ;                 //定义 x，y 两个整型变量
    float z = 1.234f ;         //指定变量 z 为 float 型，且赋初值为 1.234
    double w = 1.234 ;         //指定变量 w 为 double 型，且赋初值为 1.234
    boolean flag = true ;      //指定变量 flag 为 boolean 型，且赋初值为 true
    char c ;                   //定义字符型变量 c
    String str ;               //定义字符串变量 str
    String str1 = "Hi";        //指定变量 str1 为 String 型，且赋初值为 Hi
    c = 'A' ;                  //给字符型变量 c 赋值'A'
    str = " bye " ;            //给字符串变量 str 赋值"bye"
    x = 12 ;                   //给整型变量 x 赋值为 12
    y = 300;        //给整型变量 y 赋值为 300，上述 main 方法内定义的变量均属于局部变量
    }
}
```

2.3.3　基本数据类型中各类型数据间的优先关系和相互转换

数据类型转换是将一种类型的数据转变为另一种类型的数据。当表达式中的数据类型不一致时，就需要进行数据类型转换。类型转换的方法有两种：隐式类型转换和显式类型转换。

我们知道每种数据类型在程序运行时所占的空间不同，这就使得每种数据类型所容纳的信息量不同，当一个容纳信息量小的类型转化为一个信息量大的类型时，数据本身的信息不

会丢失，所以它是安全的，这时编译器会自动地完成类型转换工作，这种转换被称为隐式数据类型转换。如我们将一个 int 型的数据转换为 double 型时是不用强制声明的。当然，你仍然可以显式的标志出来，提醒自己留意，也使程序更清楚。

当把一个容量较大的数据类型向一个容量较小的数据类型转换时，可能面临信息丢失的危险，此时必须使用显式类型转换。显式类型转换的形式为：

(类型)表达式

Java 允许基本数据类型之间的相互转换，但布尔类型（boolean）除外。对于引用数据类型，类型转换只存在于有继承关系的类中，这将在以后的内容中说明。

（1）不同类型数据间的优先关系

低--->高

byte,short,char–> int –> long –> float –> double

（2）隐式类型转换规则

整型、实型、字符型数据可以混合运算。运算中，不同类型的数据先转化为同一类型，然后进行运算，转换从低级到高级，见表 2-3。

表 2-3   隐 式 转 换 规 则

操作数 1 类型	操作数 2 类型	转换后的类型
byte、short、char	int	int
byte、short、char、int	long	long
byte、short、char、int、long	float	float
byte、short、char、int、long、float	double	double

如：
```
byte b = 5,b1;        //定义两个 byte 型变量
int i = 6,i1;         //定义两个 int 型变量
b1 = b*i;             //编译会报错
i1 = b*i;             //正确
```

（3）显式类型转换

高级数据要转换成低级数据，需用到显式类型转换，如：

```
int i;
double d = i;         /*把 int 型变量 i 自动转换为 double 型*/
byte b=(byte)i;       /*把 int 型变量 i 强制转换为 byte 型*/
```

2.4 运 算 符

对各种类型的数据进行加工的过程称为运算，表示各种不同运算的符号称为运算符，参与运算的数据称为操作数，按操作数的数目来分，可分为：

◇ 一元运算符：＋＋，－－，＋，－

◇ 二元运算符：＋，－，＞

◇ 三元运算符：？：

（1）算术运算符

算术运算符用于实现数学运算。Java 定义的算术运算符见表 2-4。

表 2-4　　　　　　　　　　　　　　　**Java 的算术运算符**

算术运算符	名　　称	实　　例
＋	加	a＋b
－	减	a－b
*	乘	a*b
/	除	a/b
%	取模运算（给出运算的余数）	a%b
++	递增	a++
－－	递减	b－－

　　算术运算符的操作数必须是数值类型。Java 中的算术运算符与 C/C++中的不同，不能用在布尔类型上，但仍然可以用在 char 类型上，因为 Java 中的 char 类型实质上是 int 类型的一个子集。

【例 2-2】　算术运算符的使用示例。

```java
public class ArithmaticOp{
    public static void main(String args[]){
        int a = 5+4;            //a=9
        int b = a*2;            //b=18
        int c = b/4;            //c=4
        int d = b-c;            //d=14
        int e = -d;             //e=-14
        int f = e % 4;          //f=-2
        double g = 18.4;
        double h = g % 4;       //h=2.4
        int i = 3;
        int j = i++;            //i=4, j=3
        int k = ++i;            //i=5, k=5
        System.out.println("a=" + a);
        System.out.println("b=" + b);
        System.out.println("c=" + c);
        System.out.println("d=" + d);
        System.out.println("e=" + e);
        System.out.println("f=" + f);
        System.out.println("g=" + g);
        System.out.println("h=" + h);
        System.out.println("i=" + i);
        System.out.println("j=" + j);
        System.out.println("k=" + k);
    }
}
```

　　Java 也用一种简写形式的运算符，在进行算术运算的同时进行赋值操作，称为算术赋值运算符。算术赋值运算符由一个算术运算符和一个赋值号构成，即

　　＋=、－=、*=、/=、%=

　　例如，为了将 4 加到变量 x 上，并将结果赋给 x，可用 x＋=4，它等价于 x＝x＋4。又

如：

x＋＝2－y　等价于　x＝x+(2－y)

x*＝2－y　等价于　x＝x*(2－y)

Java 提供了两种快捷运算方式是递增运算符"＋＋"和递减运算符"－－"，也常称作自动递增运算符和自动递减运算符。"－－"的含义是"减少一个单位"；"＋＋"的含义是"增加一个单位"。举个例子来说，假设 A 是一个 int（整数）值，则表达式++A 就等价于 A＝A＋1。注意：＋＋、－－运算符是一元运算符，其操作数必须是整型或实型变量，它们对操作数执行加 1 或减 1 操作。

对"＋＋"运算符和"－－"运算符而言，都有两个版本可供选用，通常将其称为"前缀版"和"后缀版"。"前递增"表示"＋＋"运算符位于变量的前面；"后递增"表示"＋＋"运算符位于变量的后面。类似地，"前递减"意味着"－－"运算符位于变量的前面；"后递减"意味着"－－"运算符位于变量的后面。对于前递增和前递减（如＋＋A 或－－A），会先执行运算，再生成值；而对于后递增和后递减（如 A++或 A－－），则先生成值，再执行运算。

【例 2-3】　递增运算符和递减运算符的使用示例。

```java
public class AutoInc {
    public static void main(String[] args) {
        int i = 1;
        System.out.println ("i : " + i);
        System.out.println ("++i : " + ++i);    //Pre-increment
        System.out.println ("i++ : " + i++);    //Post-increment
        System.out.println ("i : " + i);
        System.out.println ("--i : " + --i);    //Pre-decrement
        System.out.println ("i-- : " + i--);    //Post-decrement
        System.out.println ("i : " + i);
    }
}
```

从中可以看到，对于前缀形式，在执行完运算后才得到值。但对于后缀形式，则是在运算执行之前就得到值。

在早期的一次 Java 演讲中，Bill Joy（始创人之一）声称"Java＝C++－－"（C 加加减减），意味着 Java 已去除了 C++一些没来由的折磨人的地方，形成一种更精简的语言。正如大家会在这本书中学到的那样，Java 的许多地方都得到了简化，所以学习 Java 比 C++更容易。

（2）关系运算符

关系运算符用于测试两个操作数之间的关系，形成关系表达式。关系表达式将返回一个布尔值。它们多用在控制结构的判断条件中。Java 定义的关系运算符见表 2-5。

表 2-5　　　　　　　　　　　　　　Java 的关系运算符

算术运算符	名　称	实　例	算术运算符	名　称	实　例
==	等　于	a==b	<	小　于	a<b
!=	不等于	a!=b	>=	大于等于	a>=b
>	大　于	a>b	<=	小于等于	a<=b

【例 2-4】 关系运算符的使用示例。

```java
public class RelationalOp{
    public static void main(String args[]){
        float a =10.0f;
        double b = 10.0;
        if(a == b){
            System.out.println("a 和 b 相等");
        }else{
            System.out.println("a 和 b 不相等");
        }
    }
}
```

要注意的是，对浮点数值的比较是非常严格的。即使一个数值仅在小数部分与另一个数值存在极微小的差异，仍然认为它们是"不相等"的；即使一个数值只比零大一点点它仍然属于"非零"值。因此，通常不在两个浮点数值之间进行"等于"的比较。

（3）逻辑运算符

逻辑运算符用来进行逻辑运算。若两个操作数都是 true，则逻辑与运算符（&&）操作输出 true；否则，输出 false。若两个操作数至少有一个是 true，则逻辑或运算符（||）操作输出 true，只有在两个操作数均是 false 的情况下，它才会生成一个 false。逻辑非运算符（!）属于一元运算符，它只对一个自变量进行操作，生成与操作数相反的值：若输入 true，则输出 false；若输入 false，则输出 true。详细信息请参见表 2-6 和表 2-7。

表 2-6   Java 的逻辑运算符

算术运算符	名　　称	实　　例
&&	与（可短路）	a && b
||	或（可短路）	a || b
!	非	!a

表 2-7   Java 的逻辑运算符结果

A	B	A&&B	A||B	!A
true	false	false	true	false
false	true	false	true	true
false	false	false	false	true
true	true	true	true	false

【例 2-5】 本例展示了如何使用关系和逻辑运算符。

```java
import java.util.*;
public class Bool {
    public static void main(String[] args) {
        Random rand = new Random();
        int i = rand.nextInt() % 100;
        int j = rand.nextInt() % 100;
        System.out.println ("i = " + i);
```

```
System.out.println ("j = " + j);
System.out.println ("i > j is " + (i > j));
System.out.println ("i < j is " + (i < j));
System.out.println ("i >= j is " + (i >= j));
System.out.println ("i <= j is " + (i <= j));
System.out.println ("i == j is " + (i == j));
System.out.println ("i != j is " + (i != j));
System.out.println ("(i < 10) && (j < 10) is " + ((i < 10) && (j < 10)) );
System.out.println ("(i < 10) || (j < 10) is " + ((i < 10) || (j < 10)) );
    }
}
```

只可将&&、||或!应用于布尔值。与在 C 及 C++中不同，不可将一个非布尔值当作布尔值在逻辑表达式中使用。

还要说明的一个问题是"短路"，它是 Java 进行逻辑运算时所独有的一个特性。

在进行逻辑运算时，只要能明确得出部分表达式为真或为假的结论，就能对整个表达式进行逻辑求值。因此，求解一个逻辑表达式时就有可能不必对其所有的部分进行求值。例如，一个逻辑表达式是：

<条件 1> && <条件 2> && <条件 3>

求解过程中，当判断出<条件 1>为假时，则整个表达式的值必定为假，不需要再测试<条件 2> 和<条件 3>。事实上，"短路"一词的由来正因于此。

借助于［例 2-6］，可以更清楚地看到"短路"效果，并能够理解它对程序潜在性能的提升将是相当可观的。

【例 2-6】 "短路"实例。

```
public class ShortCircuit {
    static boolean test1(int val) {
        System.out.println("test1(" + val + ")");
        System.out.println("result: " + (val < 1));
        return val < 1;
    }
    static boolean test2(int val) {
        System.out.println("test2(" + val + ")");
        System.out.println("result: " + (val < 2));
        return val < 2;
    }
    static boolean test3(int val) {
        System.out.println("test3(" + val + ")");
        System.out.println("result: " + (val < 3));
        return val < 3;
    }
    public static void main(String[] args) {
        if(test1(0) && test2(2) && test3(2))
        System.out.println("expression is true");
        else
        System.out.println("expression is false");
    }
}
```

测试在下面这个表达式中进行：

```
if(test1(0)) && test2(2) && test3(2))
```

按照"短路"的特性，第一个测试生成一个 true 结果，所以表达式求值会继续下去；然而，第二个测试产生了一个 false 结果，由于这意味着整个表达式肯定为 false，所以就没有必要再继续测试剩余的表达式。

（4）位运算符

类似于 C 语言，Java 也支持位运算。Java 语言中的位运算总体来说分为两类：按位运算和移位运算，相应地也就提供了两类运算符：按位运算符和移位运算符。这些运算符只用于整型和字符型数据。

1）按位运算符。按位运算符允许我们操作两个整型数据中的单个"比特"，即二进制位。按位运算符会对两个自变量中对应的位执行布尔运算，并最终生成一个结果。Java 的设计初衷是嵌入电视顶置盒内，所以这种低级操作仍被保留下来了。然而，由于操作系统的进步，现在也许不必过于频繁地进行按位运算。

Java 中有四种按位操作符，它们是按位与（&）、按位或（|）、按位非（~）和按位异或（^），用于对二进制数据的按位操作，这些按位操作符与 C 语言中的完全一样，见表 2-8。

表 2-8   Java 的逻辑运算符

算术运算符	名称	实例	算术运算符	名称	实例
&	按位与	a & b	^	按位异或	a ^ b
|	按位或	a | b	~	按位非	~a

若两个输入位都是 1，则按位与运算符（&）在输出位上生成一个 1；否则生成 0。若两个输入位里至少有一个是 1，则按位或运算符（|）在输出位上生成一个 1；只有在两个输入位都是 0 的情况下，它才会生成一个 0。若两个输入位的某一个是 1，但不全都是 1，按位异或（^）在输出位里生成一个 1；否则生成一个 0。按位非（~）属于一元运算符；它只对一个自变量进行操作（其他所有运算符都是二元运算符）。按位非生成与输入位的相反的值——若输入 0，则输出 1；若输入 1，则输出 0。

按位运算符可与等号（=）联合使用，以便合并运算及赋值：&=，|= 和 ^= 都是合法的（由于~是一元运算符，所以不可与=联合使用）。

当操作数为布尔类型时，我们将 boolean（布尔）类型当作一种"单位"或"单比特"值对待，所以它便有些独特的地方。我们可执行按位与、按位或和按位异或，但不能执行按位非（大概是为了避免与逻辑 NOT 混淆）。对于布尔值，按位运算符具有与逻辑运算符相同的效果，只是它们不会中途"短路"。此外，针对布尔值进行的按位运算系统为我们新增了一个异或（^）逻辑运算符，它并未包括在"逻辑"运算符的列表中。

需要说明的是在有些书中将&、| 和 ^ 也作为逻辑运算符，这是有些问题的，大家在编写程序时一定要注意。

2）移位运算符。移位运算符面向的运算对象也是二进制的"位"，用来处理整型数据。左移位运算符（<<）能将运算符左边的运算对象向左移动运算符右侧指定的位数（在低位补

0)。有符号右移位运算符（>>）则将运算符左边的运算对象向右移动运算符右侧指定的位数。有符号右移位运算符使用了"符号扩展"：若值为正，则在高位插入 0；若值为负，则在高位插入 1。Java 也添加了一种无符号右移位运算符（>>>），它使用了"零扩展"：无论正负，都在高位插入 0。这一运算符是 C 语言或 C++语言所没有的。

若对 char、byte 或者 short 类型的数据进行移位处理，那么在移位进行之前，它们会自动转换成一个 int。只有右侧的 5 个低位才会用到。这样可防止我们在一个 int 数里移动不切实际的位数。若对一个 long 值进行处理，最后得到的结果也是 long。此时只会用到右侧的 6 个低位，防止移动超过 long 值里现成的位数。但在进行无符号右移位时，也可能遇到一个问题。若对 byte 或 short 值进行右移位运算，得到的可能不是正确的结果（Java 1.0 和 Java 1.1 特别突出）。它们会自动转换成 int 类型，并进行右移位。但零扩展不会发生，所以在那些情况下会得到−1 的结果。另外，移位可与等号（<<=或>>=或>>>=）组合使用。此时，运算符左边的变量会移动由右边的值指定的位数，再将得到的结果赋回左边的变量。

【例 2-7】 移位运算符示例。

```java
public class URShift {
    public static void main(String[] args) {
        int i = -1;
        i >>>= 10;
        System.out.println(i);
        long l = -1;
        l >>>= 10;
        System.out.println(l);
        short s = -1;
        s >>>= 10;
        System.out.println(s);
        byte b = -1;
        b >>>= 10;
        System.out.println(b);
    }
}
```

（5）其他运算符

1）赋值运算符。赋值是用等号运算符（＝）进行的。它的意思是"取得右边的值，把它复制到左边"。右边的值可以是任何常数、变量或者表达式，只要能产生一个值就行。但左边必须是一个明确的、已命名的变量。也就是说，它必须有一个物理性的空间来保存右边的值。举个例子说，可将一个常数赋给一个变量：A=4;，但不可将任何东西赋给一个常数，例如 4=A;是错误的。

对基本数据类型的赋值是非常直接的。由于基本类型容纳了实际的值，而并非指向一个引用或句柄，所以在为其赋值的时候，可将来自一个地方的内容复制到另一个地方。例如，假设 A、B 都为基本数据类型，则"A＝B"使得 B 的内容复制到 A。若接着又修改了 A，那么 B 不会受这种修改的影响。

但在为对象"赋值"的时候，情况却发生了变化。对一个对象进行操作时，我们真正操作的是它的句柄（也称为引用）。所以倘若"从一个对象对另一个对象"赋值，实际就是将句柄从一个地方复制到另一个地方。假若 C、D 为对象，在 "C＝D" 中 C 和 D 最终都会指向最初只有 D 才指向的那个对象。在 C 做了更改后 D 也会更改。这个问题在以后还会详细讨论，这里仅给出一个例子供理解参考。

```java
class Number {
    int i;
}
public class Assignment {
    public static void main(String[] args) {
        Number n1 = new Number();
        Number n2 = new Number();
        n1.i = 9;
        n2.i = 47;
        System.out.println("1: n1.i: " + n1.i + ", n2.i: " + n2.i);
        n1 = n2;
        System.out.println("2: n1.i: " + n1.i + ", n2.i: " + n2.i);
        n1.i = 27;
        System.out.println("3: n1.i: " + n1.i + ", n2.i: " + n2.i);
    }
}
```

2）三元运算符。三元运算符（？：）可以用来替代 if-else 结构。它最终也会生成一个值，这与本章后一节要讲述的普通 if-else 语句是不同的。表达式采取下述形式：

布尔表达式 ? 值 0 : 值 1;

若 "布尔表达式" 的结果为 true，就计算 "值 0"，而且它的结果成为最终由运算符产生的值。但若 "布尔表达式" 的结果为 false，则计算 "值 1"，而且它的结果成为最终由运算符产生的值。例如：

```java
static int ternary(int i) {
    return i < 10 ? i * 100 : i * 10;
}
```

3）instanceof 运算符。在编写程序时我们会遇到很多对象，很多时候需要判断某个对象是不是属于某一个特定类，这时我们就需要使用 instanceof 运算符。instanceof 运算符称为对象引用运算符，在运算符左侧的对象是右侧类的实例时，它将返回 true。例如：

```java
public class InstanceOfDemo{
    public static void main (String args[]){
        InstanceOfDemo t = new InstanceOfDemo();
        if ( t instanceof InstanceOfDemo ) {
            System.out.println ("T 是 InstanceOfDemo 的实例");
        }else{
            System.out.println ("T 不是 InstanceOfDemo 的实例");
        }
    }
}
```

（6）运算符的优先级

在一个表达式中往往存在多个运算符，此时表达式是按照各个运算符的优先级从左到右运行的。也就是说在一个表达式中，优先级高的运算符首先执行，对于同优先级的运算符要按照它们的结合性来决定。运算符的结合性决定它们是从左到右计算（左结合性）还是从右到左计算（右结合性）。左结合性很好理解，因为大部分的运算符都是从左到右来计算的。需要注意的是右结合性的运算符，主要有 3 类：赋值运算符（如：＝、＋＝等）、一元运算符（如＋＋、！等）和三元运算符（即条件运算符）。具体的顺序见表 2-9。

表 2-9　　　　　　　　　　　　　**Java 的逻辑运算符**

优先级	运　算　符	名　　称
1	()	括号
2	[], 。	后缀运算符
3	－(一元运算符，取负数),!,～, ＋＋,－－	一元运算符
4	*,/,%	乘，除，取模
5	+, −	加，减
6	>>, <<, >>>	移位运算符
7	>, <, >= , <=, instanceof	关系运算符
8	==,!=	等于, 不等于
9	&	按位与
10	^	按位异或
11			按位或
12	&&	逻辑与
13	||	逻辑或
14	?:	条件运算符
15	＝（包括各与 "＝" 结合的运算符,例如：＋＝）	赋值运算符

2.5　控　制　语　句

控制结构的作用是控制程序中语句的执行顺序，它是结构化程序设计的关键。

2.5.1　if 结构

if 语句用来构成分支结构。if 语句有三种形式，每种形式都需要使用布尔表达式。在大多数情况下，一个 if 语句往往需要执行多句代码，这就需要用一对花括号将它们包括起来，建议即使在只有一个语句时也这样做，因为这会使程序更容易阅读。

形式一：

```
if (条件表达式) {
    语句 1
}
```

形式二：

```
if (条件表达式){
    语句 1
}else {
    语句 2
}
```

形式三：

```
if (条件表达式 1){
    语句 1
}else if (条件表达式 2){
    语句 2
}else {
    语句 3
}
```

第一种形式称之为 if 语句，if 语句的执行取决于表达式的值。如果表达式的值为 true 则执行语句 1，否则就跳过。例如：

```
if (x < 10){
    System.out.println("x 的值小于 10，这段代码被执行");
}
```

第二种形式称之为 if-else 语句，这种形式使用了 else 把程序分成了两个不同的方向。如果表达式的值为 true，就执行 if 部分的代码，并跳过 else 部分的代码；如果为 false，则跳过 if 部分的代码并执行 else 部分的代码。我们可以把上边的例子改写为：

```
if (x<10){
    System.out.println("x 的值小于 10，if 代码段的语句被执行");
}else{
    System.out.println("x 的值大于 10，else 代码段的语句被执行");
}
```

第三种形式是上面两种形式的结合，并可以根据需要增加 else if 部分。例如在形式二的例子中，需要对 x＝20 的情况作特殊处理，那么我们可以把程序修改为：

```
if (x<10){
    System.out.println(" x 的值小于 10，if 代码段的语句被执行");
}else if (x = = 20){
    System.out.println(" x 的值等于 20，else if 代码段的语句被执行");
}else{
    System.out.println(" x 的值大于 10，else 代码段的语句被执行");
}
```

无论采用什么形式，在任何时候，if 结构在执行时只能执行某一段代码，而不会同时执行两段代码，因为布尔表达式的值控制着程序执行流只能走向某一个确定方向，而不会是两个方向。

还应该说明的是 Java 与 C 语言不同，在 C 语言中，值 0 可以当作 false 处理，而 1 可以当作 true 处理，所以条件表达式可以是一个数值。但是在 Java 中，if 结构中的条件表达式必须使用布尔表达式。

可以写一个程序来判断某一年是不是闰年，在下面的例子里我们分别采用了三种 if 形式书写，读者可以体会每种方式的特点。

【例 2-8】 利用 if 语句，判断某一年是否是闰年。

```java
public class LeapYear{
    public static void main(String args[]){
    //第一种方式
    int year = 1989;
    if ((year % 4 = =0 && year % 100 != 0) || (year % 400 = =0)){
        System.out.println(year + "is a leap year.");
    }else{
        System.out.println(year + "is not a leap year.");
    }
    //第二种方式
    year = 2000;
    boolean leap;
    if (year % 4 != 0){
        leap = false;
    }else if(year % 100 != 0){
        leap = true;
    }else if(year % 400 != 0){
        leap = false;
    }else{
        leap = true;
    }
    if(leap = = true){
        System.out.println(year + "is a leap year.");
    }else{
        System.out.println(year + "is not a leap year.");
    }
    //第三种方式
    year =2050;
    if(year % 4 = = 0){
        if(year % 100 = = 0){
            if(year % 400 = = 0){
                leap = true;
            }else{
                leap = false;
            }
        }else{
            leap = false;
        }
    }else{
        leap = false;
    }
    if(leap = = true){
        System.out.println(year + " is a leap year.");
    }else{
        System.out.println(year + " is not a leap year.");
    }
    }
}
```

2.5.2　switch 语句

switch 语句与 if 语句在本质上相似，但它可以简洁地实现多路选择。它提供了一种基于一个表达式的值来使程序执行不同部分的简单方法。switch 语句把表达式返回的值与每个 case 子句中的值相比，如果匹配成功，则执行该 case 子句后的语句序列，case 分支中包括多个执行语句时，可以不用花括号（{}）括起。switch 语句的基本形式为：

```
switch (表达式){
case ' 常量 1 ':
    语句块 1;
break;
case' 常量 2 ' :
    语句块 2;
break;
......
case' 常量 n ' :
    语句块 n;
break;
default:
    语句块 n+1;
}
```

switch 语句中的判断表达式必须为 byte、short、int 或者 char 类型。每个 case 后边的值必须是与表达式类型兼容的特定常量，并且同一个 switch 语句中的每个 case 值不能与其他 case 值重复。

default 子句是可选的。当表达式的值与所有 case 子句中的值都不匹配时，程序执行 default 后面的语句。如果表达式的值与任意 case 子句中的值都不匹配且没有 default 子句，则程序不作任何操作，直接跳出 switch 语句。

break 语句用来在执行完一个 case 分支后，使程序跳出 switch 语句，即终止 switch 语句的执行。因为 case 子句只是起到一个标号的作用，用来查找匹配的入口标志并从此处开始执行，对后面的 case 子句不再进行匹配，而是直接执行其后的语句序列，因此应该在每个 case 分支后，用 break 来终止后面的 case 分支语句的执行。

在一些特殊情况下，多个不同的 case 值要执行一组相同的操作，这时可以不用 break，见［例 2-9］。

【例 2-9】 switch 语句示例，注意其中 break 语句的作用。

```java
public class SwitchDemo {
    public static void main(String[] args) {
        for(int i = 0; i < 100; i++) {
            char c = (char)(Math.random() * 26 + 'a');
            System.out.print(c + ": ");
            switch(c) {
                case 'a':
                case 'e':
                case 'i':
                case 'o':
                case 'u':
                System.out.println("vowel");
```

```
            break;
            case 'y':
            case 'w':
            System.out.println("Sometimes a vowel");
            break;
            default:
            System.out.println("consonant");
        }
    }
}
```

2.5.3　for 循环

for 循环语句通过控制一系列的表达式重复循环体内程序的执行，直到条件不再匹配为止。其语句的基本形式为：

```
for(表达式 1;表达式 2;表达式 3){
    循环体
}
```

第一个表达式初始化循环变量，第二个表达式定义循环体的终止条件，第三个表达式定义循环变量在每次执行循环时如何改变。for 语句执行时，首先执行初始化操作，然后判断终止条件是否满足，如果满足，则执行循环体中的语句，最后执行表达式 3 改变循环变量。完成一次循环后，重新判断终止条件。例如：

```
for(int x=0;x<10;x++){
    System.out.println(" 循环已经执行了"+ (x+1) +"次");
}
```

其中的第一个表达式 int x=0，定义了循环变量 x 并把它初始化为 0，这里 Java 与 C 语言不同，Java 支持在循环语句初始化部分声明变量，并且这个变量的作用域只在循环内部。如果第二个表达式 x<10 计算结果为 true，就执行循环，否则跳出循环。最后一个表达式 x++在每次执行完循环体后给循环变量加 1。

可以使用逗号语句，来依次执行多个动作。逗号语句是用逗号分隔的语句序列。例如：

```
for(i=0, j=10;i<j;i++, j--){
    ……
}
```

在 for 循环中，可以通过只使用分号来省略相应的部分。也就是说，在 for 语句基本形式中的表达式 1、表达式 2 和表达式 3 都可以省略，但分号不可以省略。三者均为空的时候，是一个无限循环。例如：

```
for( ; ; ){
    ……
}
```

2.5.4　while 循环和 do-while 循环

while 语句是 Java 最基本的循环语句。其语句的基本形式为：

```
while (条件表达式){
    循环体
```

```
}
```

while 语句中的条件表达式的值决定着循环体内的语句是否被执行。如果条件表达式的值为 true，那么就执行循环体内的语句；如果为 false，就会跳过循环体执行循环后面的程序。每执行一次 while 循环体，就重新计算一次条件表达式，直到条件表达式为 false 为止。例如：

```
int x = 0;
while (x < 10){
    System.out.println(" 循环已经执行了" + (x+1) + "次");
    x++;
}
```

应该注意的是，while 语句首先要计算条件表达式，当条件满足时，才去执行循环中的语句。这一点与后面要介绍的 do-while 语句不同。

【例 2-10】 使用 while 语句，完成简单的数据求和。

```
public class WhileDemo{
    public static void main(String args[]){
        int n = 10;
        int sum = 0;
        while(n > 0){
            sum += n;
            n--;
        }
        System.out.println("1~10 的数据和为：" + sum);
    }
}
```

do-while 语句与 while 语句非常类似，不同的是，do-while 语句首先执行循环体，然后计算终止条件，若结果为 true，则继续执行循环内的语句，直到条件表达式的结果为 false。也就是说，无论条件表达式的值是否为 true，都会先执行一次循环体。其语法结构为：

```
do{
    循环体;
}while (条件表达式)
```

可以用 do-while 来完成上述的简单数据求和的程序，请注意它们的不同之处。

【例 2-11】 使用 do-while 语句，完成简单的数据求和。

```
public class WhileDemo{
    public static void main(String args[]){
        int n = 0;
        int sum = 0;
        do{
            sum += n;
        n++;
        }while(n <= 10);
        System.out.println("1~10 的数据和为：" + sum);
    }
}
```

读者可以尝试用 for 循环完成数据求和的程序。

2.5.5 跳转语句

除了 if 语句、switch 语句、for 语句和 while/do-while 语句之外，Java 还支持另外两种跳转语句：break 语句和 continue 语句。之所以称其为跳转语句，是因为 Java 中通过这两个语句使程序摆脱顺序执行转移到其他部分。还要注意的是，Java 中没有 goto 语句，程序的跳转是通过 break 和 continue 实现的。

（1）break 语句

在 switch 语句中我们已经接触了 break 语句，就是它使得程序跳出 switch 语句，而不是顺序的执行后面 case 中的程序。

在循环语句中，使用 break 语句直接跳出循环，忽略循环体的任何其他语句和循环条件测试。在循环中遇到 break 语句时，循环终止，程序从循环后面的语句继续开始执行。

与 C、C++不同，Java 中没有 goto 语句来实现任意的跳转，因为 goto 语句破坏程序的可读性，而且影响编译的优化。但 Java 可用 break 来实现 goto 语句所特有的一些优点。Java 定义了 break 语句的一种扩展形式来处理这种情况，即带标签的 break 语句。这种形式的 break 语句，不但具有普通 break 语句的跳转功能，而且可以明确的将程序控制转移到标签指定的地方。应该强调的是，尽管这种跳转在有些时候会提高程序的效率，但还是应该避免使用这种方式。带标签的 break 语句形式为：

break 标签;

请看下面这个例子，仔细体会 break 语句的使用：

```
int x = 0;
enterLoop:                        //标签
while (x < 10){
    x++;
    System.out.println (" 进入循环，x 的初始值为：" + x);
    switch (x){
        case 0 :
            System.out.println(" 进入 switch 语句，x=" + x);
            break;
        case 1 :
            System.out.println(" 进入 switch 语句，x=" + x);
            break;
        case 2 :
            System.out.println(" 进入 switch 语句，x=" + x);
            break;
        default:
        if(x = = 5){
            System.out.println(" 跳出 switch 语句和 while 循环，x=" + x);
            break enterLoop;
        }
        break;
    }
    System.out.println(" 跳出 switch 语句，但还在循环中。x=" + x);
}
```

（2）continue 语句

continue 语句只可能出现在循环语句（while、do-while 和 for 循环）的循环体中，作用是跳过当前循环中 continue 语句以后的剩余语句，直接执行下一次循环。同 break 语句一样，continue 语句也可以跳转到一个标签处。请看［例 2-12］，注意其中 continue 语句与 break 语句在循环中的区别。

【例 2-12】 break 语句和 continue 语句的使用示例。

```java
public class LabeledWhile {
    public static void main(String[] args) {
        int i = 0;
        outer:
        while(true) {
            System.out.println ("Outer while loop");
            while(true) {
                i++;
                System.out.println ("i = " + i);
                if(i == 1) {
                    System.out.println ("continue");
                    continue;
                }
                if(i == 3) {
                    System.out.println ("continue outer");
                    continue outer;
                }
                if(i == 5) {
                    System.out.println ("break");
                    break;
                }
                if(i == 7) {
                    System.out.println ("break outer");
                    break outer;
                }
            }
        }
    }
}
```

运行结果：

```
Outer while loop
i = 1
continue
i = 2
i = 3
continue outer
Outer while loop
i = 4
i = 5
break
Outer while loop
i = 6
i = 7
break outer
```

通过这个例子我们可以清楚看到：在没有标签时，continue 语句只是跳过了一次循环；而 break 语句跳过了整个循环。当循环中有标签时，带有标签的 continue 会到达标签的位置，并重新进入紧接在那个标签后面的循环；而带标签的 break 会中断当前循环，并移到由那个标签指示的循环的末尾。

2.6 数　　组

数组是由一组类型相同的元素组成的有顺序的数据集合。数组中每个元素的数据类型都相同，它们可以是基本数据类型、复合数据类型和数组类型。数组中所有元素都共用一个数组名，因为数组中的元素是有序排列的，所以用数组名附加上数组元素的序号可唯一地确定数组中每一个元素的位置，我们称数组元素的序号为下标。

Java 数组是一个独立的对象，要经过定义、分配内存及赋值后才能使用。

2.6.1　一维数组

（1）数组的定义与创建

Java 语言中，在能够使用数组元素（访问）之前，要做两方面的工作：定义一维数组变量（声明）、为数组分配内存单元（创建）。可以通过如下三种方式定义数组变量并创建数组对象。

方式一： 先定义数组变量，再创建数组对象，为数组分配存储空间。其中，一维数组的定义可以采用如下两种格式：

```
数组元素类型数组名[ ];
数组元素类型[ ]数组名;
```

对已经按上述格式定义的数组，进一步地通过 new 运算符创建数组对象，分配内存空间，格式是：

```
数组名=new 数组元素类型[数组元素个数];
```

例如：

```
int a[];                //定义一个整型数组 a
double [] b;            //定义一个双精度型数组 b
a=new int[3];           //为数组 a 分配 3 个元素空间
b=new double[10];       //为数组 b 分配 10 个元素空间
```

在没有给各个数组元素赋值前，Java 自动赋予它们默认值：数值类型为 0，逻辑类型为 false，字符型为'\0'，对象类型初始化为 null。请注意：Java 关键字 null 指的是一个 null 对象（可以用于任何对象引用），它并不像在 C 中的 NULL 常量一样等于零或者字符'\0'。

方式二： 同时定义数组变量并创建数组对象，相当于将方式一中的两步合并，格式是：

```
数组元素类型数组名[ ]=new 数组元素类型[数组元素个数];
数组元素类型[ ]数组名=new 数组元素类型[数组元素个数];
```

例如：

```
int x[]=new int[3];
double y[]=new double[10];
```

前者定义了具有 3 个元素空间的 int 型数组 x；后者定义了具有 10 个元素空间的 double

型数组 y。

方式三：利用初始化，完成定义数组变量并创建数组对象。此时不用 new 运算符。格式是：

数组元素类型数组名[ ]={值 1，值 2，…}；

例如：

```
int a[ ]={11,12,13,14,15,16};
double b[ ]={1.1,1.2,1.3,1.4,1.5,1.6,1.7};
```

前者定义了 int 型数组 a 并对其初始化，共有 6 个元素；后者定义了 double 型数组 b 并对其初始化，共有 7 个元素。

另外，可以使用 new 运算符扩大已经创建了的数组的空间，例如：

```
int x[]=new int[3];
x=new int[5];
```

数组元素的类型，也是数组的类型，它可以是基本数据类型，也可以是对象类型，下面的数组变量的定义都是合法的：

```
char cs[]={'j','i','n','a','n'};
Integer ix[] =new Integer [5];
String ss[ ]={"I","you ","Chinese"};
```

（2）访问数组元素

对数组元素的访问，通过下标进行。一维数组元素的访问格式为：

数组名[下标]

Java 规定，数组下标由 0 开始，最大下标是数组元素个数－1。例如：

```
int a[ ]={11,12,13,14,15,16};
```

其下标从 0 到 5，a[0]为 11，a[5]为 16。又如：

```
String ia[ ]={"I","you ","Chinese"};
```

其下标从 0～2，ia[0]为字符串"I"，a[2]为字符串"Chinese"。

下标必须是整型或可以转变成整型的量，可以是常量、变量或表达式。

在访问数组元素时，要特别注意下标的越界问题，即下标是否超出范围。如果下标超出范围，则编译时产生名为 Array Index Out Of Bounds Exception 的错误，提示用户下标越界。如果使用没有初始化的数组，则产生名为 Null Point Exception 的错误，提示用户数组没有初始化。

【例 2-13】 编写一个应用程序，求 Fibonacci 数列的前 10 个数。

Fibonacci 数列的定义为：$F1=F2=1$，当 $n>=3$ 时，$Fn=Fn-1+Fn-2$。

```
public class Fibonacci{
    public static void main(String args[ ]){
        int i;
        int f[ ]=new int[10];
        f[0]=1; f[1]=1;          //支持 f[0]=f[1]=1 的写法
        for(i=2;i<10;i++)
        f[i]=f[i-1]+f[i-2];
        for(i=1;i<=10;i++)
```

```
        System.out.println(" F[" +i+"]="+f[i-1]);
    }
}
```

运行结果为：

```
c:\>java Fibonacci
F[1]=1
F[2]=1
F[3]=2
F[4]=3
F[5]=5
F[6]=8
F[7]=13
F[8]=21
F[9]=34
F[10]=55
```

一维数组有一个重要的属性：length，它指示数组中的元素个数。语法为：

```
数组名.length
```

【例 2-14】 编写应用程序，声明一个整型数组并对它初始化，在屏幕上输出各元素的值和其总和。

```
public class intarray{
    public static void main(String args[ ]){
        int a[ ]={1,2,3};
        int i,sum=0;
        for(i=0;i<a.length;i++)
        sum=sum+a[i];
        for(i=0;i<a.length;i++)
        System.out.println(" a[" +i+"]="+a[i]);
        System.out.println(" sum="+sum);
    }
}
```

运行结果为：

```
a[0]=1
a[1]=2
a[2]=3
sum=6
```

使用一维数组的典型例子，是设计排序的程序。下面的程序利用冒泡法进行排序，对相邻的两个元素进行比较，并把小的元素交换到前面。

【例 2-15】 用冒泡法，对已有数据从小到大排序。

```
public class BubbleSort{
    public static void main(String args[ ]){
        int i,j;
        int intArray[]={30, 1, -9, 70, 25};
        int l=intArray.length;
        for( i=0;i<l-1;i++)
        for( j=i+1;j<l;j++)
        if(intArray[i]>intArray[j])
```

```
        {int t=intArray[i];
        intArray[i]=intArray[j];
        intArray[j]=t;
        }
        for(i =0;i<l;i++)
        System.out.println(intArray[i]+ " ");
    }
}
```

运行结果为：

```
c:\>java BubbleSort
-9
1
25
30
70
```

当数组元素的类型是某种对象类型时，则构成对象数组。因为数组中每一个元素都是一个对象，故可以使用成员运算符“.”访问对象中的成员。在下例中，定义了类 Student，并在主类的 main 方法中声明 Student 类的对象数组：

```
Student [] e=new Student[5];
```

则使用语句：

```
e[0]=new Student("张三",25);
```

调用构造函数初始化对象元素，通过 e[0].name 的形式可以访问这个对象的 name 成员。

【例 2-16】　使用对象数组示例。

```
class Student{                              //定义 Student 类
    String name;                            //姓名
    int age;                                //年龄
    public Student(String pname,int page) { //构造函数
        name=pname;
        age=page;
    }
}
public class CmdArray{                       //定义主类
    public static void main(String [] args){
        Student [] e=new Student[5];         //声明 Student 对象数组
        e[0]=new Student("张三",25);         //调用构造函数，初始化对象元素
        e[1]=new Student("李四",30);
        e[2]=new Student("王五",35);
        e[3]=new Student("刘六",28);
        e[4]=new Student("赵七",32);
        System.out.println("平均年龄"+getAverage(e));
        getAll(e);
    }
    static int getAverage(Student [] d) {    //求平均年龄
        int sum=0;
        for (int i=0;i<d.length;i++)
        sum=sum+d[i].age;
        return sum/d.length;
```

```
    }
    static void getAll(Student [] d) {          //输出所有信息
        for (int i=0;i<d.length;i++)
        System.out.println(d[i].name+d[i].age);
    }
}
```

运行结果为：

```
c:\>java CmdArray
平均年龄 30
张三 25
李四 30
王五 35
刘六 28
赵七 32
```

2.6.2　使用二维数组

二维数组是一个特殊的一维数组，可以这样理解：一维数组中的每个元素又是一个一维数组。

（1）二维数组的定义与创建

二维数组的定义格式为：

```
数据类型数组名[ ][ ];
数据类型[ ][ ] 数组名;
```

例如：

```
int a[ ][ ];
int[ ][ ] b;
```

与一维数组一样，这时对数组元素也没有分配内存空间，同样要使用运算符 new 来创建数组对象，分配内存，然后才可以访问每个元素。使用 new 运算符时有两种方式。

一种方式是，用一条语句为整个二维数组分配空间。例如：

```
int a[ ][ ]=new int [2][3];
```

另一种方式是，首先指定二维数组的行数，然后再分别为每一行指定列数。例如：

```
int b[ ][ ]=new int [2][ ];
b[0]=new int[3];
b[1]=new int[3];
```

特别地，这种方式可以形成不规则的数组。例如：

```
int b[ ][ ]=new int [2][ ];          //共 2 行
b[0]=new int[3];                     //第一行有 3 个 int 元素
b[1]=new int[10];                    //第二行有 10 个 int 元素
```

二维数组也可以不用 new 运算符，而是利用初始化完成定义数组变量并创建数组对象的任务。例如：

```
int a[ ][ ]={{1,2,3},{4,5,6}};
int b[ ][ ]={{1,2,4,5,6},{6,7,6,9}};
int c[ ][ ]={{1,2},{6,7,6,9}};                //初始化为不规则的数组
```

（2）二维数组元素的访问

二维数组元素访问格式如下：

数组名[行下标][列下标]

其中，行下标和列下标都由 0 开始，最大值为每一维的长度减 1。

二维数组的 length 属性与一维数组不同。在二维数组中：

数组名.length 指示数组的行数。

数组名[行下标] .length 指示该行中的元素个数。

【例 2-17】　编写程序，定义一个不规则的二维数组，输出其行数和每行的元素个数，并求数组所有元素的和。

```
public class TwoArray{
    public static void main(String args[]){
        int b[][]={{11},{21,22},{31,32,33,34}};
        int sum=0;
        System.out.println("数组 b 的行数: "+b.length);
        for(int I=0;I<b.length;I++){
            System.out.println("b["+I+"]行的数据个数: "+b[I].length);
            for(int j=0;j<b[I].length;j++){
                sum=sum+b[I][j];
            }
        }
        System.out.println("数组元素的总和: "+sum);
    }
}
```

运行结果为：

```
c:\>java TwoArray
数组 b 的行数: 3
b[0]行的数据个数: 1
b[1]行的数据个数: 2
b[2]行的数据个数: 4
数组元素的总和: 184
```

小　　结

本章主要介绍了 Java 语言中的相关语法。因为语法部分的概念和规则比较多，需要记忆的也比较多，但理解这些概念和语法规则是我们编写程序的基础。

要理解变量和常量的概念，掌握 Java 常用数据类型以及类型间如何进行相互转换，尤其要注意在类型转换过程中的数据信息丢失的问题。变量作用域的概念需要在实践中逐步理解。

Java 运算符较多但不难理解，主要是使用规则。但也有几个地方需要大家注意：

在算术运算符中递增（++）和递减（－－）两个运算符在变量前后的位置不同，运算顺序也不同；关系运算符和逻辑运算符应该联系起来学习；位运算符是 Java 嵌入式编程的基础内容，并且当操作数是布尔类型（boolean）时也起到逻辑运算符的功能。

运算符的优先级是一个需要掌握的重点，对于暂时掌握不了或容易引起阅读混乱的运算符，建议使用小括号。

Java 的控制结构部分是这一章的重点部分，要通过大量的实践来加深理解。尤其是 break

和 continue 这两个跳转语句。

一维数组完整的定义和创建格式：

数组元素类型数组名[ ]=new 数组元素类型[数组元素个数]；

数组元素类型[ ]数组名=new 数组元素类型[数组元素个数]；

二维数组完整的定义和创建格式：

数组元素类型数组名[ ][ ]=new 数组元素类型[行数][列数]；

数组元素类型[ ][ ]数组名=new 数组元素类型[行数][列数]；

数组元素通过下标进行访问。在访问数组元素时，要特别注意下标的越界问题。可以通过数组的 length 属性，获取其中元素的个数。

习　　题

（一）填空题

（1）执行下列程序，输出的结果为_____。

```java
public class Teat1{
    public static void main(String [] args){
        int a=16
        int b=2
        do{
            a/=b;
        }while(a>3)
        System.out.println(a);
    }
}
```

（2）执行下列程序，输出的结果为_____。

```java
public class Test2{
    public static void main(String args){
        int x=5;
        double y=22.5;
        String s="abc";
        s+=x+y;
        System.out.println(c);
    }
}
```

（3）在 switch 分支语句中的常量类型必须和表达式的类型_____，并且每个子句的常量值必须_____。

（4）在使用分支语句编写程序的时候，表达式只能返回 int、byte、_____、char 类型的值。

（5）在分支语句中 break 语句用于跳出_____语句。

（6）条件语句控制程序的流程是通过判断_____来进行的。

（7）分支语句包括_____和_____。

（8）循环语句的控制机制是_____。

（9）循环语句包括四部分：_____、_____、_____和_____。

（10）循环语句的三种循环结构：_____、_____、_____。

（11）在 Java 程序中，do-while 循环语句块至少被执行_____次。

（12）在 for 循环语句的迭代部分可以使用_____进行多个操作。

（二）选择题

（1）下面选项不是表达式语句的是（　　）。

    A．c++;　　　　　　　　　　　　　B．a=b+c;

    C．a+=b;　　　　　　　　　　　　D．System.out.println（"A"）

（2）下列说法不正确的是（　　）。

    A．表达式可以是其他表达式的操作数

    B．单个常量或变量可以作为表达式

    C．表达式和表达式语句是一样的

    D．表达式的类型可以和操作数的类型不一样

（3）下面选项符合 Java 语言语法的语句是（　　）。

    A．int a=6;　　inst b=7;　　　　B．int a=4,　　int b=2;

    C．double a=b*/.8;　　　　　　　D．int a=9,b=1,c=8;a=b+c=a–b+c;

（4）执行下列程序，输出结果为（　　）。

```java
public class B{
    public static void main(String [] args){
        int x=5;
        double y=10.5f;
        float z=(float)(x*y);
        System.out.println(z);
    }
}
```

    A．50.0　　　　　B．52.0　　　　　C．50.5　　　　　D．52.5

（5）下列程序输出的结果为（　　）。

```java
public class A{
    public static void main(String [] args){
        int a=3.b=4,c=5,d=6,e=7;
        if(a<b||c>d) System.out.println("who");
        else System.out.println("why");
    }
}
```

    A．why　　　　　B．who　　why　　　C．who　　　　　D．没结果

（6）下面选项不属于 Java 的流程控制结构的是（　　）。

    A．分支语句　　　B．循环语句　　　C．赋值语句　　　D．递归

（7）下面不是合法的条件语句的一项是（　　）。

    A．if(a>b){…}　　B．if(a=1){…}　　C．if(a>b&&b>c){…}　　D．if(3>2){…}

（8）执行下列代码之后，输出的结果为（　　）。

```java
public class H{
    public static void main(String [] args){
        int sum=2,a=3,b=5,c=7;
        while(a<b){
            while(b!=c){
```

```
            sum+=b;
            b++;
        }
        b=4;
        a++;
    }
    System.out.println(sum);
    }
}
```

  A. 23   B. 24   C. 25   D. 26

（9）以下说法正确的是（ ）。

```
int a=10;
int t=0;
do {t=a++;} while(t<=10);
```

  A. 一次都不执行 B. 执行一次 C. 执行两次 D. 无限次执行

（10）下面语句中不是循环语句的是（ ）。

  A. for 语句   B. while 语句   C. switch 语句 D. do-while 语句

（三）编程题

（1）百马百担问题：100 匹马驮 100 担货物，其中大马驮 3 担货，中马驮 2 担，两匹小马驮 1 担。问共有大、中、小马各多少匹？编程实现求解的算法。

（2）地理课上老师给出一张没有说明省份的中国地图，从中选出五个省从 1 到 5 编号，要大家写出省份的名称。交卷后有五位同学 A、B、C、D、E，其中每人只答出了两个省份的名称。他们的回答内容如下：

A 答：2 号浙江，5 号江苏；

B 答：2 号湖北，4 号山东；

C 答：1 号山东，5 号湖南；

D 答：3 号湖北，4 号湖南；

E 答：2 号江苏，3 号浙江。

已知五位学生中每人只答对了一个省份名称，编程判断编号为 1 到 5 的五个省份的名称。

（3）找亲密数对：亲密数对是指这样的两个不相等的自然数 X 与 Y：X 所有的因子（除去 1 与自身 X 外）之和等于 Y，同样，Y 所有的因子（除去 1 与自身 Y 外）之和等于 X。如 48 与 75 就是一组亲密数对，编程求出并输出[2, 1000]范围之内（即大于等于 2 且小于等于 1000）的所有亲密数对。

（4）用循环结构编写程序，实现显示输出下面由星号（*）构成的小数图案。

（5）求水仙花数：水仙花数是这样的一个三位正整数，此数各数字的立方之和恰好等于

该数之值。例如 153 就是一个水仙花数：$153=1^3+5^3+3^3$。编程找出所有这样的水仙花数并输出到屏幕。

（6）区分国籍：有六个不同国籍的人 A、B、C、D、E 和 F，分别来自美国、德国、英国、日本、中国和法国。现在已知：

① A 与美国人是医生。

② E 和中国人是教师。

③ C 和德国人是律师。

④ B 和 F 已经做了父亲，而德国人还未结过婚。

⑤ 法国人比 A 年龄大；日本人比 C 年龄大。

⑥ B 同美国人穿着蓝色衣服，而 C 同法国人穿着黑色衣服。

由上述已知条件，编程求解 A、B、C、D、E 和 F 各是哪国人？

（7）d 进制数制转换：输入一个十进制的正整数 n（$1 \leq n \leq 32767$）作为要进行数制转换的对象，再输入一个正整数 d（$2 \leq d \leq 9$）作为要进行数制转换的基数，编程实现将 n 转换为 d 进制数并显示出结果。

如：输入一个十进制正整数 369；然后再输入要进行数制转换的基数 3，程序运行后显示的结果应为 111200。

（8）杨辉三角是中国古代著名的数学问题，其前几行的内容如下：

```
1
1   1
1   2   1
1   3   3   1
1   4   6   4   1
1   5   10  10  5   1
        ……
```

通过观察，不难发现，杨辉三角每一行中左右边界元素值均为 1，而非边界元素的值等于其上一行对应位置元素值与上一行对应位置左邻元素值之和。

编程实现对任意输入的正整数 n 值（$1 \leq n \leq 10$），按上面的格式输出杨辉三角前 n 行的内容。

（9）用循环结构编程实现显示输出下面由数字构成的图案。

```
987654321
 87654321
  7654321
   654321
    54321
     4321
      321
       21
        1
```

（10）有一列在北京与南京之间往返的快车 K999，中途只在三个城市停车：济南、徐州与蚌埠。编程实现以下功能：K999 的车票共需几种？每种车票的起点与终点分别是哪里？

第3章 类 和 对 象

通过本章，要求学生了解什么是类？什么是对象？以及它们之间的关系。对于类而言，主要讲解类的概念、类的定义以及类成员变量和方法的引用；对于对象而言，主要讲解对象的概念、对象的引用以及利用构造方法对对象进行初始化操作。

学习目标：

- 理解和掌握类与对象的定义和相互关系。
- 掌握构造方法的作用和定义。
- 掌握方法和变量的命名规则和定义方法。
- 掌握变量的作用域。

3.1　类和对象的基本概念

世界上所有的事物都能被归纳、划分成某一个类是人类在认识客观世界时经常采用的思维方法。分类的原则是通过对该类具体事物的静态特征和动态特征进行描述。其中静态特征是通过该类事物的一些属性体现，动态特征通过该类事物的一些行为来体现。类是具有相同属性和行为的一组具体事物的集合，它为属于该类的所有具体事物提供了统一的抽象描述，其内部包括属性和行为两个主要部分。其中一个具体事物就是一个对象。类与对象的关系就如模具和铸件的关系，汽车设计的图纸和具体制作出的汽车的关系，是抽象和具体的关系，是共性与个性的关系。通过对无数对象的抽象得到一个类，从一个类可以得到无数的对象，对象就是类的实例化，而对一类对象的抽象就是类。

在面向对象的编程语言中，类是一个独立的程序单位，它应该有一个类名并包括属性说明（对应静态特征）和行为说明（对应动态特征）两个主要部分。再具体讲，Java程序是由类构成的，在一个类里面，由变量来表示属性，由方法或称函数来表示行为，对象可以通过类来产生。

3.1.1　类的定义

Java程序都是由类构成的，通常类能够产生对象，面向对象程序设计所关心的是对象及对象间的关系，对象间通过调用对应类里面的变量和方法进行联系，从而构造出模块化、可重用、维护方便的软件。其设计思想：对要处理的问题进行归纳抽象，按照人的思维方式建立问题领域的模型，对客观实体进行结构模拟和功能模拟，设计出尽可能自然的表现问题求解方法的程序。

在现实中一切客观实体都具有如下特性：有一个名字标识该实体，有一组属性描述其特征，有一组行为实现其功能。例如每辆汽车都有价格、名称、颜色、速度等属性，也有减速、加速、刹车等行为，故可以定义一个"汽车类"，对汽车这一类型的客观实体所具有的共同属性和行为进行抽象描述。具体如图3-1所示。

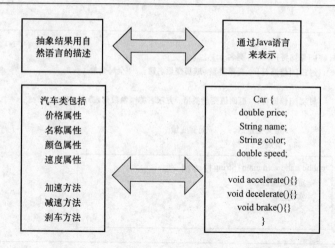

图 3-1   自然语言抽象的类和 Java 语言表示的类的对照示意图

Car 类通过 Java 语言建立之后，对象是什么？对象就是捷达，富康等具体的汽车。可以看出 Car 类还有很多属性和方法没有给出，这个由具体的应用情况来决定抽象出哪些变量和方法。

从图 3-1 可以看出，编写一个 Java 程序需要定义类。类定义包括类头（或称类声明）和类体两部分。类名后面的大括号和最后一个大括号构成类体，其前面部分就是类头。一般类的程序代码结构如图 3-2 所示。

```
[封装] [ 修饰符] class   类名 {
    [封装] [ 修饰符]  变量类型  成员变量名称；   //全局变量
    [封装] [ 修饰符]  返回值变量类型  方法名称（参数列表） {
            定义变量区；    //局部变量
            实现区；
            }
}
```

图 3-2   一般类程序代码结构

在一个源程序文件里，可以声明多个类，不过至少要有一个主类，它和程序文件同名，常见的主类程序代码结构如图 3-3 所示。

其中，class 是定义类的关键字，<类名>是所定义的类的名字，修饰符分为访问控制符和类型说明符两个部分，分别用来说明类的访问权限以及该类是否为抽象类或最终类。类的访问控制符主要包括 public、friendly（默认修饰符），public 表示该类可以被任何类访问，并被称为公共类，当某一个类被声明为 public 时，此源程序的文件名必须与 public 所修饰的类名相同。当没有 public 修饰符时，即是默认类（friendly，或称为缺省类），表示该类只能被同一个包中的类所访问。

类的类型修饰符包括 final、abstract。用 final 修饰的类被称为最终类，表明该类不能派生子类，用 abstract 修饰的类被称为抽象类，抽象类不能定义对象，它通常被设计成一些具有类似成员变量和方法的子类的父类。

```
[封装] [修饰符] class  类名 {
    [封装] [修饰符]   变量类型  成员变量名称;   //全局变量

    [封装] [修饰符]   返回值变量类型   方法名称（参数列表）{

        定义变量区;     //局部变量
        实现区;

public static void main (String [] args){
    定义变量区;
    实现区;
    }
```

图 3-3　主类程序代码结构

访问控制符和类型说明符可以一起使用，访问控制符在前，类型说明符在后。

3.1.2　类主体设计

Java 的类包括变量和方法，分别叫做类的成员变量和成员方法。因此，类主体的设计主要是成员变量的设计和成员方法的设计。

（1）类中的变量与修饰符

声明一个成员变量就是声明该成员变量的名字及其数据类型，同时指定其他的一些特性。声明成员变量的格式为：

[修饰符]<变量类型><变量名>

修饰符主要包括 public、private、protected、final、static 等，不加任何修饰符表明默认修饰符。public 表明该成员变量可以被任何类访问，private 表明该成员变量只能被该类所访问，protected 表明该成员变量可以被同一包中所有类及其他包中该类的子类所访问，final 表明该成员变量是一个常量，static 表明该成员变量是类的成员变量或者说是一个静态成员变量，它是一个类所有对象共同拥有的成员变量。没有任何修饰符则为默认访问权限，表明该成员变量可以被同一包中的所有类所访问。例如：

```
public int year;              //公共的整型成员变量 year
private long month;           //私有的长整型成员变量 month、
protected double day;         //保护的双精度成员变量 day
public static int number;     //公共的类成员变量 number;
final int MAX＝100;           //整型常量 MAX，值为 100
```

（2）成员方法

声明成员方法的格式为：

```
<修饰符><返回值类型><方法名>( [参数列表] )[ throws <exception> ] {
方法体
}
```

声明方法的修饰符和声明成员变量的修饰符一样，含义也和成员变量修饰符的含义基本相同。方法声明必须给出方法名和方法的返回值类型，没有返回值的方法用关键字 void 表示。

方法名后的（）是必须的，即使参数列表为空，也要加一对空括号。throws 表明方法可能抛出异常，exception 表明异常的种类。

例如，public void setDate（int y, int m, int d）声明了一个具有三个参数、无返回值的公共方法 setDate。

方法体是方法的具体实现。

现在，我们以类的观点重新考虑第 1 章的 HelloWorld 程序。

```
public class HelloWorld{
    public static void main(String [ ] args){
        System.out.println("Hello World!");
    }
}
```

在 HelloWorld 程序中，首先定义了一个 public 类 HelloWorld，因此这个程序的文件名必须被命名为 HelloWorld.java。这是一个公共类，可以被任何其他类访问。在这个类中，没有定义成员变量，只定义了一个成员方法，也就是程序的入口点 main 方法。main 方法必须小写，并且必须是由 public static void 来修饰，public 使得 main 方法可以在 HelloWorld 类外被使用，static 表明 main 方法是 HelloWorld 类的成员方法，而不是属于某一具体对象的成员方法，main 方法不需要返回值，因此必须被修饰为 void。main 方法需要一个 String 类型的数组作为其参数，用以接收命令行参数，并传入 main 方法内部。

程序的第三句是一条可执行语句，它是 main 方法的方法体，用于在系统的标准输出设备（如显示器）上显示一行字符串"Hello World！"。

程序运行时，系统为其分配一块内存空间，用于存储 HelloWorld 类，并由 main 方法开始程序的执行，引用 Java 的系统类 System，并使用 println 方法将字符串输出到 DOS 命令窗口中。最后，main 方法返回，程序执行完毕。

下面通过举例来说明前面的描述。

【例 3-1】 定义一个求圆面积的类。

```
public class Circle {
    double radius;
    double area;
    final double pi=3.14;
    public double calculateArea( ) {
        return pi*radius*radius;
    }
}
```

此例中定义了一个公共类 Circle，因此本程序存储时的文件名应为 Circle.java。在 Circle 类中，定义了两个成员变量 radius 和 area，用以存储圆的半径和面积；定义了一个常量 pi，用来存储π值；定义了一个没有输入参数、返回值为 double 类型的公共方法 calculateArea，其返回值为圆的面积。

3.2 类 的 实 例 化

如果已经定义了一个类，那么就可以使用这个类创建它的一个对象，即实例化一个类。

3.2.1 创建对象

创建对象包括对象声明和对象初始化两个部分。通常这两部分是结合在一起的，即定义对象的同时对其初始化，为其分配空间，并进行赋值。其格式为：

```
<类名><对象名> = new<类名> （ [ <参数列表 > ] ）
```

例如，创建 [例 3-1] 中 Circle 类的一个对象可以写成：

```
Circle mycircle=new Circle();
```

其中 mycircle 是所创建的对象的名字。

对象是引用类型。引用类型是指该类型的标识符表示的是一片连续内存地址的首地址。对象定义后系统将给对象标识符分配一个内存单元，用以存放实际对象在内存中的存放位置。在没有用 new 关键字创建实际对象前，对象名的值为 null。

关键字 new 用于为创建的对象分配内存空间，创建实际对象，并将存放对象内存单元的首地址返回给对象标识符。随后系统会根据<类名> （ [<参数列表 >] ）调用相应的构造方法，为对象进行初始化赋值，构造出有自己参数的具体对象。

创建对象时，也可以将对象声明和对象初始化分开，先做声明，后进行初始化。例如：

```
Circle mycircle;                 //声明 mycircle 对象
mycircle=new Circle();           //对 mycircle 初始化
```

需要注意的是，对象作为一种引用类型，尽管存放的是对象的地址，但是不能使用该地址直接操作对象的实际内存，这与 C/C++中的指针不同，是 Java 语言保证安全性的一种机制。

3.2.2 使用对象成员

一旦定义并创建了对象，就可以在程序中使用对象了。对象的使用包括使用其成员变量和使用其成员方法，通过成员运算符 "." 可以实现对变量的访问和方法的调用。通常使用的格式为：

```
对象名. 成员变量名
对象名. 成员方法名（ [ <参数列表> ] ）
```

例如：

```
mycicle.radius=5;                 //将 mycicle 的 radius 赋值为 5
mycicle.calculateArea(radius);   //调用 mycirlce 的 calculateArea 方法求圆的面积
```

同类的对象之间也可以进行赋值，这种情况称为对象赋值。例如：

```
Circle anothercircle;
anothercircle=mycircle;
```

上述语句创建了 Circle 类的另一个对象 anothercircle，并通过对象 mycircle 对其进行赋值。需要注意的是，和变量赋值不一样，对象赋值并不是真正把一个对象赋给另一个对象，而是让一个对象名存储的对象首地址和另一个对象名存储的对象首地址相同。换句话说，对象间的赋值实际上是对象首地址的赋值。上述语句实际上是将对象 mycircle 的首地址的值赋给了对象 anothercircle，因此对象 mycircle 和对象 anothercircle 实际存储了同一地址，表示的是同一个对象。

【例 3-2】 创建日期类 Date 并进行输出。

```
public class Date{
    private int day;
    private int month;
    private int year;
    public void setDate(int d,int m,int y){
        day=d;
        month=m;
        year=y;
    }
    public void printDate ( ){
        System.out.println("今天是"+year+"年"+month+"月"+day+"日");
    }
    public static void main(String [ ] args){
        Date today=new Date ( );
        today.setDate(5,1,2010);
        Date thisday;
        thisday=today;
        thisday.printDate( );
    }
}
```

程序运行结果：

今天是 2010 年 5 月 1 日。

该例具体说明了对象的使用情况。它首先定义了 Date 类,然后在 main 方法中创建了 Date
类的对象 today,利用对象 today 访问其成员方法 setDate(),为其成员变量 day、month、year
赋值,最后,声明了 Date 类的另一个对象 thisday,通过对象 today 对对象 thisday 赋值,使
today 和 thisday 指向同一个对象,调用 thisday 的 printDate()方法,输出了同样的日期。

【例 3-3】 设计类 Number,测试对象间的赋值。

```
class Number{
    int i;
    public static void main (String [ ] a){
        Number n1=new Number ( );
        Number n2=new Number ( );
        n1.i=9;
        n2.i=47;
        System.out.println("n1.i="+n1.i+"\t\t"+"n2.i="+n2.i);
        n1=n2;
        System.out.println("n1.i="+n1.i+"\t\t"+"n2.i="+n2.i);
        n1.i=27;
        System.out.println("n1.i="+n1.i+"\t\t"+"n2.i="+n2.i);
    }
}
```

程序运行结果：

```
n1.i=9n2.i=47
n1.i=47n2.i=47
n1.i=27n2.i=27
```

在本例中，创建了 Number 类的两个对象 n1 和 n2，并分别对其成员变量 i 赋值为 9 和

47，n1=n2 进行对象赋值后，n1、n2 实际上是同一个对象，通过 n1 改变了对象中 i 的值，也就改变了 n2 中 i 的值，因此 n1 和 n2 中 i 的值最后都是 27。

3.2.3　类成员的访问控制

在说明类的定义时提到了类及其成员的修饰符，这些修饰符包括访问控制修饰符和类型修饰符，访问控制修饰符主要用于定义类及其成员的作用域，可以在哪些范围内访问类及其成员。类型说明符主要用于定义类及其成员的一些特殊性质，比如是否可被修改、是属于对象还是属于类。这些修饰符中，用来修饰类的有 public、abstract、final，用来修饰类的成员变量的有 public、private、protected、final、static，修饰成员方法的有 public、private、protected、final、static、abstract。任何修饰符都没有使用的，属于默认修饰符（default）。我们将这些修饰符的作用列于表 3-1 中，然后具体分析。

表 3-1　　　　　　　　　　　　　　类及其成员修饰符的作用

	修饰符	同一类中	同一包中	不同包中的子类	不同包中的非子类
访问控制	public	Yes	Yes	Yes	Yes
	protected	Yes	Yes	Yes	No
	（friendly）	Yes	Yes	No	No
	private	Yes	No	No	No
类型说明	final	最终类或最终成员，修饰类时表示此类不能有子类，修饰变量时表明此变量是一个常量，修饰方法时表明此方法不允许被覆盖			
	abstract	抽象类或抽象方法，修饰类时表明此类不能定义对象，修饰方法时表明此方法必须被覆盖			
	static	类成员或静态成员，表明此成员属于类，而不属于该类的某一具体对象			

（1）访问控制修饰符

访问控制修饰符说明类或类的成员的可访问范围，用 public 修饰的类或成员拥有公共作用域，表明此类或类的成员可以被任何 Java 中的类所访问，是最广泛的作用范围。用 protected 修饰的变量或方法拥有受保护作用域，可以被同一个包中所有的类及其他包中该类的子类所访问。用 private 修饰的变量或方法拥有私有作用域，只能在此类中访问，在其他类中，包括该类的子类中也是不允许访问的，private 是最保守的作用范围。没有使用任何修饰符的，拥有默认访问权限（也称友好访问权限），表明此类或类的成员可以被同一个包中的其他类访问。

当然，成员的作用范围受到类的作用范围的限制，如果一个类仅在包内可见，那么它的成员即便是用 public 修饰的，也只有在同一包内可见。

【例 3-4】　测试成员变量修饰符的作用。

```
class FieldTest{
    private int num=5;      //私有作用域,本类可见
    public int get( ){       //公共作用域
        return num;         //get 方法返回成员变量 num 的值
    }
}
class Test{
    public static void main(String [ ] args){
        FieldTest ft=new FieldTest( );
        int t=ft.get( );       //正确访问
```

```
        //int s=ft.num;                    //不能访问 FieldTest 类中私有成员变量 num
        System.out.println("t=" +t);
        //System.out.println(s);
    }
}
```

程序运行结果：

t=5

本例说明了类成员修饰符的作用，在类 Test 中试图访问 FieldTest 类中的私有变量 num 是错误的（见注释部分）。如果将变量 num 的修饰符 private 改为 public，或直接去掉 private，使得变量 num 具有包或公共作用域，则程序就可正常运行，读者可自行测试。

（2）类型修饰符

类型修饰符用以说明类或类的成员的一些特殊性质。final 和 abstract 修饰符主要与类的继承特性有关，将在以后讨论。现在主要说明 static 修饰符。

Java 类的成员是指类中的变量和方法，根据这些成员是否使用了 static 修饰符，可以将其分为类成员（或称静态成员）和实例成员。具体地说，在一个类中，使用 static 修饰的变量和方法分别称为类变量（或称静态变量）和类方法（或称静态方法），没有使用 static 修饰的变量和方法分别称为实例变量和实例方法。

类成员（静态成员）属于这个类而不是属于这个类的某个对象，它由这个类所创建的所有对象共同拥有。类成员仅在类的存储单元中存在，而在由这个类所创建的所有对象中，只是存储了一个指向该成员的引用。因此，如果任何一个该类的对象改变了类成员，则对其他对象而言该类成员会发生同样的改变。对于类成员，既可以使用对象进行访问，也可以使用类名直接进行访问，并且在类方法中只能访问类成员，而不能访问实例成员。

实例成员由每一个对象个体独有，对象的存储空间中的确有一块空间用来存储该成员。不同的对象之间，它们的实例成员相互独立，任何一个对象改变了自己的实例成员，只会影响这个对象本身，而不会影响其他对象中的实例成员。对于实例成员，只能通过对象来访问，不能通过类名进行访问。在实例方法中，既可以访问实例成员，也可以访问类成员。

【例 3-5】 定义类 SaticTest，测试对实例成员和类成员的不同访问形式。

```
public class StaticTest{
    static int i=1;
    int j=1;
    static void printStatic( ){
        System.out.println("i="+i);
        //System.out.println("j="+j);    //非法访问
    }
    void print(){
        System.out.println("i="+i);
        System.out.println("j="+j);
    }
    public static void main(String [ ] args){
        StaticTest.printStatic( );
        //StaticTest.print( );            //非法访问
        StaticTest.i=2;
```

```
            //StaticTest.j=2;                    //非法访问
            StaticTest st=new StaticTest( );
            st.i=3;
            st.j=3;
            st.print( );
            st.printStatic( );
        }
    }
```

程序运行结果:

```
i=1
i=3
j=3
i=3
```

程序定义了一个类变量 i, 定义了一个实例变量 j, 定义了一个类方法 printStatic, 定义了一个实例方法 print, 在类方法 printStatic 中, 只能访问类变量 i, 但不能访问实例变量 j, 在实例方法 print 中, 则两个变量都可以访问。在 main 方法中, 由于 main 方法是使用 static 修饰的, 因此可以直接通过类名访问类变量 i 和类方法 printStatic, 但不能通过类名访问实例变量 j 和实例方法 print, 而一旦定义了对象 st, 则通过对象 st 可以访问类的任何成员, 不论是类成员还是实例成员。

为什么 main 方法必须是 static 的呢？因为 main 方法是程序的入口点, 程序由 main 方法开始执行, 此时是没有对象的, 因此 main 方法不可能是实例方法, 否则程序就没有办法启动执行了。

【例 3-6】 测试类变量与实例变量的不同。

```
public class StaticVar{
    int i=0;
    static int j=0;
    public void print( ){
        System.out.println("i="+i);
        System.out.println("j="+j);
    }
    public static void main(String [ ] args){
        StaticVar sv1=new StaticVar( );
        sv1.i++;
        sv1.j++;
        sv1.print();
        StaticVar sv2=new StaticVar( );
        sv2.print();
    }
}
```

程序运行结果:

```
i=1
j=1
i=0
j=1
```

程序中定义了实例变量 i 和类变量 j，创建了两个对象 sv1 和 sv2，对 sv1 中的 i 和 j 进行自增运算，输出均为 1；然后输出 sv2 中的两个变量，结果为 0 和 1。因为 i 是实例变量，sv1 的更改只影响 sv1 本身，不影响其他对象，而 j 是类变量，sv1 对其更改，sv2 中的该变量会随之更改。

与类的修饰符一样，类成员的访问控制修饰符和类型修饰符也可以组合使用，访问控制修饰符在前，类型修饰符在后，例如：

```
public static int i;                 //该语句定义了一个具有公共作用域的类变量 i
public static final int PI=3.14;     //该语句定义了一个具有公共作用域的类常量 PI
```

3.3 类 的 组 织

面向对象程序设计的另一个特点是公共资源可以重用。在 Java 中，当应用软件比较大时，就会有许多 Java 文件，如果这些 Java 文件放在一个文件夹中，管理起来就比较困难，以后的软件资源重用也不方便。Java 解决此问题的方法是使用了包。

3.3.1 包的概念

包是 Java 提供的文件组织方式。一个包对应一个文件夹，一个包中可以包括很多类文件，包中还可以有子包，形成包等级。Java 把类文件放在不同等级的包中。这样一个类文件就会有两个名字：一个是类文件的短名字，另外一个是类文件的全限定名。短名字就是类文件本身的名字，全限定名则是在类文件的名字前面加上包的名字。

例如，把 Hello 这个类放在名为 mypackage 的包中，则 Hello 这个类的短名字为 Hello.class，全限定名为 mypackage.Hello.class。

使用包不仅方便了类文件的管理，而且扩大了 Java 命名空间。不同的程序员可以创建相同名称的类，只要把它们放在不同的包中，就可以方便的区分，不会引发冲突。

Java 规定，同一个包中的文件名必须唯一，不同包中的文件名可以相同。Java 语言中的这种包等级和 Windows 中用文件夹管理文件的方式完全相同，差别只是表示方法不同。

3.3.2 创建包

创建一个包是很简单的：只要使用一个 package 语句作为一个 Java 源文件的第一句，则该源文件中所定义的任何类都将属于由此 package 语句指定的包。package 语句定义了一个存储类的名字空间。如果省略 package 语句，类名被输入一个默认的没有名称的包（这就是为什么在前述的程序中我们不用担心包的原因）。尽管默认包对于简单短小的例子程序很方便，但它对于实际的应用程序却是不适当的。多数情况下，需要为自己的代码定义一个包。

创建包的语法格式为：

```
package<包名>;
```

其中 package 是关键字，包名是包的标识符。package 语句使得其所在文件中的所有的类都属于指定的包。例如：

```
package myPackage;
```

只要将该语句作为源文件的第一句，就创建了一个名为 myPackage 的包。也可以创建包的层次。为做到这点，只要将每个包名与它的上层包名用点号"."分隔开就可以了。一个多级包的声明的通用形式如下：

```
package<包名> [.<子包名> [.<子子包名>…]];
```

例如，下面的声明为 MyPackage 的包创建了它的子包 secondPackage。

```
package myPackage .secondPackage;
```

需要注意的是，在一个 Java 文件中，只允许出现一个 package 语句，因为不可能将某个类放在两个不同的包中。当多个 Java 源文件中都有 package 语句，且 package 语句后的包名相同时，则表明这些类同属于一个包。

【例 3-7】　将 HelloWorld 程序放入自己定义的包 myPackage 中。

```
package myPackage;
public class HelloWorld{
    public static void main(String [ ] args){
        System.out.print("Hello World!");
    }
}
```

3.3.3　访问包

（1）目录布局及 CLASSPATH 环境变量

Java 用文件系统目录（文件夹）来存储包。不过，只有在编译时加上-d 参数，Java 编译器才会生成相应的目录结构。

例如，［例 3-7］的程序在编译时必须输入：

```
javac -d . HelloWorld.java
```

Java 编译器才会在当前目录下生成名为 myPackage 的文件夹，并把 HelloWorld.class 文件放在该文件夹下。

一旦一个类有了它的包，在访问时就需要指明类的路径，以便能够找到该类。

［例 3-7］中，在 myPackage 包中创建了一个名为 HelloWorld 的类。当试图运行 HelloWorld 时，java 解释器会报告一个"不能发现 HelloWorld 类"的错误消息。这是因为该类现在被保存在 myPackage 包中。不能再简单用 HelloWorld 来引用。必须通过列举包层次来引用该类。引用包层次时用"."将包名隔开。该类现在必须叫做 myPackage. HelloWorld。即需要按照下面的格式运行该程序：

```
java myPackage. HelloWorld
```

另外一个方法就是改变默认的类路径变量 CLASSPATH。Java 使用 CLASSPATH 环境变量指明类的存储路径，默认的存储路径是"."，表示 Java 编译器在当前文件夹下面寻找 Java 类文件。可以将 CLASSPATH 设置为 HelloWorld.class 文件的上级目录，以便 Java 编译器能够找到 HelloWorld.class 并运行它。例如，HelloWorld.class 文件所在的文件夹为 C:\myjava\myPackage 下，那么可以设置类路径为：

```
set CLASSPATH=.;C:\myjava
```

此时，输入 java myPackage.HelloWorld，程序会正确运行。因为此时 Java 编译器会到 C:\myjava\ 下寻找 myPackage. HelloWorld.class 文件，而该文件就在这个目录下。

不论上述哪一种方法，需要注意的是 HelloWorld 程序的名字现在是 myPackage.

HelloWorld，必须要加上它所在包的包名，否则就是不正确的。

（2）import 语句

包的存在方便了类的管理，但在使用一个类时必须加上类所在包的包名，也就是要使用类的全限定名，这会带来编程的不便。为此，Java 使用 import 语句来引入特定的类甚至是整个包。一旦被引入，类可以被直呼其名，而不必使用全限定名。

import 语句对于程序员引用类是很方便的，而且在技术上并不需要编写完整的 Java 程序。如果在程序中将要引用若干个类，那么用 import 语句将会节省很多时间。

在 Java 源程序文件中，import 语句紧接着 package 语句（如果 package 语句存在），它存在于任何类定义之前。下面是 import 声明的通用形式：

```
import pkg1[.pkg2].(classname|*);
```

这里，pkg1 是顶层包名，pkg2 是在外部包中的用逗点（.）隔离的下级包名。除非是文件系统的限制，不存在对于包层次深度的实际限制。最后是要指定一个明确的类名或使用一个星号（*），用来指明要引入这个包中所有的 public 类。例如：

```
import java.util.Date;            //引入 java.util.Date 类
import java.io.*;                 //引入 java.io 包中的所有 public 类
```

【例 3-8】 将 Date 类放入包 mypackage，并用 mypackage1 包中的 Test 类实现该 Date 类。

```
package mypackage;
public class Date{
    private int day;
    private int month;
    private int year;
    public Date(int d,int m,int y){
        day=d;
        month=m;
        year=y;
    }
    public void setDate(int d,int m,int y){
        day=d;
        month=m;
        year=y;
    }
    public void printDate( ){
        System.out.println("今天是"+year+"年"+month+"月"+day+"日");
    }
}
```

以下程序是 mypackage1 包中的 Test 类。

```
package mypackage1;
import mypackage.Date;
public class Test{
    public static void main(String [] args){
        Date mydate=new Date(5,1,2010);
        mydate.printDate();
    }
}
```

程序运行结果：

今天是 2010 年 5 月 1 日

在这个例子中，用 import mypackage.Date 语句引入了 Date 类，使得我们可以访问 Date 类及其成员。此例子必须先用命令 javac -d . Date.java 编译 Date 类，然后再用命令 javac -d . Test.java 编译 Test 类，最后用命令 java mypackage1.Test 运行程序。

当然，此程序也可以不引入 Date 类，在程序中使用 Date 类的全限定名 mypackage.Date，程序同样可以正确运行，读者可自行测试。

星号形式可能会增加编译时间——特别是在你引入多个大包时。因为这个原因，明确的命名你想要用到的类而不是引入整个包是一个好的方法。然而，星号形式和类的大小对运行的时间性能没有影响。

其实任何一个 Java 程序的运行都需要一些标准类的支持，所有 Java 包含的标准类都存储在名为 java 的包中。基本语言功能被存储在 java 包中的 java.lang 包中。通常，必须引入你所要用到的每个包或类，但是，java.lang 包是 Java 的核心包，是每一个 Java 程序都必须使用的包，因此 Java 虚拟机会自动加载 java.lang 包，没有必要在程序的开始用 import 引入这个包。

需要注意的是 import 语句仅能引入被声明为 public 的类，并且不能引入子包中的类。例如为了编写 GUI 程序通常需要引入 java.awt 这个包，为了使程序响应所发生的事件必须引入 java.awt.event 这个包，虽然 java.awt.event 包是 java.awt 包的子包，但在程序中必须写两句 import 语句将这两个包都引入。即在程序的开头必须写入这两句代码：

```
importjava.awt.*;
importjava.awt.event.*;
```

在使用星号形式时，如果所引用的两个不同包中具有相同类名的类，编译器将保持沉默，除非你试图运用其中的一个。这种情况下，会得到一个编译时错误。为了避免这种错误的发生，就必须明确地命名包中的类。

（3）访问保护

前面已经介绍了 Java 的访问控制机制和它的访问说明符。例如，一个类的 private 成员仅可以被该类的其他成员访问，但不能在类外进行访问。表 3-1 中已经列出了 Java 的访问控制修饰符，并表明了这些修饰符对类成员的访问限制作用。这些限制机制就是通过包来实现的。

类、包都是用来封装变量和方法、容纳名称空间的。包就像盛装类和下级包的容器，类就像是数据和代码的容器。访问控制修饰符确定访问限制。

Java 的访问控制机制看上去很复杂，我们可以按下面的简化思路来理解它：

对于类的成员而言：任何声明为 public 的内容可以被从任何地方访问。被声明成 private 的成员不能被该类外看到。如果一个成员不含有一个明确的访问说明，它对于该包中的其他类是可见的，这是默认访问。如果你希望一个成员在当前包外可见，但仅仅是成员所在类的子类直接可见，把成员定义成 protected。而一个类只可能有两个访问级别：默认的或是公共的。如果一个类声明成 public，它可以被任何其他类访问；如果该类默认访问控制符，它仅可以被同一包中的其他类访问。

3.4　方　　法

方法是类的成员，它与类的成员变量一起被封装在类中，并在类中实现。

3.4.1　方法的概念和作用

在类中定义方法时，定义的格式为：

```
<修饰符><返回值类型><方法名>( [参数列表] )[ throws <exception> ]{
    方法体
}
```

从方法的定义格式中可以看到，一个方法的定义主要包括：方法的方法名、修饰符、返回值类型、参数列表和 throws 子句。为了简化理解，本节仅按下述固定格式定义方法，这种方法称为类方法或静态方法，其他的问题留在后续章节介绍。

```
static<返回值类型><方法名>( [参数列表] ){
    方法体
}
```

首先，看一个求阶乘的简单程序。

【例 3-9】　计算 3、6、9 的阶乘并输出结果。

```java
public class TestFunction1{
    public static void main(String[] args) {
        long z=1L;
        int x=1;
        for(x=3;x>0;x--)                    //该循环求 3 的阶乘
        z*=x;
        System.out.println("3!="+z);        //输出 3 的阶乘
        for(x=6,z=1;x>0;x--)                //该循环求 6 的阶乘
        z*=x;
        System.out.println("6!="+z);        //输出 6 的阶乘
        for(x=9,z=1;x>0;x--)                //该循环求 9 的阶乘
        z*=x;
        System.out.println("9!="+z);        //输出 9 的阶乘
    }
}
```

程序运行结果：

```
3!=6
6!=720
9!=362880
```

这个程序只定义了一个方法，即 main 方法，它除了作为程序的入口之外，还完成了求阶乘的运算。很显然，用来求阶乘的三个 for 循环具有很大的重复性，当需要求更多的阶乘时，会增加更多的重复程序段。

使用方法可以改进这种情况。方法的作用就是完成一个特定的功能，并实现代码重用。我们可以改进上述例题，把"计算一个数的阶乘并输出"的功能独立出来，用方法来实现，当需要时，就使用不同的参数调用该方法。

【例 3-10】 使用方法计算 3、6、9 的阶乘并输出结果。

```
public class TestFunction2{
    //第一个方法是main方法，它3次调用了第二个方法
    public static void main(String[] args) {
        factorial(3);
        factorial(6);
        factorial(9);
    }
    //第二个方法是factorial方法，它求出参数n的阶乘并输出
    static void factorial(int n) {
        long z=1L;
        int x=n;
        for( ;x>0;x--)                          //该循环求n的阶乘
        z*=x;
        System.out.println(n+"!="+z);           //输出n的阶乘
    }
}
```

　　方法名的命名规则，与所有其他的 Java 标识符命名规则完全一样：以字符(或下划线或货币符号)开头后面只跟 Unicode 字符。一般情况下，为了程序的可读性，方法名最好采用单词、拼音或它们的缩写。例如：draw()、drawCircle()、drawCircle AndRectangle()等。

　　方法名后小括号内的参数指明了方法接收的外部输入。如果一个方法不需要接收外部的输入，则参数为空，但方法名后的小括号必须有，它是方法的标志。如果一个方法需要接收多个外部的输入，则构成参数列表，各个参数之间使用逗号分割。例如：

```
static void aMathod() {…}                    //无参数的方法
static void bMathod(int n) {…}               //有一个参数的方法
static void cMathod(int n,int m,long k) {…}  //有多个参数的方法
```

　　方法的返回值类型可以是基本数据类型也可以是对象，如果没有返回值，就用 void 来描述。例如，main 方法就没有返回值，而且必须没有返回值。又如：

```
static void Mathod1() {…}                    //无返回值的方法
static boolean Mathod2() {…}                 //返回布尔值的方法
static int Mathod3() {…}                     //返回整型值的方法
```

　　由花括号括起来的部分是方法体，它包含了该方法的所有处理逻辑，如变量定义、执行语句等，具体完成方法的功能。

3.4.2　方法中的参数

（1）参数与返回值

　　在 Java 语言中，向方法传递参数的方式是"按值传递"。按值传递意味着当将一个参数传递给一个方法时，首先创建了源参数的一个副本并将这个副本传入到方法，这样方法接收的是原始值的一个副本。因此，即使在方法中修改了该参数，那仅仅是改变副本，而源参数值保持不变。

【例 3-11】 方法的参数传递。

```
public class TestPara {
    static void test(boolean paratest) {
```

```
            paratest = !paratest;
            System.out.println("In test (boolean) : test = " + paratest);
        }
    public static void main(String[] args) {
            boolean test = true;
            System.out.println("Before test (boolean) : test = " + test);
            test(test);
            System.out.println("After test (boolean) : test = " + test);
        }
    }
```

运行结果：

```
Before test(boolean) : test = true
In test(boolean) : test = false
After test(boolean) : test = true
```

不难看出，虽然在 test 方法中改变了传进来的参数的值，但对这个参数的源变量本身并没有影响，即对 main 方法里的 test 变量没有影响。这说明，按值传递实际上是将参数的值作为一个副本传进方法，因此，无论在方法里怎么改变其值，结果都只是改变了拷贝的值，而不是源值。

传递的参数的类型，既可以是基本数据类型也可以是对象。当向方法传递对象作参数时，实际传递的是对对象的引用，这个问题将在后续章节讨论。

定义方法时必须声明方法的返回值类型。除 void 类型的方法外，方法应该有一返回值，该返回值的类型也称为方法的类型。方法返回值包括任何数据类型，可以是简单数据类型（如 int、char 等），也可以是对象。如果返回值是对象，则实际返回的是对象的地址（引用）。

在方法中，使用 return 语句把一个确定的值返回给调用该方法的语句。return 语句的一般格式如下：

```
return <值或表达式>;
```

例如：

```
return 100;                    //返回值是 100
return x;                      //返回 x 的值
return x+y;                    //先计算 x+y，并返回计算结果
return anObject;              //返回一个名为 anObject 的对象引用
```

如果一个方法被定义成 void 类型，在方法中不需要 return 语句；否则，由 return 语句所返回的值或表达式，必须与方法的返回值同属于一个类型。

仍以计算阶乘为例，我们可以修改［例 2.14］中的 factorial 方法，使之求出参数 n 的阶乘后，不是简单的输出，而是将阶乘值返回到 main 方法中。显然，这样的程序更加灵活。

```
public class TestFunctionRetu{
    public static void main(String[] args) {
            long result=0;
            result=factorial(3);      //调用方法并获得返回值
            System.out.println("3!="+result);
            result=factorial(6);      //调用方法并获得返回值
            System.out.println("6!="+result);
```

```
        result=factorial(9);        //调用方法并获得返回值
        System.out.println("9!="+result);
    }
    static long factorial(int n) {
        long z=1L;
        int x=n;
        for( ;x>0;x--)              //计算阶乘
        z*=x;
        return z;                   //返回阶乘值
    }
}
```

因为 void 类型的方法没有返回值，所以可以直接被调用，例如［例 2.14］中的语句 factorial(3)。一个有返回值的方法被调用时，一般需要一个变量来接收它的返回值，如上例中的语句 result=factorial(3)；也允许不接收其返回值，此时调用方法的目的是为了得到它的副产品。

（2）参数传递和 this 引用

方法是 Java 程序实现其功能的成员，很多方法在使用时需要为其传送参数。Java 中方法的所有参数均是"按值"传送的，即，方法调用不会改变参数被传递前的值。

参数是基本数据类型时的情况，已经在第 2 章中介绍，下面介绍向方法传递对象作参数时的情况。

1）对象作为方法的参数。当使用对象实例作为参数传递给方法时，参数的值是对对象的引用。也就是说，传递到方法内部的是对象的引用值而不是对象的内容。因为"按值"传送，在方法内这个引用值不会被改变。但，如果通过该引用值修改了所指向的对象的内容，则方法结束后，所修改的对象内容可以保留下来。

理解引用的概念并不困难。如果对 C/C++有所了解，那么就会发现它与指针的概念十分相似，只是这个"指针"非常安全。简单说，引用其实就像是一个对象的别名。我们知道在定义一个对象变量时，已经给了这个对象一个变量名，而引用就是这个对象的另一个名字，并且同一个对象可以有多个引用。明白了这一点，就不难理解使用对象传递方法的参数时，"引用值"并没有发生改变，但却可以通过"引用值"改变它所指向的对象内容。

在［例 3-12］中，使用了 Integer 类。

【例 3-12】 使用 Integer 类举例。

```
public class Swap{
    public static void main(String args[]){
        Integer a, b;
        a = new Integer(10);
        b = new Integer(50);
        System.out.println("before swap...");
        System.out.println("a is " + a);
        System.out.println("b is " + b);
        swap(a, b);
        System.out.println("after swap...");
        System.out.println("a is " + a);
        System.out.println("b is " + b);
```

```
        }
    public static void swap(Integer pa, Integer pb){
        Integer temp = pa;
        pa = pb;
        pb = temp;
        System.out.println("in swap…");
        System.out.println("a is " + pa);
        System.out.println("b is " + pb);
    }
}
```

运行结果：

```
before swap…
a is 10
b is 50
in swap…
a is 50
b is 10
after swap…
a is 10
b is 50
```

在本例程序中可以清楚地看到，为了把对象 a、b 传入方法 swap，我们将对象的引用作为了参数提交给了 swap 方法，但是，swap 方法并没有直接使用传入的引用而是为这两个引用生成了两个副本 pa、pb，并且在 swap 方法中操作的就是这两个副本，使其交换了所指向的对象，而没有直接操作传入的引用。尽管对象变量 pa、pb 在 swap 函数中的确做了交换，但当程序从 swap 方法返回到 main 方法中时，我们看到 a、b 的值仍然保持不变。即，main 方法中的引用并没有被修改，它们依然指向原来的对象。

【例 3-13】 对象作为参数实例。

```
class TestObject{
    private String name;
    public void setName(String pname){
        name = pname;
    }
    publicString getName(){
        return name;
    }
}
public class Testit{
    private void modify(TestObject ta,TestObject tb){
        ta.setName("xyz");
        tb.setName("uvw");
        System.out.println("in test…");
        System.out.println("ta.getName()=" + ta.getName());
        System.out.println("tb.getName()=" + tb.getName());
    }
    public static void main(String[] args){
        TestObject ta = new TestObject();
```

```
        TestObject tb = new TestObject();
        Testit tc = new Testit();
        ta.setName("abc");
        tb.setName("def");
        System.out.println("before test…");
        System.out.println("ta.getName()=" + ta.getName());
        System.out.println("tb.getName()=" + tb.getName());
        tc.modify(ta, tb);
        System.out.println("after test...");
        System.out.println("ta.getName()=" + ta.getName());
        System.out.println("tb.getName()=" + tb.getName());
    }
}
```

运行结果：

```
before test…
ta.getName()=abc
tb.getName()=def
in test…
ta.getName()=xyz
tb.getName()=uvw
after test…
ta.getName()=xyz
tb.getName()=uvw
```

看完 [例 3-12] 大家可能会迷惑：既然 Java 中只有按值传递这一种传递方式，那么为什么 modify 方法却改变了函数外部对象的数据呢？这就是我们要说明的另一个问题。Java 中当对象作为参数时，传入方法的是对象的引用，但要注意的是在传入时生成了引用的副本。同一个对象可以有多个引用，并且可以通过每个引用来访问这个对象，在这个例子里，当 main 方法调用 modify 方法时，向它传递了 ta、tb 两个对象变量。而 modify 方法也接收到了这两个对象的引用，并且为这两个引用生成了两个副本。注意，生成的这两个副本也是引用并且它们与传入方法的对象引用一样都指向源参数 ta、tb 两个对象，所以我们可以通过这两个副本来操作源参数，从而当 modify 方法执行完毕回到 main 方法时对象 ta、tb 的数据被修改了。

简单说来，Java 只有一种参数传递方式——按值传递，当使用对象作为参数时，参数传递的是引用的副本，既不是引用本身，更不是对象。

有些时候，方法需要明确使用对当前对象的引用，而不是对参数所传递的对象的引用，此时要使用 this 关键字。

2）this 引用。在方法内，this 关键字可以为调用了方法的那个对象生成相应的地址，从而获得了对调用本方法的那个对象的引用。当方法需要访问类的成员变量时，就可以使用 this 引用指明所要操作的对象。

【例 3-14】　用 this 实现对本类的引用。

```
public class Date{
    private int day;
    private int month;
    private int year;
```

```
public void setDate(int day,int month,int year){
    this.day=day;
    this.month=month;
    this.year=year;
}
}
```

在这个类中，方法 setDate()需要访问类的成员变量 day、month、year，同时 setDate()的参数列表中又有三个同名变量，可以使用 this 指明赋值号左边的三个变量是类的成员变量，赋值号右边的是方法的参数，表明要把传递进来的三个参数的值分别赋给调用该方法的对象中的三个实例变量。

需要注意的是，当一个变量被声明为 static 时，是不能用 this 来指向的，因为 this 指向某一具体对象，不能用来指示类本身。

this 有时是必须的，例如在完全独立的类中调用一个方法，同时把对象实例作为自变量来传送，此时就要使用 this 指明是对哪个对象实例进行操作。

【例 3-15】 练习将对象作为自变量传送。

```
public class Date{
    private int day,month,year;
    Date(int day,int month,int year){
        setDate(day,month,year);
        printDate(this);
    }
    private void setDate(int day,int month,int year){
        this.day=day;
        this.month=month;
        this.year=year;
    }
    private void printDate(Date d){
        System.out.println("今天是"+d.year+"年"+d.month+"月"+d.day+"日");
    }
    public static void main(String [ ] args){
        Date date=new Date(1,05,2010);
    }
}
```

程序运行结果：

今天是 2010 年 5 月 1 日

本例中，构造函数 Date()需要访问 printDate()方法，而此方法又需要一个 Date 类的对象作参数，我们用 this 将刚创建的对象作为参数传入，指明对这个对象实例进行访问操作。

this 还可以用在某个构造函数的第一句，用来调用该类的另一个构造函数，不过这属于面向对象的多态的特性，这里就不再多介绍。

（3）类的封装性

在前面的例子中，我们将对象的初始化和输出对象的功能分别用 setDate()方法和 printDate()方法实现，并在构造函数中进行调用。其实，完全可以将初始化和输出功能直接使用构造函数实现，为什么要舍近求远呢？

我们知道，类由成员变量和成员方法构成，对类的操作也就是对这些成员的操作。可以访问的类的成员越多，出现问题的几率就越大，程序的健壮性、稳定性就越差。为避免这种情况，在面向对象编程中提出了"强内聚、弱耦合"的编程思想。也就是要求一个类的内部成员之间联系紧密一些，而一个类与其他类之间的联系疏松一些。实现这种思想的方式，就是尽可能地把类的成员声明为私有的（private），只把一些少量的、必要的方法声明为公共的（public），提供给外部使用。这种方式使得类功能的实现只在类内可见，在类的外部，则只能访问那些少量的 public 方法，完成相应的功能。至于实现这些功能的内部机理和过程，在类的外部并不知道也不需要知道，从而减少了用户对类的内部成员的访问，增强了程序的健壮性。

防止直接访问数据变量看起来有些奇怪，但它实际上却对使用 Date 类的程序的质量有极大的好处。既然数据的单个项是不可访问的，那么唯一的办法就是通过方法来读写。因此，如果要求类成员内部的一致性，就应该通过类本身的方法来处理。

这种数据隐藏技术就是面向对象的重要特性：封装。它将类的外部界面与类的功能实现区分开来，隐藏实现细节，通过公共方法保留有限的对外接口，迫使用户使用外部界面，通过访问接口实现对数据的操作。即使实现细节发生了改变，也还可通过界面承担其功能而保留原样，确保调用它的代码还继续工作。这使代码维护更简单。

3.5 构 造 函 数

用类创建的每个对象都有自己各自的特性，这反映在每个对象中实例变量的初值不同上。对每个对象中的实例变量逐个进行初始化，将非常枯燥。最简单的方法就是在创建对象时完成这些初始化。Java 通过构造函数来完成这一工作。

3.5.1 构造函数的作用和定义

构造函数也称为构造方法，用来对对象进行初始化。它本身是一种特殊的方法，人们沿用 C++中的叫法，把这种方法仍称为构造函数。通常而言，一个类至少有一个构造函数。

构造函数在语法上等同于其他方法，因此构造函数的设计方法和其他方法的设计方法类同。但构造函数有自己的特点：构造函数的名字必须和类名完全相同，并且没有返回值，甚至连表示无返回值的空类型（void）也没有，因为构造函数隐式的返回类型就是类型本身。

构造函数一般应定义为 public。当创建对象时，由 new 运算符自动调用，实现对对象中的成员变量初始化赋值，或者进行对象的处理。使用构造函数来初始化对象，可以提高程序的健壮性，简化程序设计。

【例 3-16】 将定义日期的功能用构造函数来实现。

```java
public class Date{
    private int day;
    private int month;
    private int year;
    Date(int d,int m,int y) {          //构造函数
        day=d;
        month=m;
        year=y;
    }
    public void printDate( ) {
```

```
        System.out.println("今天是"+year+"年"+month+"月"+day+"日");
    }
    public static void main(String [ ] args) {
        Date today=new Date(1,5,2010);
        today.printDate( );
        Date anotherday=new Date(1,6,2010);
        anotherday.printDate( );
    }
}
```

程序运行结果：

今天是 2010 年 5 月 1 日
今天是 2010 年 6 月 1 日

程序定义了 Date 类的构造函数 Date()。在使用 new 关键字创建对象的同时，分别对两个对象的各个成员变量赋予不同的值，从而创建了两个具有自己特性的对象。这样设计简化了程序的初始化工作。

3.5.2 默认构造函数

一般而言，每个类都至少有一个构造函数。如果程序员没有为类定义构造函数，Java 虚拟机会自动为该类生成一个默认的构造函数。

默认构造函数的参数列表及方法体都为空。在程序中，当使用 new Xxx( )的形式来创建对象实例时，就是调用了默认构造函数，这里 Xxx 表示类名。

要特别注意的是，如果程序员定义了一个或多个构造函数，Java 虚拟机则自动屏蔽掉默认的构造函数。

3.5.3 构造函数的使用

【例 3-17】 设计类 Person，用其创建对象，并对创建的对象个数计数。

```
public class Person{
private static int i;
private String name;
private int age;
Person(String n,int a){
name=n;
age=a;
i++;
speak();
}
void speak(){
System.out.println("我是第"+i+"个人,名叫"+name+",年龄"+age+"岁");
}
public static void main(String [ ] args){
Person p1=new Person("张三",20);
Person p2=new Person("李四",22);
Person p3=new Person("王五",18);
}
}
```

程序运行结果：

我是第 1 个人,名叫张三,年龄 20 岁
我是第 2 个人,名叫李四,年龄 22 岁
我是第 3 个人,名叫王五,年龄 18 岁

本例使用构造函数创建不同的对象,对其中变量赋予不同的值,同时对类变量 i 进行自增运算,使 i 成为一个计数器,用来计算创建对象的数目,并调用了实例方法 speak(),将结果输出。

在一个类里面可以有多个构造函数,只要它们使用不同的参数加以区分,这些构造函数之间构成构造函数的重载。在创建实例时,根据参数的不同确定应该调用哪一个构造函数,这是面向对象程序设计的另一个重要特性——多态。多态将在第四章中详细介绍。

小　　结

Java 通过类和对象来组织和构建程序。类包括类的声明和类的主体。类的声明使用如下格式:

[修饰符] class <类名> [extends 父类名] [implements 接口名]

其中的修饰符确定了类的特性和访问权限。abstract 类是抽象类,final 类是最终类,public 具有公共访问权限,默认类具有包的访问权限。

类的主体包括成员变量和成员方法,声明成员变量的格式为:

[修饰符]<变量类型><变量名>

声明成员方法的格式为:

<修饰符><返回值类型><方法名>([参数列表])[throws <exception>]

变量和方法的修饰符用以表明其特性。public 表明该成员可以被任何类访问,private 表明该成员只能被该类所访问,protected 表明该成员可以被同一包中所有类及其他包中该类的子类所访问,final 表明该成员是不可被改变的,static 表明该成员是类的成员或者说是一个静态成员变量,是一个类所有对象共同拥有的。没有任何修饰符则为默认访问权限,表明该成员可以被同一包中的所有类所访问。abstract 表明此方法是抽象的,必须被覆盖。

类设计好以后,就可以用来定义对象,其格式为:

<类名><对象名> = new<类名>([<参数列表 >])

对象是一种引用类型,存放的是实际对象的内存地址。使用对象名来访问对象的成员变量和方法,以实现对对象的操作,完成程序的功能。通常对对象的成员变量和方法的访问是使用成员运算符“.”。

包是类的组织结构。创建包使用 import 语句,并要作为源文件的第一句。引入包使用 import 语句,它紧接着 package 语句后面(如果 package 语句存在的话)。包主要用来管理 Java 中的类并提供访问控制。

在 Java 中,程序的最小组成单元是类,一切方法都是类的成员方法,没有任何方法可以脱离类而单独存在,这一点大家要清楚。类的主体中还包括一个与类名相同无返回值的特殊方法,这就是构造函数。构造函数用来对对象进行初始化。Java 虚拟机会自动为类生成一个

无参数的默认构造函数，但如果程序中定义了一个或多个构造函数，则其会屏蔽掉默认的构造函数。

有些方法在使用时需要为其传送参数，this 引用可以把当前对象作为参数传递到方法中。

习　　　题

（一）判断题

（1）所谓对象，就是一组类的集合。　　　　　　　　　　　　　　　　　　　（　　）

（2）方法的声明和方法调用的形式一样。　　　　　　　　　　　　　　　　　（　　）

（3）类是对一组具有相同属性、表现相同行为的对象的描述。　　　　　　　　（　　）

（4）类成员只有三种访问控制级别：公有（public）、受保护（protected）和私有（private）。

　　　　　　　　　　　　　　　　　　　　　　　　　　　　　　　　　　　　　（　　）

（5）Java 语言中对象传递的是引用而不是值。　　　　　　　　　　　　　　　（　　）

（6）所谓非静态的成员变量是指每一次创建对象都会分配一个存储空间来储存这个变量，每一个对象都拥有这个变量的存储空间，这个变量是属于类的，是类的变量。　　（　　）

（二）填空题

（1）面向对象的语言将客观世界都看成由各种对象所组成。具有共同特征和行为的对象组成类，类是变量和_____的集合。

（2）在面向对象方法中，类的实例被称为_____。

（3）在 Java 中，对象使用应遵循的原则是_____。

（4）在 Java 中，类描述的是具有相同属性的_____。

（5）在 Java 程序里，对象是类的一个_____。

（6）在 Java 程序结构里，最基本的概念是类和_____。

（7）引用 static 类型的方法时，可以使用_____做前缀，也可以使用_____做前缀。

（8）类中的_____方法是一个特殊的方法，其名称与类名相同。

（9）一个类主要包含两个成员要素：_____和_____。

（10）静态数据成员既可以通过_____来访问，也可以通过_____来访问。

（11）Java 是面向对象的语言，对象是客观事物的_____，对象与之是一一对应的。

（12）定义一个类包括定义类头和定义_____两个部分。

（13）Java 语言以_____为程序的基本单位，它是具有某些共同特性实体的集合，是一种抽象的概念。

（14）把对象实例化可以生成多个对象，使用_____运算符为对象分配内存空间。

（15）在 Java 中有一种叫做_____特殊方法，在程序中用它来对类成员进行初始化。

（三）选择题

（1）下面关于类变量和实例变量的叙述中描述错误的是（　　）。

　　A．实例变量是类的成员变量

　　B．类变量第一次用到时被初始化，以后创建其他对象时就不再进行初始化

　　C．实例变量在每次创建对象时都被初始化

　　D．实例变量是用 statiic 修饰的成员变量

（2）下面（　　　）修饰符可以使一个类中的成员变量能被外部类调用。

　　　A．public　　　　　B．protected　　　　　C．private　　　　　D．没有修饰符

（3）定义类中可以用来修饰类名的修饰符是（　　　）。

　　　A．private　　　　　B．abstract　　　　　C．native　　　　　D．protected

（4）定义类头时，不可以放到类名前面的关键字是（　　　）。

　　　A．public　　　　　B．abstract　　　　　C．final　　　　　D．static

（5）关于用关键字 private 修饰的成员变量，下列说法正确的是（　　　）。

　　　A．可以被其他包的类访问　　　　　　　B．只能被同一个包中的其他类访问

　　　C．只能被该类自身所访问或修改　　　　D．可以被其他包中的该类的子类访问

（6）下面关于类的说法中，错误的是（　　　）。

　　　A．类是经过抽象的共有属性的集合

　　　B．类是 Java 程序的核心和本质

　　　C．类是对象的模板，类对象则是类的实例化结果

　　　D．在面向对象的编程语言中，类不是一个独立的程序单位

（7）下面有关变量调用的语句正确的是（　　　）。

```
public class Number{
    int a=2;
    float b=12;
    static int c=13;
    public static void main(string args[]){
        Number one=new Number();
    }
}
```

　　　A．one.a　　　　　B．Number.a　　　　　C．number.a　　　　　D．Number.one

（8）设 Test 为已定义的类，下面声明类 Test 对象 a 的语句正确的是（　　　）。

　　　A．Test a=Test();　　　　　　　　　　B．public Test a;

　　　C．Test a=new Test();　　　　　　　　D．public Test a=new Test();

（9）下面（　　　）不是对象的特征。

　　　A．对象的行为　　　B．对象的状态　　　C．对象的局部变量　　D．对象的标识符

（10）定义抽象类时所用到的关键字是（　　　）。

　　　A．final　　　　　B．public　　　　　C．abstract　　　　　D．protected

（11）定义一个公有 double 型符号常量 PI，下面的语句中正确的是（　　　）。

　　　A．public final double PI;　　　　　　B．public final static double PI=3.14159;

　　　C．public final static double PI;　　　D．public static double PI=3.14159;

（12）有一个类 B，下面为其构造方法的声明，正确的是（　　　）。

　　　A．void B(int x){}　　B．B(int x){}　　　C．void b(int x){}　　　D．b(int x){}

（13）为 B 类定义一个无返回值的方法 f，使得使用类名就可以访问该方法，该方法头的
形式为（　　　）。

　　　A．abstract void f()　　　　　　　　　B．public void f()

　　　C．final void f()　　　　　　　　　　D．static void f()

（四）问答题

（1）什么是类？什么是对象？

（2）什么是修饰符？修饰符的种类有哪些？各有什么用处？

（3）如何定义方法？方法有哪些类型？

（4）何为局部变量？什么是局部变量的作用域？

（5）类的访问控制修饰符有哪些？

（6）如何实现数据的封装？

（7）方法的访问控制修饰符有哪些？

（8）属性的访问控制修饰符有哪些？

（9）this 的意义与作用是什么？

（10）什么是递归算法？如何用递归方法来编程解决问题？

（五）编程题

（1）定义一个实现常用数学运算的类 MyMath，类中提供 max()、min()、sum()与 average()四个静态方法，每个方法带有三个整形参数，分别实现对三个整数求取最大值、最小值、和值及平均值的运算。在主类中对任意输入的三个整数，调用 MyMath 类的四种静态方法，求取结果并输出。

（2）定义 student 类，其中包括四个私有变量（name、age、sex、score）、一个构造方法和 show()方法。各成员的含义如下。

变量 name 为字符串类型 String，用于存储学生的姓名。

变量 age 为 int 类型，用于存储学生的年龄。

变量 sex 为 boolean 类型，用于存储学生的性别，男生为 false，女生为 true。

变量 score 为 double 类型，用于存储学生的成绩。

构造方法包括四个参数，用于为变量（name、age、sex 和 score）赋值。

Show()方法无参数，用于输出变量（name、age、sex 和 score）的值。

（3）有一对雌雄兔，每两个月就繁殖雌雄各一对兔子。问 n 个月后共有多少对兔子？试用递归方法编写 Java 程序。

（4）用递归方法编写 Java 程序求 n 个自然数的最大公约数与最小公倍数。

（5）编写程序解下面的问题：猴子吃桃问题，猴子第一天摘下若干个桃子，当即吃了一半，还又多吃了一个，第二天早上又将剩下的桃子吃掉一半，又多吃了一个。以后每天早上都吃了前一天剩下的一半零一个，到第十天早上还想吃时，见只剩下一个桃子了，求第一天一共摘了多少？

（6）编写一个 Application 程序，程序中包括计算机类 Computer，生成几个 Computer 类对象并输出相关信息。

Computer 类具有品牌、产地、CPU 类型、内存容量、硬盘大小、是否带有刻录光驱、购买日期、购买地点、价格等属性。

Computer 类包括以下几类方法：

① 对应于各个属性的 get()方法与 set()方法；

② 多个构造方法；

③ dispMessages()方法，该方法输出计算机对象的一些属性信息。

（7）构造一个类来描述屏幕上的一个点，该类的构成包括点的 x 和 y 两个坐标，以及一些对点进行的操作，包括：取得点的坐标值，对点的坐标进行赋值，编写应用程序生成该类的对象并对其进行操作。

（8）定义一个类 A，类中有一个 private 的整型变量 data，一个 private 的字符串对象 str。类中有两个构造函数，一个不含参数，初始化 data 和 str 为其默认值；另一个有两个参数，分别用来初始化 data 和 str。类中还定义了三个方法，方法的原型与功能分别如下。

① Public add(int k,String s);//该方法把 data 和 str 的值分别加上 k 和 s;
② Public clearA();　　　//该方法把 data 和 str 的值分别清除为其默认值;
③ Public String toString();//该方法把 data 和 str 的值转变为字符串返回。

编写应用程序测试类 A，使用 A 中的三个方法并将结果输出。

（9）定义一个类，该类具有 x 和 y 两个属性，定义构造函数初始化这两个属性。类中还定义以下方法：求两个数的和（x+y）并返回结果的方法，求两个数的差（x−y）并返回结果的方法，求两个数的乘（x*y）并返回结果的方法，求两个数的商（x/y）并返回结果的方法，求两个数的余（x%y）并返回结果的方法，求两个数的最大值并返回结果的方法，求两个数的最小值并返回结果的方法。编写应用程序，测试上面定义的类，使用类中定义的各个方法并将其结果输出。

（10）定义一个复数类 ComplexNumber，该类具有整数类型的两个属性 a 和 b，分别代表一个复数的实部与虚部，对应于形如 a+bi 形式的复数表达。该类具有重载的多个构造方法，用来初始化两个属性。定义一个复数运算类 ComNumOperations，该类具有复数类引用类型的两个属性 complex1 与 complex2，还具有构造方法及对两个复数进行加、减、乘、除四类运算的成员方法。在主类中创建一些复数类的实例对象，利用 ComNumOperations 的运算方法求取这些复数的运算结果并输出。

第 4 章　继承、多态和接口

本章介绍继承的概念、特点和实现的方法，包括如何派生子类，以及继承关系带来的域的继承与隐藏问题、方法的继承与覆盖问题。分析说明 Java 中多态的概念、构造函数中继承的实现。分析 Java 程序实现多态的主要手段——重载。结合继承和多态，阐述构造函数的继承与重载，以及接口的实现。

学习目标：

- 掌握继承的定义和意义。
- 掌握多态的内涵和作用。
- 掌握接口的定义和机理。
- 掌握接口和抽象类的区别。
- 理解重载和重写的含义和作用。

4.1　类的继承和多态基本概念

4.1.1　类的继承概念

面向对象程序设计的三个重要的特点是封装、继承和多态。它们是面向对象编程中，实现代码复用的关键技术。封装已在前文介绍了，继承是面向对象程序可以提高软件开发效率、减少维护成本的重要原因之一。多态能够提高类的抽象性和封装性，改善程序的组织架构和可读性。

继承实际上是存在于面向对象程序中的两个类之间的一种关系。当一个类 A 能够获取另一个类 B 中所有非私有的数据和操作的定义作为自己的部分或全部成分时，就称这两个类之间具有继承关系。被继承的类 B 称为父类或超类，继承了父类或超类的数据和操作的类 A 称为子类。

一个父类可以同时拥有多个子类，这时这个父类实际上是所有子类的公共域和公共方法的集合，而每一子类则是父类的特殊化，是在父类的基础之上对公共域和方法在功能、内涵方面的扩展和延伸。使用继承具有以下好处：降低了代码编写中的冗余度，更好地实现了代码复用的功能，从而提高了程序编写的效率；由于降低了代码的冗余度，使得程序在维护时就变得非常的方便。

现以电话卡为例，进一步说明继承的优势。例如要实现对各种电话卡的管理，我们声明定义相应的卡类，通过两种方法来实现：第一种方法是对每一种卡都分别独立定义一个类，如图 4-1 所示；第二种方法是使用继承来定义相应的类，各种电话卡类的层次结构、变量（域）和方法如图 4-2 所示。

从图 4-1 中可以看出，第一种方法定义的各类是相互独立的，所以每一个电话卡类中都定义自己的域或方法。这样的定义就显得非常的冗余，大量的重复一些共有的成员，同时，后期的维护工作也非常繁琐。例如程序需要修改"剩余金额"这个域的数据类型，那么将对所有具有"剩余金额"变量的类都要进行修改，工作量是非常大的，而且还容易因疏漏而出现错误。图 4-2 所示的第二种实现方案使用了继承的思想定义类，就能很好地解决第一种方法中出现的问题。它仅在抽象的电话卡父类中定义剩余金额域，其他类则从它那里继承。因此第二种方案相对于第一种方案来说，代码量要少了若干倍。同时，当公共属性发生修改时，第二种方案只需要在父类中修改一次即可，不但维护的工作量大大减少，而且也避免了在第一种方案中可能出现的修改遗漏。

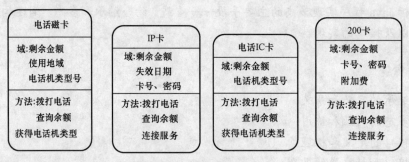

图 4-1　独立定义的电话卡类

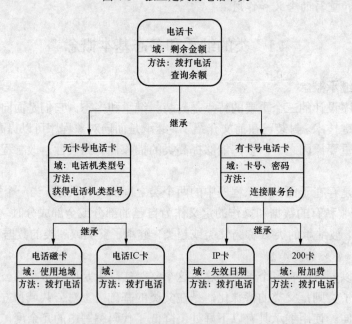

图 4-2　使用继承定义的电话卡类

使用面向对象的这种继承关系实际上很符合人们的日常思维模式。电话卡分为无卡号、有卡号两大类，无卡号的电话卡可以具体分为磁卡、IC 卡等，有卡号的电话卡可具体分为 IP 电话卡和 200 电话卡等。其中，电话卡这个抽象概念对应的电话卡类是所有其他类的父类，它是所有电话卡的公共属性的集合。这些公共属性包括卡中剩余金额等静态的数据属性，以及拨打电话、查询余额等动态的行为属性。将电话卡具体化、特殊化，就分别派生出两个子类：无卡号电话卡和有卡号电话卡。这两个子类一方面继承了父类电话卡的所有属性（包括域与方法），即它们也拥有剩余金额、拨打电话、查询余额等数据和操作，另一方面它们又根据自己对原有的父类概念的明确和限定，专门定义了适用于本类特殊需要的特殊属性，如，对于所有的有卡号电话卡，应该有卡号、密码等变量和登录交换机的行为，这些属性对无卡号电话卡是不适合的。从有卡号电话卡到 IP 电话卡和 200 电话卡的继承遵循完全相同的原则。使用继承的主要优点，是使得程序结构清晰，降低编码和维护的工作量。

在面向对象的继承特性中，还有一个关于单重继承和多重继承的概念。所谓单重继承，是指任何一个类都只有一个单一的父类；而多重继承是指一个类可以有一个以上的父类，它的静态的数据属性和操作从所有这些父类中继承。采用单重继承的程序结构比较简单，是单纯的树状结构，掌握、控制起来相对容易；而支持多重继承的程序，其结构则是复杂的网状，设计、实现都比较复杂。但是现实世界的实际问题，它们的内部结构多为复杂的网状，用多重继承的程序模拟起来比较自然，而单重继承的程序要解决这些问题，则需要其他的一些辅助措施。C++是开发人员熟悉的支持多重继承的面向对象的编程语言，而 Java 语言出于安全考虑，仅支持单重继承。Java 中是通过接口来实现多重继承的，关于接口的知识将在后面进行介绍。

4.1.2　多态的概念

多态是面向对象程序设计的又一个特殊特性。所谓多态，是指一个程序中同名的不同方法共存的情况。在类的数据成员中，只有方法或构造函数出现多态的情况，而相同域名的情况，我们称为"隐藏"。面向对象的程序中多态的情况有多种，可以通过子类对父类成员的覆盖实现多态，也可以利用重载在同一个类中定义多个同名的不同方法。

我们已经知道，利用面向过程的语言编程，主要工作是编写一个个过程或函数。这些过程和函数各自对应一定的功能，它们之间是不能重名的，否则在用名字调用时，就会产生歧义和错误。而在面向对象的程序设计中，有时却需要利用这样的"重名"现象来提高程序的抽象度和简洁性。考察图 4-2 中的电话卡结构树，"拨打电话"是所有电话卡都具有的操作，但是不同的电话卡"拨打电话"操作的具体实现是不同的。如磁卡的"拨打电话"是"找到磁卡电话机直接拨号打电话"，200 卡的"拨打电话"是"通过双音频电话机拨通服务台，先输入卡号、密码后再拨号打电话"。如果不允许这些目标和最终功能相同的程序用同样的名字，就必须分别定义"磁卡拨打电话"、"200 卡拨打电话"等多个方法。这样一来，继承的优势就荡然无存了。在面向对象的程序设计中，为了解决这个问题，引入了多态的概念。

4.2　类　的　继　承

在面向对象的程序设计中，通过采用继承的机制来组织、设计系统中的类，可以提高程序的抽象程度，使之更接近人类的思维方式，同时也可以提高程序开发效率，降低维护的工作量。

4.2.1　继承的实现

继承的实现主要有以下几个步骤：

1）确定父类。根据将创建的子类需要，选择一个相应的类作为继承父类。新定义的子类可以从父类那里自动继承所有非私有（private）的属性和方法作为自己的成员。选择一个恰当的父类可以达到事半功倍的效果。

2）定义子类。Java 中的继承是通过 extends 关键字来实现的，在定义类时使用 extends

关键字指明新定义类的父类，在两个类之间建立了继承关系。它的具体语法是：

　　[类修饰符]class 子类名 extends 父类名

从其语法格式，可以看出比一般类的声明定义多了"extends"关键字部分，通过该关键字来指明子类所要继承哪一个父类。如果，父类和子类不在同一个包中，则需要使用"import"语句来引入父类所在的包。

3）实现子类的功能。子类具体要实现的功能由类体中相应的域和方法来实现，它们的编写和一般的类是完全相同的，这里就不再重复了。

下面看一个简单的例子。

【例 4-1】　简单继承实例

```
classA{
    public int a1;
    private float a2
    int getA(){
        return(a1);
    }
    void setA(){}
}
class B extends A {
    int b1;
    String b2;
    StringgetB() {
        return(b2);
    }
}
class C extends B {
    int c;
    int printC(){
        System.out.println(c);
    }
}
```

在例子中可以看到，在子类的声明中使用"extends"关键字指明一个被继承的父类就可以实现类之间的继承关系。继承可以根据需要不断地延续下去，就像我们人类一样子子孙孙不断繁衍。在例子中 B 类继承了 A 类，C 类又继承自 B 类，我们将 A 类和 B 类都称为 C 类的父类，相对而言 B 类和 C 类都是 A 类的子类。

4.2.2　属性和方法的继承

新定义的子类可以从父类那里自动继承所有非 private 的属性和方法作为自己的成员。同时根据需要再加入一些自己的属性或方法就产生了一个新的子类。父类的所有非私有成员实际是各子类所拥有集合的一部分。子类从父类继承成员而不是把父类的数据成员复制一遍，这样做的好处是减少程序维护的工作量。从父类继承来的成员，就成为了子类所有成员的一部分，子类可以使用它。见［例 4-2］所示。

【例 4-2】　子类使用父类成员实例。

```
public class ExtendsExam {
    public static void main(String [] args) {
```

```
        subclass e = new subclass();
        e.x=1;
        e.z="Hello! ";
        e.setA();
        System.out.println(" 调用方法 getX() 的结果: " + e.getX());
        System.out.println(" 调用方法 getZ() 的结果: " + e.getZ());
        System.out.println(" 调用方法 getA() 的结果: " + e.getA());
    }
}
class superclass {
    public int x;
    private float y;
    String z;
    int getX() {
        return(x);
    }
    String getZ() {
        return(z);
    }
}
class subclass extends superclass {
    private int a;
    void setA() {
        a=2;
    }
    int getA() {
        return(a);
    }
}
```

运行结果:

调用方法 getX() 的结果: 1
调用方法 getZ() 的结果: Hello!
调用方法 getA() 的结果: 2

在本例可以看到, 由于子类 subclass 继承了父类 superclass, 所以在子类 subclass 中所拥有的数据成员包括: 子类 subclass 自身定义的属性 a 和方法 getA(), 同时还有从父类中继承而来的非私有数据成员, 即属性 x、z 和方法 getX(), 子类 subclass 完全可以使用继承下来的数据成员。但是父类 superclass 中的属性 y 是一个私有数据成员, 不能被继承到子类 subclass 中。如果在子类的对象中使用该属性, 就会出现错误, 大家不妨试一试。

4.2.3　父类对象与子类对象的转换

类似于基本数据类型数据之间的强制类型转换, 存在继承关系的父类对象和子类对象之间也可以在一定条件下相互转换。父类对象和子类对象的转化需要注意如下原则:

1) 子类对象可以被视为是其父类的一个对象;

2) 父类对象不能被当作是其某一个子类的对象;

3) 如果一个方法的形式参数定义的是父类对象, 那么调用这个方法时, 可以使用子类对象作为实际参数;

4）如果父类对象引用指向的实际是一个子类对象（在以前的某个时候根据这一点把子类对象的引用赋值给这个父类对象的引用），那么这个父类对象的引用可以用强制类型转换转化成子类对象的引用。

【例 4-3】 父类与子类对象类型转换实例。

```
class superclass {                    //定义父类
    int x;
}
class subclass extends superclass{    //定义子类
    int y;
    char ch;
    …
}
public class testclass {              //使用父类与子类
    superclass sp, sp_ref;
    subclass sb, sb_ref;
    sp=new superclass();
    sb=new subclass();
    sp_ref=sb;                        //父类引用可以指向子类对象
    sb_ref=(subclass)sp_ref;          //父类引用转换成子类引用
}
```

4.2.4　构造函数的继承

构造函数是与类同名的特殊方法，在创建一个对象的同时系统将会调用该类的构造函数完成对象的初始化工作。所以，在实现继承关系时，系统对它的处理和其他一般方法就有所不同。子类可以继承父类的构造函数，构造函数的继承遵循下列的原则：

1）子类无条件地继承父类的不含参数的构造函数。

2）如果子类自己没有构造函数，则它将继承父类的无参数构造函数作为自己的构造函数；如果子类自己定义了构造函数，则在创建新对象时，它将先执行继承父类的无参数构造函数，然后再执行自己的构造函数。

3）对于父类的含参数构造函数，子类可以通过在自己的构造函数中使用"super"关键字来调用它，但这个调用语句必须是子类构造函数的第一个可执行语句。

【例 4-4】 构造函数的继承实例。

```
public class ExtendsExam{
    public static void main(String [] args){
        subclass e=new subclass();
        System.out.println("调用父类 getX()方法结果: " + e.getX());
        System.out.println("调用子类 getA()方法结果: " + e.getA());
    }
}
class superclass{
    public int x;
    private float y;
    String z;
    superclass(){
        x=10;
    }
```

```
    int getX(){
        return(x);
    }
    int getZ(){
        return(z);
    }
}
class subclass extends superclass{
    private int a;
    int getA(){
        a=x+2;
        return(a);
    }
}
```

运行结果：

```
调用父类 getX() 方法结果: 10
调用子类 getA() 方法结果: 12
```

在本例可以看到，子类 subclass 无条件地继承了父类 superclass 的构造函数，所以在创建一个子类对象时，系统自动调用父类无参数构造函数完成初始化工作，将域变量 x 赋值为 10。

我们通过实现图 4-2 中电话卡类的继承结构，给大家讲解如何在程序中实际应用和实现类之间的继承，请看［例 4-5］。

【例 4-5】 通过程序实现电话卡之间继承关系。

```
abstract class PhoneCard{
    double balance;
    abstract boolean performDial();
    double getBalance(){
    return balance;
    }
}
abstract class None_Number_PhoneCard extends PhoneCard{
    String phoneSetType;
    String getSetType(){
        return phoneSetType;
    }
}
abstract class Number_PhoneCard extends PhoneCard{
    long cardNumber;
    int password;
    String connectNumber;
    boolean connected;
    boolean performConnection(long cn, int pw){
        if (cn==cardNumber && pw==password){
            connected=true;
            return true;
        }
        else
        return false;
    }
```

```java
}
class magCard extends None_Number_PhoneCard{
    String usefulArea;
    boolean performDial(){
        if (balance>0.9){
            balance-=0.9;
            return true;
        }
        else
            return false;
    }
}
class IC_Card extends None_Number_PhoneCard{
    boolean performDial(){
    if (balance>0.5){
            balance-=0.5;
            return true;
        }
        else
        return false;
        }
}
class IP_Card extends Number_PhoneCard{
    Date expireDate;
    boolean performDial(){
        if (balance>0.3 && expireDate.after(new Date())){
            balance-=0.3;
            return true;
        }
        else
            return false;
    }
}
class D200_Card extends Namber_PhoneCard{
    double additoryFee;
    boolean performDial(){
        if (balance>(0.5+additoryFee)){
            balance-=(0.5+additoryFee);
            return true;
        }
        else
            return false;
    }
}
```

[例 4-5] 定义了 PhoneCard、None_Number_PhoneCard、Number_PhoneCard、magCard、IC_Card、IP_Card、D200_Card 共七个类，其中 None_Number_PhoneCard 类和 Number_PhoneCard 类是 PhoneCard 类派生出的子类；magCard 类和 IC_Card 类是 None_Number_PhoneCard 类派生出的子类；IP_Card 类和 D200_Card 类是 Number_PhoneCard 类派生出的子类。

可以看到，［例 4-5］的程序中，在 magCard 类、IC_Card 类、IP_Card 类中都使用了域 balance，但是它们自身并未定义过域 balance，使用的都是从父类 PhoneCard 那里继承来的，即在第 3 句(PhoneCard 类中)定义的域 balance。子类可以继承父类的所有非私有域。例如各类电话卡类所包含的域分别为：

```
PhoneCard 类: double balance;
None_Number_PhoneCard 类:
double balance;              //继承自父类 PhoneCard
String phoneSetType;
Number_PhoneCard 类:
double balance;              //继承自父类 PhoneCard
long cardNumber;
int password;
String connectNumber;
boolean connect;
magCard 类:
double balance;              //继承自父类 None_Number_PhoneCard
String phoneSetType;         //继承自父类 None_Number_PhoneCard
String usefulArea;
IC_Card 类:
double balance;              //继承自父类 None_Number_PhoneCard
String phoneSetType;         //继承自父类 None_Number_PhoneCard
IP_Card 类:
double balance               //继承自父类 Number_PhoneCard
long cardNamber;             //继承自父类 Number_PhoneCard
int password;                //继承自父类 Number_PhoneCard
String connectNumber;        //继承自父类；Number_PhoneCard
boolean connect;             //继承自父类 Number_PhoneCard
Date expireDate;
D200_Card 类:
doublebalance;               //继承自父类 Number_PhoneCard
doublebalance;               //D200_Card 类自己定义的域
longcardNumber;              //继承自父类 Number_PhoneCard
intpassword;                 //继承自父类 Number_PhoneCard
StringconnectNumber;         //继承自父类 Number_PhoneCard
booleanconnect;              //继承自父类 Number_PhoneCard
double additoryFee;
```

4.3 覆 盖

4.3.1 类成员的覆盖

在面向对象程序设计中，覆盖是实现多态的一种常见方式。通过覆盖，我们可以在一个子类中，将父类继承下来的类成员重新进行定义，满足程序设计的需要。

4.3.2 覆盖的用法

在程序的设计过程中，通过继承可以快速地将父类中已实现的非私有类成员应用到自己定义的子类中。但是，不是所有继承下来的类成员都是我们需要的，这时候可以通过使用覆盖的方式来解决这个问题。

子类对继承自父类的类成员重新进行定义，就称为覆盖，它是一种很重要的多态形式。要进行覆盖，就是在子类中对需要覆盖的类成员以父类中相同的格式，再重新声明定义一次，这样就可以对继承下来的类成员进行功能的重新实现，从而达到程序设计的要求。

【例 4-6】 覆盖举例。

```java
public class MethodOverride{
    public static void main(String [] args){
        SubClass s=new SubClass();
        s.fun();
    }
}

    class SuperClass{
    int i=1;
    public void fun(){
    System.out.println("Super");
    System.out.println("父类的i=" + i);
    }
}
class SubClass extends SuperClass{
    int i=2;
    public void fun(){
    System.out.println("Sub");
    System.out.println("子类的i=" + i);
    super.fun();
    }
}
```

运行结果如图 4-3 所示。

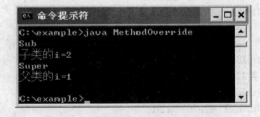

图 4-3 ［例 4-6］的运行结果

从［例 4-3］中可以看到:由于在子类中，对父类中继承下来的变量和方法都重新定义了一遍，子类对象中将父类中的原有的类成员覆盖了。所以程序执行后的结果都是调用了子类对象中新定义的子类成员而产生的。但是覆盖父类的类成员，并不等于它们就不能使用了，甚至不存在了。它们只不过是在子类对象中不能直接使用罢了。

需要注意的是在进行覆盖时，子类中所定义的格式必须和父类中的一样，否则父类的类成员就没有被覆盖。

4.3.3 使用被覆盖的成员

对于被覆盖的父类成员,我们要如何才能对它们操作呢？接下来介绍这方面的相关知识。

（1）域变量的隐藏

子类重新定义一个与从父类那里继承来的属性变量完全相同的变量,称为域变量的隐藏。对于域变量的隐藏来说,父类定义的域变量在子类对象实例化时仍然分配一个存储空间。例如,可以对［例 4-1］进行一点修改,在子类 C 中增加定义一个和父类 A 相同的属性 public int a1。

【例 4-7】 域变量的隐藏实例。

```java
classA{
    public int a1;
```

```
        private float a2
        int getA(){
            return(a1);
        }
        void setA(){}
}
class B extends A{
    int b1;
    String b2;
    String getB(){
        return(b2);
    }
}
class C extends B{
    int c;
    public int a1;
    int printC(){
        System.out.println(c);
    }
}
```

这样经过修改以后的程序中，C 类拥有的属性为：

```
int a1              //继承自父类 A
int a1              //C 类自己定义的属性
int b1              //继承自父类 B
String b2           //继承自父类 B
int c
```

这时，子类中定义了与父类同名的属性变量，即出现了子类变量对同名父类变量的隐藏。这里所谓隐藏是指子类拥有了两个相同名字的变量 int a1，一个继承自父类，另一个由自己定义。

在程序运行中，系统是如何区分处理这两个相同的域变量？当子类执行继承自父类的操作时，处理的是继承自父类的变量，而当子类执行它自己定义的方法时，所操作的就是它自己定义的变量，而把继承自父类的变量"隐藏"起来。参看［例 4-8］。

【例 4-8】 隐藏实例 2。

```
public class ExtendsExam{
    public static void main(String [] args){
        subclass e=new subclass();
        System.out.println(" Sup_getX()方法结果: "+e. Sup_getX());
        System.out.println(" Sub_getX()方法结果: "+e.Sub_getX());
    }
}
class superclass{
    public int x=10;
    int Sup_getX(){
        return(x);
    }
}
class subclass extends superclass{
```

```
    private int x=20;
    int Sub_getX(){
        return(x);
    }
}
```

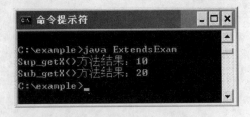

图 4-4 ［例 4-8］的运行结果

运行结果如图 4-4 所示。

从［例 4-8］中可以看到，subclass 类的 e 对象调用父类的 Sup_getX()方法时，处理的域变量为父类中定义的 x，所以第一行的输出结果为 10；而在调用自身定义的 Sub_getX()方法时，处理的域变量是子类中定义的 x，所以第二行的输出结果为 20。

（2）方法的覆盖

正像子类可以定义与父类同名的域，实现对父类域变量的隐藏一样；子类也可以重新定义与父类同名的方法，实现对父类方法的覆盖（Overload）。方法的覆盖与域的隐藏的不同之处在于：子类隐藏父类的域只是使之不可见，父类的同名域在子类对象中仍然占有自己的独立内存空间；而子类方法对父类同名方法的覆盖将清除父类方法占用的内存空间，从而使父类方法在子类对象中不复存在。

方法的覆盖中需要注意的问题是：子类在重新定义父类已有的方法时，应保持与父类完全相同的方法头声明，即应与父类有完全相同的方法名、返回值和参数列表。否则就不是方法的覆盖，而是子类定义自己的与父类无关的方法，父类的方法未被覆盖，所以仍然存在。

在覆盖多态中，由于同名的不同方法是存在于不同的类中的，所以需在调用方法时指明调用的是哪个类的方法，就可以很容易地把它们区分开来。下面看［例 4-9］。

【例 4-9】 方法的覆盖实例。

```
class superClass{
    void superPrint(){
        System.out.println("This is superClass!");
    }
}
class subClass extends superClass{
    void superPrint(){
        System.out.println("This is subClass!");
    }
}
public class myInherit{
    public static void main(String args[]){
        subClass subObject = new subClass();
        subObject.superPrint();          //子类对象调用子类的方法
        superClass superObject = new superClass();
        superObject.superPrint();        //父类对象调用父类的方法
    }
}
```

运行结果如图 4-5 所示。

（3）super 参考

相对 this 来说，super 表示的是当前类的直接
父类对象，是当前对象的直接父类对象的引用。所
谓直接父类是相对于当前类的其他"祖先"类而言
的。例如，假设类 A 派生出子类 B，B 类又派生出
自己的子类 C，则 B 是 C 的直接父类，而 A 是 C
的祖先类。super 代表的就是直接父类。这就使得
我们可以比较简便、直观地在子类中引用直接父类
中的相应属性或方法。我们对［例 4-4］稍作修改，就会有不同的结果，具体看［例 4-10］。

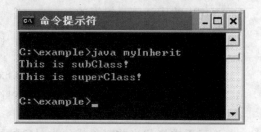

图 4-5　［例 4-9］的运行结果

【例 4-10】　super 实例。

```java
public class ExtendsExam{
    public static void main(String [] args){
        subclass e=new subclass();
        e.Sub_printX();
    }
}
class superclass{
    public int x=10;
    int Sup_getX(){
        return(x);
    }
    void Sup_printX(){
        System.out.println("Sup_printX()方法结果: "+ Sup_getX());
    }
}
class subclass extends superclass{
    private int x=20;
    int Sub_getX(){
        return(super.x);                //修改部分
    }
    void Sub_printX(){
        System.out.println(" Sub_getX()方法结果: "+Sup_getX());
        super. Sup_printX();
    }
}
```

运行的结果如图 4-6 所示。

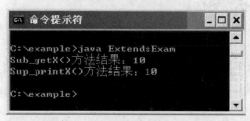

图 4-6　［例 4-10］的运行结果

从［例 4-6］可以看到，subclass 类的 e 对象
调用父类的 Sup_getX()方法时，处理的域变量为
父类中定义的 x，所以第一行的输出结果为 10；
而在调用自身定义的 Sub_getX()方法时，通过使
用 super 指定处理的域变量 x 为父类中声明定义
的域变量 x，所以第二行的输出结果为 10。

需要注意的是：this 和 super 是属于类的有特
指的域，只能用来代表当前对象和当前对象的父对象，而不能像其他类的属性一样随意引用。

下面语句中的用法都是错误的。

```
public static void main(String [] args) {
    subclass e=new subclass();
    System.out.println(" Sup_getX()方法结果: "+e.super.Sup_getX());  //错误
    System.out.println(" Sub_getX()方法结果: "+e.this.Sub_getX());   //错误
}
```

除了用来指代当前对象或父类对象的引用外，this 和 super 还有一个重要的用法，就是调用当前对象或父类对象的构造函数。

4.4 方 法 重 载

方法的重载是实现多态技术的重要手段。与方法的覆盖不同，它不是子类对父类同名方法的重新定义，而是一个类中对自身已有的同名方法的重新定义。

4.4.1 方法的重载

在 Java 中，同一个类中的两个或两个以上的方法可以有同一个名字，只要它们的参数声明不同即可。在这种情况下，该方法就被称为重载（overloaded），这个过程称为方法重载（method overloading）。方法重载是 Java 实现多态性的一种方式。如果你以前从来没有使用过一种允许方法重载的语言，这个概念最初可能有点奇怪。这些方法同名的原因，是因为它们的最终功能和目的都相同，但是由于在完成同一功能时，可能遇到不同的具体情况，所以需要定义含不同的具体内容的方法，来代表多种具体实现形式。例如，一个类需要具有打印的功能，而打印是一个很广泛的概念，对应的具体情况和操作有多种，如实数打印、整数打印、字符打印、分行打印等。为了使打印功能完整，在这个类中就可以定义若干个名字都叫 myprint 的方法，每个方法用来完成一种不同于其他方法的具体打印操作，处理一种具体的打印情况。方法重载如下所示：

```
public void myprint (int i)
public void myprint (float f)
public void myprint ()
```

当一个重载方法被调用时，Java 用参数的类型和（或）数量来表明实际调用的重载方法的版本。因此，每个重载方法的参数的类型和（或）数量必须是不同的。虽然每个重载方法可以有不同的返回类型，但返回类型并不足以区分所使用的是哪个方法。当 Java 调用一个重载方法时，重载方法的参数与调用参数匹配的方法被执行。

当需要调用这些方法中的一种方法时，根据提供的参数的类型选择合适的一种方法。有两个规则适用于重载方法的调用：

1）调用语句的参数表必须有足够的不同，以至于允许区分出正确的方法被调用。正常的拓展晋升（如，单精度类型 float 到双精度类型 double）可能被应用，但是这样会导致在某些条件下的混淆。

2）方法的返回类型可以各不相同，但它不足以使返回类型变成唯一的差异。重载方法的参数表必须不同。

【例 4-11】 方法重载实例。

```java
public class OverloadExam{
    public static void print(String str){
        System.out.println("String="+str);
    }
    public static void print(int i){
        System.out.println("int="+i);
    }
    public static void main(String [] args){
        print("123");
        print(123);
    }
}
```

运行结果如图 4-7 所示。

当找不到所需要的类型时，按照"提升顺序表"寻找最合适的方法。

【例 4-12】 方法重载举例。

```java
public class OverloadExam{
    public static void print(char c){
        System.out.println("char="+c);
    }
    public static void print(short i){
        System.out.println("short="+i);
    }
    public static void main(String [] args){
        byte b=1;
        print(b);
    }
}
```

运行结果如图 4-8 所示。

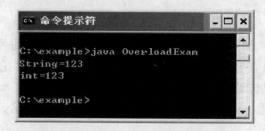

图 4-7 ［例 4-11］的运行结果

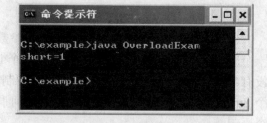

图 4-8 ［例 4-12］的运行结果

4.4.2 构造函数的重载

构造函数又称构造器。一个类可以有多个构造器，构造器可以重载，如果用户没有提供构造器，系统将提供一个空的、没有参数的默认构造器，一旦用户自己定义了构造器，系统就不再提供默认构造器。

【例 4-13】 构造函数重载实例 1。

```java
class Xyz{
    // member variables
    public Xyz(){
```

```
                //无参数的构造函数
        ......
    }
    public Xyz(int x){
                    //整形参数的构造函数
        ......
    }
}
```

注意，由于采用了重载方法，因此可以通过为几个构造函数提供不同的参数表的办法来重载构造函数。当发出 new Xyz(argument_list)调用的时候，传递到 new 语句中的参数表决定采用哪个构造函数。

如果有一个类带有几个构造函数，那么可以通过使用关键字 this 作为一个方法调用，将一个构造函数全部功能复制到另一个构造函数中，实现部分功能，避免重复编写代码，见[例 4-14]。

【例 4-14】 构造函数重载实例 2。

```
public class Employee {
    private String name;
    private int salary;
    public Employee(String n, int s) {
        name = n;
        salary = s;
    }
    public Employee(String n){
        this(n, 0);
    }
    public Employee(){
        this( " Unknown " );
    }
}
```

在第二个构造函数中，有一个字符串参数，调用 this(n,0)将控制权传递到构造函数的另一个版本，即采用了一个 String 参数和一个 int 参数的构造函数。在第三个构造函数中，它没有参数，调用 this（"Unknownn"）将控制权传递到构造函数的另一个版本，即采用了一个 String 参数的构造函数。对于 this 的任何调用，如果出现，在任何构造函数中必须是第一个语句。

4.5 抽象类和最终类

4.5.1 抽象类

假设"鸟"是一个类，它可以派生出若干个子类如"鸽子"、"燕子"、"麻雀"和"天鹅"等，那么是否存在一只实实在在的鸟，它既不是鸽子，也不是燕子或麻雀，更不是天鹅，它不是任何一种具体种类的鸟，而仅仅是一只抽象的"鸟"呢？答案很明显，没有。"鸟"仅仅作为一个抽象的概念存在着，它代表了所有鸟的共同属性，任何一只具体的鸟儿都同时是由"鸟"经过特殊化形成的某个子类的对象。这样的类就是 Java 中的 abstract 类。

既然抽象类没有具体的对象，定义它又有什么作用呢?仍然以"鸟"的概念为例：假设需要向别人描述"天鹅"是什么，通常都会这样说："天鹅是一种脖子长长，姿态优美的候鸟"；若是描述"燕子"，可能会说："燕子是一种长着剪刀似的尾巴，喜欢在屋檐下筑窝的鸟"；可见定义是建筑在假设对方已经知道了什么是"鸟"的前提之上，只有在被进一步问及"鸟"是什么时，才会具体解释说："鸟是一种长着翅膀和羽毛的卵生动物"，而不会在一开始就把"天鹅"描述成"是一种脖子长长，姿态优美，长着翅膀和羽毛的卵生动物"。这实际是一种经过优化了的概念组织方式：把所有鸟的共同特点抽象出来，概括形成"鸟"的概念；其后在描述和处理某一种具体的鸟时，就只需要简单地描述出它与其他鸟类所不同的特殊之处，而不必再重复它与其他鸟类相同的特点。这种组织方式使得所有的概念层次分明，非常符合人们的思维习惯。

Java 中定义抽象类是出于相同的考虑。由于抽象类是它的所有子类的公共属性的集合，所以使用抽象类的一大优点就是可以充分利用这些公共属性来提高开发和维护程序的效率。

在 Java 中，凡是用 abstract 修饰符修饰的类称为抽象类。它和一般的类不同之处在于：

1）如果一个类中含有未实现的抽象方法，那么这个类就必须通过关键字 abstract 进行标记声明为抽象类。

2）抽象类中可以包含抽象方法，但不是一定要包含抽象方法。它也可以包含非抽象方法和域变量，就像一般类一样。

3）抽象类是没有具体对象的概念类，也就是说抽象类不能实例化为对象。

4）抽象类必须被继承。子类为它们父类中的所有抽象方法提供实现，否则它们也是抽象类。

定义一个抽象类的格式如下：

```
abstract class ClassName{
    ……                    //类的主体部分
}
```

下面通过［例 4-15］，学习抽象方法的使用。

【例 4-15】 抽象类实例。

```
abstract class fatherClass{
    abstract void abstractMethod();
    void printMethod(){
        System.out.println("fatherClass function! ");
    }
}
class childClass extends fatherClass{
    void abstractMethod(){
        System.out.println("childClass function! ");
    }
}
public class mainClass{
    public static void main(String args[]){
        childClass obj=new childClass();
        obj. printMethod();
        obj. abstractMethod();
```

```
    }
}
```

运行结果如图 4-9 所示。

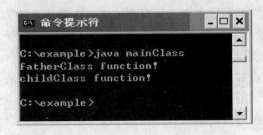

图 4-9 ［例 4-15］的运行结果

在［例 4-15］的程序中，首先定义了一个抽象类 fatherClass，在这个抽象类中，声明一个抽象方法 abstractMethod()和一个非抽象方法 printMethod()，接着定义了 fatherClass 的子类 childClass，在 childClass 中重写了 abstractMethod()方法，随后，在主类 mainClass 中生成类 childClass 的一个实例，并将该实例引用返回到 fatherClass 类变量 obj 中。

4.5.2　最终类

如果一个类被 final 修饰符所修饰和限定，说明这个类不可能有子类，这样的类就称为最终类。最终类不能被别的类继承，它的方法也不能被覆盖。被定义为 final 的类通常是一些有固定作用、用来完成某种标准功能的类。如 Java 系统定义好的用来实现网络功能的 InetAddress、Socket 等类都是 final 类。在 Java 程序中，当通过类名引用一个类或其对象时，实际真正引用的既可能是这个类或其对象本身，也可能是这个类的某个子类及子类的对象，即具有一定的不确定性。将一个类定义为 final 则可以将它的内容、属性和功能固定下来，与它的类名形成稳定的映射关系，从而保证引用这个类时所实现的功能正确无误。

注意，abstract 和 final 修饰符不能同时修饰一个类，因为 abstract 类自身没有具体对象，需要派生出子类后再创建子类的对象；而 final 类不可能有子类，这样 abstract final 类就无法使用，也就没有意义。

4.6　接　　口

Java 为了避免 C++中由多重继承所衍生的问题，因而限定类的继承只支持单重继承。但是实际中的较为复杂问题的解决有时需要用到多重继承，因此，Java 通过接口来实现类间多重继承的功能。

4.6.1　接口的定义

Java 中的接口就是定义了若干个抽象方法和常量，形成的一个属性集合，该属性集合通常对应了某一组功能，其主要作用是可以实现类似于类的多重继承的功能。接口中的域变量都是常量，方法都是没有方法体的抽象方法，所以，接口定义的仅仅是实现某一特定功能的一组对外的规范，而并没有真正的实现这个功能。这个功能的真正实现是在"继承"这个接口的各个类中完成的，要由这些类来具体定义接口中各抽象方法的方法体。因而在 Java 中，通常把对接口功能的"继承"称为"实现"。

Java 中声明接口的语法如下：

```
[public] interface 接口名[extends 父接口名列表]{
            //接口体
            //常量变量声明
```

```
        [public] [static] [final] 变量类型变量名＝常量值;
        ......
                //抽象方法声明
        [public] [abstract] [native] 返回值方法名(参数列表)[throw 异常列表];
        ......
    }
```

从上面的语法规定可以看出，定义接口与定义类非常相似。实际上完全可以把接口理解成为由常量和抽象方法组成的特殊类。一个类只能有一个父类，但是类可以同时实现若干个接口。这种情况下如果把接口理解成特殊的类，那么这个类利用接口实际上就获得了多个父类，即实现了多重继承。

就像 class 是声明类的关键字一样，interface 是接口声明的关键字，它引导着所定义的接口的名字，这个名字应该符合 Java 对标识符的规定。与类定义相仿，声明接口时也需要给出访问控制符，不同的是接口的访问控制符只有 public 一个。用 public 修饰的接口是公共接口，可以被所有的类和接口使用，而没有 public 修饰符的接口则只能被同一个包中的其他类和接口利用。与类相仿，接口也具有继承性。定义一个接口时可以通过 extends 关键字声明该新接口是某个已经存在的父接口的派生接口，它将继承父接口的所有属性和方法。与类的继承不同的是一个接口可以有一个以上父接口，它们之间用逗号分隔，形成父接口列表。新接口将继承所有父接口中的属性和方法。

接口体的声明是定义接口的重要部分。接口体由两个部分组成：一部分是对接口中域变量的声明，另一部分是对接口中方法的声明。接口中的所有域变量都必须是 public static final，这是系统默认的规定，所以接口属性也可以没有任何修饰符，其效果完全相同。接口中的所有方法都必须是默认的 public abstract，无论是否有修饰符显式地限定它。在接口中只能给出这些抽象方法的方法名、返回值和参数列表，而不能定义方法体。定义接口可归纳为如下几点：

1）在 Java 中接口是一种专门的类型，用 interface 关键字定义接口。

2）接口中只能定义抽象方法，不能有方法体，一定是 public 修饰的。

3）接口中可以定义变量，但实际上是 static final 修饰的常量。

4）接口中不能定义静态方法。

【例 4-16】 接口实例。

```java
public interface Sup_InterfaceExam{
    public static final int x;
    int y;
    public void z();
    public abstract int getz();
}
public interface Sub_InterfaceExam extends Sup_InterfaceExam{
    public static final int a;
    int b;
    public void c();
    public abstract int getc();
}
class MyClass implements Sub_InterfaceExam , Sup_InterfaceExam{
    public void z(){}
```

```
    public int getz(){
        return 1;
    }
    public void c(){}
    public int getc(){
        return 5;
    }
}
```

因为接口是简单的未执行的系列以及一些抽象的方法，你可能会思考究竟接口与抽象类有什么区别。了解它们的区别是相当重要的，它们之间的区别如下：

1）接口不能包含任何可以执行的方法，而抽象类可以。

2）类可以实现多个接口，但只有一个父类。

3）接口不是类分级结构的一部分，而没有联系的类可以执行相同的接口。

4.6.2　接口的实现

接口的声明仅仅给出了抽象方法，相当于程序开发早期的一组协议，而具体地实现接口所规定的功能，则需某个类为接口中的抽象方法书写语句并定义实在的方法体，称为实现这个接口。如果一个类要实现一个接口，那么这个类就提供了实现定义在接口中的所有抽象方法的方法体。

一个类要实现接口时，请注意以下问题：

1）在类的声明部分，用 implements 关键字声明该类将要实现哪些接口。

2）如果实现某接口的类不是 abstract 抽象类，则在类的定义部分必须实现指定接口的所有抽象方法，即为所有抽象方法定义方法体，而且方法头部分应该与接口中的定义完全一致，即有完全相同的返回值和参数列表。

3）如果实现某接口的类是 abstract 的抽象类，则它可以不实现该接口所有的方法。但是对于这个抽象类任何一个非抽象的子类而言，它们父类所实现的接口中的所有抽象方法都必须有实在的方法体。这些方法体可以来自抽象的父类，也可以来自子类自身，但是不允许存在未被实现的接口方法。这主要体现了非抽象类中不能存在抽象方法的原则。

4）一个类在实现某接口的抽象方法时，必须使用完全相同方法头。如果所实现的方法与抽象方法有相同的方法名和不同的参数列表，则只是在重载一个新的方法，而不是实现已有的抽象方法。

5）接口的抽象方法的访问限制符都已指定为 public，所以类在实现方法时，必须显式地使用 public 修饰符，否则将被系统警告为缩小了接口中定义的方法的访问控制范围。

【例 4-17】　接口的实现举例。

```
interface A{
    int a=1;
}
interface B{
    int b=2;
    public abstract void pp();
}
interface MyInterface extends A,B{}                    //接口的继承
abstract class AbstractInterfaceExam implements A,B {}  //抽象类实现接口
```

```
public class InterfaceExam implements A,B{                        //一般类实现接口
    static InterfaceExam obj = new InterfaceExam();
    public static void main(String [] args){
        System.out.println("继承接口 A 中的 a=" + obj.a);
        obj.pp();
    }
    public void pp(){                                            //实现抽象方法 pp()
        System.out.println("继承接口 AB 中的 ab=" + obj.b);
    }
}
```

运行结果如图 4-10 所示。

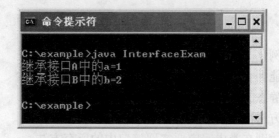

图 4-10　[例 4-17] 的运行结果

小　　结

Java 中的继承通过 extends 关键字来实现，它的具体语法：

[类修饰符]class 子类名 extends 父类名

通过继承，子类拥有父类的所有非私有成员。子类也可以继承父类的构造函数，遵循的原则：子类无条件地继承父类的不含参数的构造函数；如果子类自己没有构造函数，则它将继承父类的无参数构造函数作为自己的构造函数；如果子类自己定义了构造函数，则在创建新对象时，它将先执行继承父类的无参数构造函数，然后再执行自己的构造函数；对于父类的含参数构造函数，子类可以通过在自己构造函数中使用 "super" 关键字来调用它，但这个调用语句必须是子类构造函数的第一个可执行语句。子类对继承自父类的类成员重新进行定义，就称为覆盖，要进行覆盖，就是在子类中对需要覆盖的类成员以父类中相同的格式，再重新声明定义一次。在子类中引用直接父类中的相应属性或方法，可以使用 super 关键字。

方法的重载是一个类中对自身已有的同名方法的重新定义。每个重载方法的参数的类型和（或）数量必须是不同的。

构造器（构造函数）也可以重载。如果没有定义构造器，系统会提供默认构造器，一旦用户自己定义了构造器，系统就不再提供默认构造器。在重载的构造函数内部，可以使用关键字 this 作为一个方法调用，从一个构造函数中调用另一个构造函数。

用 abstract 修饰符修饰的类称为抽象类，抽象类不能实例化为对象。抽象类必须被继承，子类为它们父类中的所有抽象方法提供实现，否则它们也是抽象类。

如果一个类被 final 修饰符所修饰，说明这个类不可能有子类，这样的类就称为最终类。

最终类不能被别的类继承，它的方法也不能被覆盖。

因为 abstract 类自身没有具体对象，需要派生出子类后再创建子类的对象；而 final 类不可能有子类，因此 abstract 和 final 修饰符不能同时修饰一个类。

接口用 interface 来声明。接口中的域变量都是常量，方法都是没有方法体的抽象方法，其方法的真正实现在"继承"这个接口的各个类中完成。一个类只能有一个父类，但是类可以同时实现若干个接口，从而实现了多重继承。一个类要实现接口时，在类的声明部分，用 implements 关键字声明该类将要实现哪些接口。

习　　题

（一）判断题

（1）抽象类不能实例化。　　　　　　　　　　　　　　　　　　　　　（　　）

（2）一个类中，只能拥有一个构造方法。　　　　　　　　　　　　　　（　　）

（3）内部类都是非静态的。　　　　　　　　　　　　　　　　　　　　（　　）

（4）接口中的所有方法都没有被实现。　　　　　　　　　　　　　　　（　　）

（5）实现一个接口，则在类中一定要实现接口中的所有方法。　　　　（　　）

（6）在 Java 程序中，通过类的定义只能实现单一继承。　　　　　　　（　　）

（7）语句"import java.applet.Applet;"中最后的 Applet 代表的是类（class）。（　　）

（二）填空题

（1）抽象方法只能存在于抽象类中，抽象方法用关键字＿＿＿＿＿来修饰。

（2）Java 语言中＿＿＿＿＿是所有类的根。

（3）new 是＿＿＿＿＿对象的操作符。

（4）我们在 Java 程序中，把关键字＿＿＿＿＿加到方法名称的前面，来实现子类调用父类的方法。

（5）在 Java 程序里，同一类中重载的多个方法具有相同的方法名和＿＿＿＿＿的参数列表，重载的方法可以有不同的返回值类型。

（6）如果一个类中定义了几个名为 method 的方法，这些方法的参数都是整数，则这些方法的＿＿＿＿＿必须是不同的，这种现象称为方法的重载。

（7）Java 程序引入接口的概念，是为了弥补只允许类的＿＿＿＿＿的缺憾。

（8）Java 语言通过接口支持＿＿＿＿＿继承，使类继承具有更灵活的扩展性。

（9）接口是一种只含有抽象方法或＿＿＿＿＿的特殊抽象类。

（10）abstract 方法＿＿＿＿＿与 final 并列修饰同一个类。

（11）每个 applet 程序必须有一个类是＿＿＿＿＿类的子类。

（12）在 Java 程序里，类之间实现共享属性的机制称为＿＿＿＿＿。

（13）在 Java 程序里，在一个类内部嵌套定义的类称为＿＿＿＿＿。

（14）一个类可以从它的父类中继承所有的属性和方法。采用这种方法可以提高软件的＿＿＿＿＿。

（15）接口是包含常量和抽象方法的一个特殊的＿＿＿＿＿。

（16）在运行时，由 Java 解释器自动引入，而不用 import 语句引入的包是＿＿＿＿＿。

（17）一个子类一般比其基类封装的功能要_____。

（18）标记成_____的类的成员不能由该类的方法访问。

（19）如果一个类包含一个或多个 abstract 方法，它就是一个_____类。

（20）接口中的数据成员是_____，接口中没有什么_____方法，所有成员方法都是方法。

（三）问答题

（1）什么是继承？如何定义继承关系？

（2）子类可以继承父类中哪些方法与属性？

（3）什么是抽象方法？如何定义、使用抽象方法？

（4）什么是接口？为什么要定义接口？

（5）如何在类中实现一个接口？一个类可以实现多个接口吗？

（6）接口中如何定义抽象方法？如何创建一个实现此接口的类？

（7）接口和类有什么关系？

（8）什么是抽象类？为什么要引入抽象类的概念？

（9）接口和抽象类有什么异同？

（10）方法重载与方法覆盖有何区别？分别应用于什么场合？

（11）什么是多态，如何实现多态？

（12）this 和 super 在意义与作用上有何相同之处？有何不同之处？

（13）包的作用是什么？如何在程序中引入已定义的类？

（14）package 语句与 import 语句的顺序有何规定？

（15）Java 如何通过接口实现多重继承？

（四）编程题

（1）定义一个接口，接口中有三个抽象方法如下。

① long fact(int m);

方法的功能为求参数的阶乘。

② long intPower(int m,int n);

方法的功能为求参数 m 的 n 次方。

③ boolean findFactor(int m,int n);

方法的功能为判断参数中较小数是否为较大数的因子。

定义类实现该接口。编写应用程序，调用接口中的三个方法，并将调用方法所得的结果输出。

（2）创建一个接口 IShape，接口中有一个求取面积的抽象方法 public double area()。定义一个正方形类 Square，该类实现了 IShape 接口。Square 类中有一个属性表示正方形的边长；在构造方法中初始化该边长。定义一个主类，在主类中，创建 Square 类的实例对象，求该正方形对象的面积。

（3）定义一个抽象类 AbstractTest，其中有一个公共的抽象方法 dispMessage()。然后定义此抽象类的一个子类 StudentTest，子类中包含姓名、学号及分数三个属性，子类具有两个构造方法。

第5章　常用系统类

　　面向对象的程序设计中，系统往往提供了大量的基础类库供编程人员使用。利用这些类库资源编程人员可以以一种更贴近真实世界的模型组织程序，并且可以帮助提高程序的可重用性，使程序更加易于开发和维护。

　　本章介绍Java语言中常用的一些系统类，学习这些类的常用功能，以及如何利用这些类完成一些常用工作。

学习目标：

- 了解Java语言类库的大致结构
- 掌握Object类中的常用方法
- 掌握Math类中的常用方法
- 掌握字符串的常用处理方法
- 掌握日期的常用处理方法
- 了解Java中的集合类的使用方法

5.1　Java语言的类库简介

　　Java语言提供了常用类库，用户编程时可以利用系统提供的相关标准类编写出合适的代码。这样可以提高编程效率，提高代码的安全性和重用性。由Java语言系统提供的类库称为API（Application Program Interface，应用程序编程接口）。

5.1.1　java.lang 包

　　java.lang 包提供了利用 Java 编程语言进行程序设计的基础类，它包含了 Java 中很多系统类。例如基本数据类型、Math 类、String 类、StringBuffer 类、线程相关类和异常处理等。最重要的类是 Object（它是类层次结构的根）和 Class（它的实例表示正在运行的应用程序中的类）。该包不需要显示加载，它在 Java 程序运行时自动加载。

5.1.2　java.io 包

　　java.io 包通过数据流、序列化和文件系统提供系统输入和输出。在 Java 语言中程序所完成的输入和输出操作都是以"流"的形式来实现的。Java 中常用的输入输出类都包含在 java.io 包中。需要使用该包中的类时，需要显示加载：

```
import java.io.*;
```

5.1.3　java.util 包

　　java.util 包中包含了一系列 Java 语言中的实用工具，例如 collection 框架、事件模型、日期和时间、国际化和各种实用工具类（字符串标记生成器、随机数生成器和位数组）。利用这些类可以很容易实现一些常见功能。需要使用该包中的类时，需要显示加载：

```
import java.util.*;
```

5.1.4　java.awt 包

java.awt 包包含用于创建用户界面和绘制图形图像的所有类，是 Java 语言实现图形用户界面（Graphics User Interface，GUI）的类库。例如，支持绘图操作的 Graphics 类、用户交互组件类、用户界面交互事件处理类等。该类还有若干子包，如用于颜色空间的包 java.awt.color。

需要使用该包中的类时，需要显示加载：

```
import awt.io.*;
```

5.1.5　java.applet 包

java.applet 包提供创建 applet 所必需的类和 applet 用来通信的类。该包只有一个常用类 Applet。需要使用该包中的 Applet 类时，需要显示加载：

```
import java.applet.Applet;
```

5.1.6　java.net 包

java.net 包是为实现网络应用程序提供的类。该包可以大致分为两个部分：

（1）低级 API，用于处理以下抽象：

1）地址，也就是网络标识符，如 IP 地址。

2）套接字，也就是基本双向数据通信机制。

3）接口，用于描述网络接口。

（2）高级 API，用于处理以下抽象：

1）URI，表示统一资源标识符。

2）URL，表示统一资源定位符。

3）连接，表示到 URL 所指向资源的连接。

需要使用该包中的类时，需要显示加载：

```
import java.net.*;
```

5.2　Java 语言常用类

下面介绍部分 Java 编程中常用的类。

5.2.1　Object 类

Object 类是类层次结构的根类。每个类都使用 Object 作为超类。所有对象（包括数组）都实现这个类的方法。

常用方法：

Boolean **equals**(Object obj)　指示其他某个对象是否与此对象"相等"。

String **toString**()　返回该对象的字符串表示。

Class<?> **getClass**()　返回此 Object 的运行时类。

void **wait**()　在其他线程调用此对象的 notify()方法或 notifyAll()方法前，导致当前线程等待。

void **notify**() 唤醒在此对象监视器上等待的单个线程。

void **notifyAll**() 唤醒在此对象监视器上等待的所有线程。

【例 5-1】 分析 Exam5_1.java 程序的运行情况，熟悉 equals()方法和 toString()方法的运用。

（1）Exam5_1.java

```java
public class Exam5_1{
    public static void main(String args[]){
        A a = new A(10);
        B b = new B(10);
        A c = new A(10);
        System.out.println(a);
        System.out.println(b);
        System.out.println(a.equals(c));

        String str1 = "hello";
        String str2 = "hello";
        System.out.println(str1.equals(str2));
        System.out.println(str1==str2);

        str1 = new String("hello");
        str2 = new String("hello");
        System.out.println(str1.equals(str2));
        System.out.println(str1==str2);
    }
}
class A{
    int a;
    public A(int a){
        this.a = a;
    }
}

class B extends A{
    public B(int a){
        super(a);
    }
    public String toString(){
        return "a="+a;
    }
}
```

执行程序后，输出结果：

```
A@de6ced
a=10
false
true
true
true
false
```

（2）程序分析

对于语句 System.out.println(a)，要求打印 a 对象，其会调用 A 类的默认 toString()方法，

结果返回对象的类名称和对应在内存中的地址值。

对于语句 System.out.println(b)，由于 B 类中重写了 toStirng()方法，所以会返回一个定义的 String 对象，然后打印出来。

对于"=="与 equals 用法有下列结论：

"=="比较的是两个指针是否指向同一个地址，equals 比较的是两个指针指向的地址中的内容。不同的对象比较的方法则不相同，例如 String 对象的 equals()就是比较两个字符串每个字符是否一致，因此如果是自定义的对象需要比较时，就应该使用 equals()方法，否则比较的是两个对象的哈希码。

5.2.2　Math 类

Math 类包含用于执行基本数学运算的方法，如初等指数、对数、平方根和三角函数。该类中所有的方法均为 static 的类方法，且 Math 类会被编译系统默认引用。

常用方法及字段：

public static final double **E**　比任何其他值都更接近 e（即自然对数的底数）的 double 值。

public static final double **PI**　比任何其他值都更接近 pi（即圆的周长与直径之比）的 double 值。

public static double **sin**(double a)　返回角的三角正弦。

public static double **asin**(double a)　返回一个值的反正弦；返回的角度范围在–pi/2～pi/2。

public static double **sqrt**(double a)　返回正确舍入的 double 值的正平方根。

public static double **pow**(double a,double b)　返回第一个参数的第二个参数次幂的值。

public static double **random**()　返回带正号的 double 值，该值大于等于 0.0 且小于 1.0。返回值是一个随机选择的数，在该范围内（近似）均匀分布。

【例 5-2】 Math 类实例。

（1）Exam5_2.java

```java
import javax.swing.JOptionPane;
public class Exam5_2{
    public static void main(String args[]){
        int a,b;
        a=(int)(Math.random()*10);
        b=(int)(Math.random()*10);
        String str=JOptionPane.showInputDialog(null,a+"+"+b+"=?");
        JOptionPane.showMessageDialog(null,a+"+"+b+"="+str+"\n"+
        (Integer.parseInt(str)==a+b));
    }
}
```

执行程序后，运行结果如图 5-1 所示。

图 5-1　[例 5-2]运行结果

（2）程序分析

random 方法可以生成大于等于 0.0 小于 1.0 的 double 型随机数（包括 0，不包括 1）。该方法常用于生成一系列任意范围的随机数。例如：

(int)(Math.random()*10);　可以得到一个 0～9 的随机整数，包含 0 不包含 9。

a + Math.random()*b;　可以得到一个 a～a+b 的随机数，不含 a+b。

5.2.3　System 类

System 类包含一些有用的类字段和方法，该类不能被实例化。System 类提供的有标准输入、标准输出和错误输出流；对外部定义的属性和环境变量的访问；加载文件和库的方法；还有快速复制数组的一部分的实用方法。

常用方法及字段：

1）public static final PrintStream **err**　"标准"错误输出流。此流已打开并准备接受输出数据。

通常，此流对应于显示器输出或者由主机环境或用户指定的另一个输出目标。按照惯例，此输出流用于显示错误消息。

2）public static final InputStream **in**　"标准"输入流。此流已打开并准备提供输入数据。

通常，此流对应于键盘输入或者由主机环境或用户指定的另一个输入源。

3）public static final PrintStream **out**　"标准"输出流。此流已打开并准备接受输出数据。

通常，此流对应于显示器输出或者由主机环境或用户指定的另一个输出目标。

4）public static void **arraycopy**(Object src, int srcPos, Object dest, int destPos, int length)

从指定源数组中复制一个数组，复制从指定的位置开始，到目标数组的指定位置结束。从 src 引用的源数组到 dest 引用的目标数组，数组组件的一个子序列被复制下来。被复制的组件的编号等于 length 参数。源数组中位置在 srcPos 到 srcPos+length-1 之间的组件被分别复制到目标数组中的 destPos 到 destPos+length-1 位置。

src——源数组。

srcPos——源数组中的起始位置。

dest——目标数组。

destPos——目标数据中的起始位置。

length——要复制的数组元素的数量。

5）public static long **currentTimeMillis**()　返回以毫秒为单位的当前时间。

6）public static long **nanoTime**()　返回最准确的可用系统计时器的当前值，以毫微秒为单位。

7）public static void **exit**(int status)　终止当前正在运行的 Java 虚拟机。参数用作状态码。根据惯例，非 0 的状态码表示异常终止。

8）public static void **gc**()　申请运行垃圾回收器。

【例 5-3】　System.in 的用法。

```
import javax.swing.JOptionPane;
public class Exam5_3{
    public static void main(String args[])throws Exception{
```

```
        char ch;
        while((ch = (char)System.in.read())!='\n'){
            System.out.print(ch);
        }
    }
}
```

执行程序后，运行结果：

输入：hello↙　　（↙代表回车）
输出：hello

程序中的 System.in.read()从键盘上读取一个字符信息，该信息是一个 Unicode 编码的字符，所以需将其转换为 char 类型，方能顺利赋值给字符型变量。

【例 5-4】　nanotime 的用法显示程序运行时间。

```
public class Exam5_4{
    public static void main(String args[]){
        long startTime = System.nanoTime();
    int sum = 0;
    for(int i= 1;i<=100;i++){
    sum+=i;
    }
        long estimatedTime = System.nanoTime() - startTime;
        System.out.println("sum="+sum+"\nestimatedTime="+estimatedTime);
    }
}
```

执行程序后，运行结果：

```
sum=5050
estimatedTime=8102
```

结果中的 estimatedTime 的单位为 ns（纳秒），$1ns=10^{-9}s$。需要注意的是 **nanoTime**()方法只能用于测量已过的时间，与系统或钟表时间的其他任何时间概念无关。

5.2.4　字符串类

Java 中有三种常用的字符串类：String 和 StringBuffer 与 StringBuilder。String 创建的对象是不可改变的常量；StringBuffer 和 StringBuilder 创建的对象是可以改变其字符串的内容的，二者的区别在于 StringBuilder 不保证同步，一般 StringBuilder 用于单个线程，效率要高于 StringBuffer，StringBuffer 和 StringBuilder 的用法类似，本节只讲解 StringBuffer 的用法。

（1）String 类

String 类包括的方法可用于检查序列的单个字符、比较字符串、搜索字符串、提取子字符串、创建字符串副本并将所有字符全部转换为大写或小写。

常用方法及字段：

public **String**()　初始化一个新创建的 String 对象，使其表示一个空字符序列。

public **String**(String original)　初始化一个新创建的 String 对象，使其表示一个与参数相同的字符序列。

public **String**(char[] value)　分配一个新的 String，使其表示字符数组参数中当前包含的字符序列。

public **String**(char[] value, int offset, int count)　分配一个新的 String，它包含取自字符数组参数一个子数组的字符。

public **String**(byte[] bytes)　通过使用平台的默认字符集解码指定的 byte 数组，构造一个新的 String。

public **String**(StringBuffer buffer)　分配一个新的字符串，它包含字符串缓冲区参数中当前包含的字符序列。

public char **charAt**(int index)　返回指定索引处的 char 值。索引范围为从 0 到 length()-1。

public int **compareTo**(String anotherString)　按字典顺序比较两个字符串。

public String **concat**(String str)　将指定字符串连接到此字符串的结尾。

public int length()　返回此字符串的长度。长度等于字符串中 Unicode 代码单元的数量。

public String **substring**(int beginIndex)　返回一个新的字符串，它是此字符串的一个子字符串。该子字符串从指定索引处的字符开始，直到此字符串末尾。

public String **substring**(int beginIndex, int endIndex)　返回一个新字符串，它是此字符串的一个子字符串。该子字符串从指定的 beginIndex 处开始，直到索引 endIndex-1 处的字符。

public String **trim**()　返回字符串的副本，忽略前导空白和尾部空白。

【例 5-5】　字符串构造与取得子串。

```java
public class Exam5_5{
    public static void main(String args[]){
        char[] ch = {'w','e','l','c','o','m','e',};
        String str = "beijing";
        String s1,s2;
        s1 = new String(ch);
        s2 = new String(str);
        System.out.println(s1 + " to " + s2);
        System.out.println(s1.substring(3));
        System.out.println(s1.charAt(4));
    }
}
```

执行程序后，运行结果：

```
welcome to beijing
come
o
```

该程序演示了字符串的若干声明方式，及取得子串的方法。

（2）StringBuffer 类

StringBuffer 是线程安全的可变字符序列。StringBuffer 上的主要操作是 append 和 insert 方法，可重载这些方法，以接受任意类型的数据。每个方法都能有效地将给定的数据转换成字符串，然后将该字符串的字符追加或插入到字符串缓冲区中。append 方法始终将这些字符添加到缓冲区的末端；而 insert 方法则在指定的点添加字符。

常用方法及字段：

public **StringBuffer**()　构造一个其中不带字符的字符串缓冲区，其初始容量为 16 个字符。

public **StringBuffer**(int capacity)　构造一个不带字符，但具有指定初始容量的字符串缓冲区。

public **StringBuffer**(String str)　构造一个字符串缓冲区，并将其内容初始化为指定的字符串内容。该字符串的初始容量为 16 加上字符串参数的长度。

public int **length**()　返回长度（字符数）。

public char **charAt**(int index)　返回此序列中指定索引处的 char 值。第一个 char 值在索引 0 处，第二个在索引 1 处，依此类推，这类似于数组索引。

public void **setCharAt**(int index, char ch)　将给定索引处的字符设置为 ch。

public StringBuffer **append**(Object obj)　追加 Object 参数的字符串表示形式。

public StringBuffer **append**(String str)　将指定的字符串追加到此字符序列。

public StringBuffer **append**(StringBuffer sb)　将指定的 StringBuffer 追加到此序列中。

public StringBuffer **delete**(int start, int end)　移除此序列的子字符串中的字符。该子字符串是从指定的 start 处开始一直到索引 end-1 处的字符，如果不存在这种字符，则一直到序列尾部。如果 start 等于 end，则不发生任何更改。

public StringBuffer **deleteCharAt**(int index)　移除此序列指定位置的 char。此序列将缩短一个 char。

public StringBuffer **replace**(int start, int end, String str)　使用给定 String 中的字符替换此序列的子字符串中的字符。

public String **substring**(int start)　返回一个新的 String，它包含此字符序列当前所包含的字符子序列。

public StringBuffer **insert**(int offset, Object obj)　将 Object 参数的字符串表示形式插入此字符序列中。

public StringBuffer **insert**(int offset, String str)　将字符串插入此字符序列中。

public int **indexOf**(String str)　返回第一次出现的指定子字符串在该字符串中的索引。

public StringBuffer **reverse**()　将此字符序列用其反转形式取代。

public String **toString**()　返回此序列中数据的字符串表示形式。

【例 5-6】　StringBuffer 的实例。

```
public class Exam5_6{
    public static void main(String args[]){
        StringBuffer sb = new StringBuffer();
        sb.append("hello");
        sb.append(" ");
        sb.append("world");
        System.out.println(sb);
        sb.replace(6,11,"WORLD");
        System.out.println(sb);
        sb.delete(6,11);
        System.out.println(sb);
    }
}
```

执行程序后，运行结果：

```
hello world
hello WORLD
hello
```

需要注意 replace(int start,int end, String str)方法替换的子串是从指定的 start 处开始，一直到索引 end-1 处的字符，如果不存在这种字符，则一直到序列尾部。类似的 delete(int start, int end)方法也是从指定的 start 处开始，一直到索引 end-1 处的字符，如果不存在这种字符，则一直到序列尾部，如果 start 等于 end，则不发生任何更改。

5.2.5　日期与时间类

Java 中常用的日期与时间类包括 Date 类和 Calendar 类。在 JDK 1.1 之前，类 Date 有两个其他的函数。它允许把日期解释为年、月、日、小时、分钟和秒值。它也允许格式化和解析日期字符串。不过，这些函数的 API 不易于实现国际化。从 JDK 1.1 开始，应该使用 Calendar 类实现日期和时间字段之间转换，使用 DateFormat 类来格式化和解析日期字符串，Date 中的相应方法已废弃。所以一般情况下使用 Calendar 处理日期与时间相关的事物，Date 一般只负责得到当前时间和打印日期。

Date 类或 Calendar 类都在 java.util 包中，使用前需要引入：

```
import java.util.*;
```

（1）Date 类

常用字段及方法：

public **Date**()　分配 Date 对象并初始化此对象，以表示分配它的时间（精确到毫秒）。

public **Date**(long date)　分配 Date 对象并初始化此对象，以表示自从标准基准时间（称为"历元（epoch）"，即 1970 年 1 月 1 日 00:00:00 GMT）以来的指定毫秒数。

public String **toString**()　把此 Date 对象转换为以下形式的 String：

dow mon dd hh:mm:ss zzz yyyy

其中：

- dow　是一周中的某一天 (Sun, Mon, Tue, Wed, Thu, Fri, Sat)。
- mon　是月份 (Jan, Feb, Mar, Apr, May, Jun, Jul, Aug, Sep, Oct, Nov, Dec)。
- dd　是一月中的某一天（01～31），显示为两位十进制数。
- hh　是一天中的小时（00～23），显示为两位十进制数。
- mm　是小时中的分钟（00～59），显示为两位十进制数。
- ss　是分钟中的秒数（00～61），显示为两位十进制数。
- zzz　是时区（并可以反映夏令时）。标准时区缩写包括方法 parse 识别的时区缩写。如果不提供时区信息，则 zzz 为空，即根本不包括任何字符。
- yyyy　是年份，显示为 4 位十进制数。

（2）Calendar 类是一个抽象类，它为特定瞬间与一组诸如 YEAR、MONTH、DAY_OF_MONTH、HOUR 等日历字段之间的转换提供了一些方法，并为操作日历字段（例如获得下星期的日期）提供了一些方法。

需要注意 Calendar 是一个抽象类，想要得到 Calendar 类的对象需要使用它的 getInstance() 方法：

```
Calendar rightNow = Calendar.getInstance();
```

【例 5-7】 把字符串转换为日期，查看某个具体日期。

```java
import java.util.Calendar;
import java.util.Date;
public class Exam5_7{
    public static void main(String args[]){
        Calendar c = Calendar.getInstance();
        Date d = c.getTime();
        System.out.println(d);
        System.out.println("Year="+c.get(Calendar.YEAR));
        System.out.println("Month="+c.get(Calendar.MONTH));
        System.out.println("Day of Month="+c.get(Calendar.DAY_OF_MONTH));
        System.out.println("Day of Year ="+c.get(Calendar.DAY_OF_YEAR));
        System.out.println("Day of Week ="+c.get(Calendar.DAY_OF_WEEK));
        System.out.println("Week of Year="+c.get(Calendar.WEEK_OF_YEAR));
        System.out.println("Week of Month="+c.get(Calendar.WEEK_OF_MONTH));
        System.out.println("Day of Week in Month="+
                        c.get(Calendar.DAY_OF_WEEK_IN_MONTH));
        System.out.println("Hour="+c.get(Calendar.HOUR));
        System.out.println("AM/PM="+c.get(Calendar.AM_PM));
        System.out.println("Hour(24)="+c.get(Calendar.HOUR_OF_DAY));
        System.out.println("Minute="+c.get(Calendar.MINUTE));
        System.out.println("Second="+c.get(Calendar.SECOND));
    }
}
```

执行程序后，运行结果如图 5-2 所示。

```
Mon Mar 29 16:31:55 CST 2010
Year=2010
Month=2
Day of Month=29
Day of Year =88
Day of Week =2
Week of Year=14
Week of Month=5
Day of Week in Month=5
Hour=4
AM/PM=1
Hour(24)=16
Minute=31
Second=55
```

图 5-2　程序运行界面

注意，月份是从 0 开始计数的。DAY_OF_WEEK_IN_MONTH 的意思是当月的第几个星期几，例如本例中就是当月的第 5 个星期一。

5.2.6　Java 语言中的集合类

实际编程中常需要存储大量数据，java 提供了一系列的集合类来进行此类操作，这里仅以较常用的 ArrayList 类作为介绍。

ArrayList 是一个类似动态数组功能的标准集合类，它的容量可以不断自增，在不确定要保存对象的数目，或需要方便地取出某个对象时，可以选择 ArrayList。ArrayList 是 java 的一个标准类，它属于 java.util 包，使用时需要引入：

```
import java.util.*;
```

常用字段及方法：

public **ArrayList**()   构造一个初始容量为 10 的空列表。

public **ArrayList**(int initialCapacity)   构造一个具有指定初始容量的空列表。

public boolean **add**(Object e)   将指定的元素添加到此列表的尾部。

public void **add**(int index, Object element)   将指定的元素插入此列表中的指定位置。向右移动当前位于该位置的元素（如果有）以及所有后续元素（将其索引加 1）。

public Object **remove**(int index)   移除此列表中指定位置上的元素。向左移动所有后续元素（将其索引减 1）。

public boolean **remove**(Object o)   移除此列表中首次出现的指定元素（如果其存在）。

public void **clear**()   移除此列表中的所有元素。此调用返回后，列表将为空。

public boolean **contains**(Object o)   如果此列表中包含指定的元素，则返回 true。

public Object **get**(int index)   返回此列表中指定位置上的元素。

public E **set**(int index, E element)   用指定的元素替代此列表中指定位置上的元素。

public Object[] **toArray**()   按适当顺序（从第一个到最后一个元素）返回包含此列表中所有元素的数组。

【例 5-8】 使用 ArrayList 存储对象和找回对象。

```java
import java.util.ArrayList;
import java.util.List;
public class Exam5_8{
    public static void main(String args[]){
        List arrayList = new ArrayList();
        String[] str={"a","b","c","d","e"};
        for(int i=0;i<str.length; i++){
            arrayList.add(str[i]);
        }
        String temp;
        for(int i=0;i<arrayList.size();i++){
            temp = (String)arrayList.get(i);
            System.out.println(temp);
        }
    }
}
```

执行程序后，运行结果：

```
a
b
c
d
e
```

该程序创建了一个集合 ArrayList，然后向该集合中添加了 5 个字符串对象，接下来对集合进行了遍历，顺次取出了集合中所有的对象。需要注意的是：无论之前是何种类型，一旦放到集合中，所有的元素都被认作为 Object 类型的对象，因此，取出集合元素后要进行强制类型转换，将其变回原来类型，然后才可以正常使用。

对于上面提到的类型转换，一般认为是不安全的，所以该程序在编译时会有警告产生，如图 5-3 所示。

```
C:\>javac Exam5_8.java -Xlint:unchecked
Exam5_8.java:8: 警告: [unchecked] 对作为普通类型 java.util.List 的成员的 add(E) 的调用未经检查
                    arrayList.add(str[i]);
                             ^
```

图 5-3　编译时的警告信息

Java 语言自 1.5 版本之后引入了泛型来解决这个问题，通过泛型的使用，可以声明一个确定类型的集合，从而保证集合中元素类型是某一确定类型。

带泛型的集合声明：

```
List<String> arrayList = new ArrayList<String>(); //尖括号之间的是泛型类型
```

【例 5-9】　使用了泛型的集合。

```java
import java.util.ArrayList;
import java.util.List;
public class Exam5_9{
    public static void main(String args[]){
        List<String> arrayList = new ArrayList<String>();
        String[] str={"a","b","c","d","e"};
        for(int i=0;i<str.length; i++){
            arrayList.add(str[i]);
        }
        String temp;
        for(int i=0;i<arrayList.size();i++){
            temp = arrayList.get(i);
            System.out.println(temp);
        }
    }
}
```

执行程序后，运行结果：

```
a
b
c
d
e
```

该程序和［例 5-8］是非常类似的，所不同的是这里使用了泛型，在该程序编译时不会出现任何警告信息。

在使用集合的过程中，当将一些对象存入到集合中之后，往往需要对集合中的数据进行遍历操作，［例 5-8］和［例 5-9］对集合的遍历是通过循环进行的。Java 中还提供了不依靠存储的位置或标识来确定对象的方法，即枚举（Enumeration）和迭代（Iterator）。

在早期 Java 中只有枚举，但后来发现枚举在某些情况下会发生问题，比如枚举在使用时，不允许对集合元素进行删除操作，否则就会发生错误。因此后来 Java 提供了迭代以弥补枚举的不足，因此，在可能的情况下，应该尽可能使用迭代。

[例 5-10] 是一个使用 Iterator 遍历一个 ArrayList 的例子。

【例 5-10】 使用迭代器遍历一个 ArrayList。

```java
import java.util.ArrayList;
import java.util.Iterator;
import java.util.List;
public class Exam5_10{
    public static void main(String args[]){
        List<String> arrayList = new ArrayList<String>();
        String[] str={"a","b","c","d","e"};
        for(int i=0;i<str.length; i++){
            arrayList.add(str[i]);
        }
        String temp;
        Iterator<String> i = arrayList.iterator();
        while(i.hasNext()){
            temp = i.next();
            System.out.println(temp);
        }
    }
}
```

执行程序后，运行结果：

```
a
b
c
d
e
```

该程序通过迭代器对集合进行访问。关于集合 Java 提供了专门的集合框架，Java 中很多集合类都实现了 Collection 接口，Collection 接口中要求必须实现 **iterator()** 方法。所以只要实现了 Collection 接口的类都可以使用迭代这种方式对集合进行遍历，如图 5-4 所示。

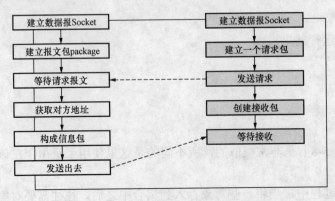

图 5-4　集合框架结构简图

这里的 LinkedList、Vector、Stack、ArrayList、HashSet、TreeSet 都是可以获取迭代的类。

小 结

本章讲解了 Java 语言中的常用类的用法,对本章的学习有利于解决一些实际编程中的细节问题。Java 有一个极其庞大的类库,里面有大量的有用类和方法,限于篇幅无法对所有的类和方法一一介绍,当需要使用时,应当善于参照 JDK 的帮助文档。

习 题

5.1 编写一个三角形类,能够对该类的对象设置 3 条边的长度,并能够计算该三角形对象的边长与面积。通过直接打印该三角形对象,可以输出 3 条边的长度以及三角形面积信息。

5.2 模仿 [例 5-2] 设计一个小学生加减法出题程序,能够为小学生随机生成个位数字的加、减法数学题,并可以判定回答是否正确。

5.3 Java 中的字符数组和字符串有什么不同?

5.4 如何获取 Java 中一个数组的长度,如何获取 Java 中一个字符串的长度?

5.5 编写一个程序,该程序可以获取两个不同的字符串,并将这两个字符串连接成一个新的字符串,并输出该新字符串。

5.6 设计一个程序,能够获取两个不同的日期(yyyy-mm-dd),并能够计算出这两个日期所差的天数。

5.7 设计一个程序,该程序能够对一个数组进行升序排序(排序算法可以自行设计),并显示排序所耗费的时间。

5.8 利用倒除法的思想,设计一个程序,能够计算出一个自然数的二进制表示方式。(提示:利用栈)

第 6 章　图形用户界面（GUI）设计

友好的交互对于应用程序来说是非常重要的一个方面，一个具有良好交互界面的程序能够使用户更加容易使用，同时也降低了程序输入数据出现错误的几率。

本章介绍 Java GUI 程序设计的方法。具体讨论 GUI 组件以及它们的使用方法，介绍容器、布局管理和事件处理等内容。

学习目标：

- 了解 GUI 的基本概念
- 掌握 Java GUI 的 API 层次结构
- 掌握 Java GUI 的布局管理器
- 掌握 Java GUI 的事件处理模型
- 利用 Java GUI 中的组件创建用户界面

6.1　GUI 概　述

早期的计算机程序使用最简单的输入输出方式，用户用键盘输入数据，程序将信息输出到显示设备上。现代程序往往都是借助于窗口、菜单按钮等用户界面元素，实现用户同计算机的交互，从而使人机交互更加方便。

6.1.1　AWT 和 Swing

Java 语言早期编写 GUI 程序，是使用抽象窗体工具包 AWT(Abstract Window Toolkit) 。现在多使用 Swing，Swing 可以看作是对 AWT 的升级，它使得 GUI 在美观和性能较 AWT 都有了较大的提高。但是 Swing 并不是 AWT 的替代，仅是对 AWT 的扩展和改进，所以编写 GUI 程序时，AWT 和 Swing 往往是都要使用的。

AWT 和 Swing 在一些重要方面有所区别：AWT 属于重量级组件，它所绘制的用户界面依赖于所处的主平台，比如同样一个 AWT 程序在 Linux 和 Windows 下运行的风格可能就不相同；而 Swing 有自己的实现机制，Swing 属于轻量级组件，它的组件绘制是在主平台提供的窗口里绘制和管理的，所以 Swing 的程序在各个操作系统下风格是一致的。Swing 加强了 Java 的平台无关特性，以便更好的实现 Java 程序的一次编译，到处运行。AWT 和 Swing 的类层次结构如图 6-1 所示。

Swing 是一个相当庞大的体系，里面有很丰富的用户组件，本章在讲解基本用法的基础上会对其中常用组件进行讲解。

6.1.2　组件和容器

（1）GUI 组件

组件（Component）是建立用户图形界面的基本元素，是用户与计算机之间进行交互的中介，例如按钮就是一个组件。

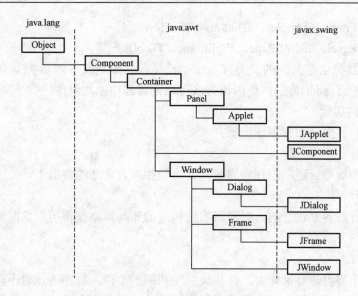

图 6-1　AWT 和 Swing 的类层次结构

Java 对每种常用组件都有相应的类对应，程序可以通过建立相应类的对象创建各种组件对象。例如：JButton、JLabel、JTextField、JCheckBox、JRadioButton、JComboBox 等。每种组件对象有若干种重载的构造方法，可以利用这些方法方便的创建组件。

为了统一管理组件，Java 为组件类定义了超类 Component 类，其中定义了所有组件共有的操作，这意味着只要是 Component 类中有的方法，不同的组件元素都可以使用。对于轻量级 Swing 组件，Java 定义了 JComponent 类作为所有轻量级 Swing 组件的父类。

（2）GUI 容器

容器（Container）是用户图形界面的复合元素，使用容器可以设计有层次的复杂图形界面，容器可以包含多个组件或其他容器，例如面板就是一种容器。容器分为顶层容器和中间容器，顶层容器不能放在其他容器中，而中间容器可以放在另一个容器中且中间容器不可以当作顶层容器使用。界面元素的层次如图 6-2 所示。

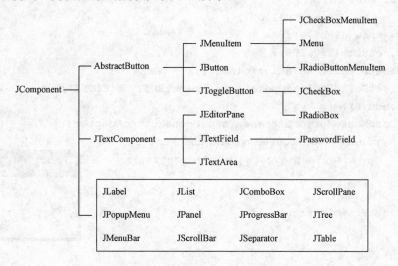

图 6-2　界面元素的层次图

顶层容器：JFrame，JApplet，JDialog，JWindow

中间容器：JPanel，JScrollPane，JSplitPane，JToolBar 等

类似的，容器类也有共同的父类 Container 类，其中定义了容器类共有的方法。比如 Container 类中定义了 add()方法，使用该方法可以向容器中添加组件。

6.1.3 GUI 的实现

设计图形用户界面一般有下述步骤：

（1）组件设计

根据用户界面选取合适的组件和容器，并将组件放入合适的容器中。

（2）布局设计

布局设计是针对容器进行的，对容器实施相应的布局策略使得用户界面更加整齐，从而满足用户需求。

（3）事件处理

当用户对图形界面进行操作时，往往会触发相应的事件，程序通过对不同事件采取不同的处理来满足用户的操作请求。一般来说每个组件或容器都有各自不同的事件处理程序。比如，当用户单击一个按钮时，会触发一个按钮的动作事件，生成一个事件对象，该对象描述了对象所执行的操作。

【例 6-1】 一个简单带事件监听的窗体。

```java
import javax.swing.*;
import java.awt.event.*;
public class Exam6_1{
    JFrame f;
    JLabel L;
    public static void main(String args[]){
        Exam6_1 e = new Exam6_1();
        e.init();
    }
    public void init(){
        f = new JFrame("Hello");
        L = new JLabel();
        f.setSize(150,100);
        f.setLocationRelativeTo(null);
        f.setDefaultCloseOperation(JFrame.EXIT_ON_CLOSE);
        f.add(L);
        f.addMouseMotionListener(new MouseMotionAdapter(){
            public void mouseMoved(MouseEvent e){
                L.setText(e.getX()+","+e.getY());
            }
        }
        f.setVisible(true);
    }
}
```

执行程序后，运行结果如图 6-3 所示。

图 6-3 ［例 6-1］程序运行结果

6.2　框　架　窗　口

对于一个用户界面程序来说，需要创建一个顶级框架来存放用户界面的组件。

6.2.1　创建框架窗体

使用 JFrame 类创建一个框架，JFrame 常用的方法有：

public JFrame()　构造一个初始时不可见的新窗体。

public JFrame(String title)　创建一个新的、初始不可见的、具有指定标题的新窗体。

public void setSize(int width, int height)　调整组件的大小，使其宽度为 width，高度为 height。

public void setLocation(int x, int y)　将组件移到新位置。通过此组件父级坐标空间中的 x 和 y 参数来指定新位置的左上角。

public void setVisible(boolean b)　根据参数 b 的值显示或隐藏此窗体。

public void setLocationRelativeTo(Component c)　设置窗口相对于指定组件的位置。如果组件当前未显示，或者参数 c 为 null，则此窗口将置于屏幕的中央。

public void setDefaultCloseOperation(int operation)　设置用户在此窗体上发起 "close" 时默认执行的操作。

【例 6-2】建立一个框架。

```
import javax.swing.*;
public class Exam6_2{
    public static void main(String args[]){
        JFrame f = new JFrame("A JFrame");
        f.setSize(200,100);
        f.setLocationRelativeTo(null);
        f.setDefaultCloseOperation(JFrame.EXIT_ON_CLOSE);
        f.setVisible(true);
    }
}
```

执行程序后，运行结果如图 6-4 所示。

该程序首先用字符串"A JFrame"作为窗口标题声明了一个 JFrame 对象。然后对该对象设置大小，设置显示位置，设置关闭的动作，最后设置框架显示状态显示窗口。

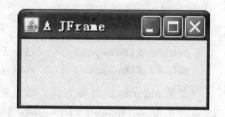

图 6-4　［例 6-2］程序运行结果

6.2.2　在框架中添加组件

［例 6-2］建立的框架是空的，如果需要在其中添加其他组件，可以使用 add()方法。

【例 6-3】向框架中添加组件。

```
import javax.swing.*;
public class Exam6_3{
    public static void main(String args[]){
        JFrame f = new JFrame("A JFrame");
```

```
    f.setSize(200,100);
    f.setLocationRelativeTo(null);
    f.setDefaultCloseOperation(JFrame.EXIT_ON_CLOSE);
    for(int i=1;i<=3;i++){
        f.add(new JButton(""+i));
    }
    f.setVisible(true);
    }
}
```

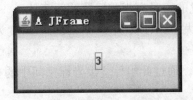

图 6-5　［例 6-3］程序运行结果

执行程序后，运行结果如图 6-5 所示。

需要注意的是，这段程序其实向框架里添加了 3 个按钮，但最后只能看到标号为 3 的按钮。产生这个问题的原因是由于 JFrame 的默认布局管理器是边式布局（BorderLayout），后放进去的按钮会遮挡在先放进按钮的上面，所以最后只能看到最后放进去的按钮。

6.3　布　局　管　理　器

布局管理是用来设计一个容器中若干个组件的相对位置的，容器中组件的相对位置由布局管理器统一管理。每个容器都有自己的默认布局管理模式，程序员可以根据实际需要更换容器的默认布局管理器。

6.3.1　FlowLayout

流式布局管理器（FlowLayout）是面板（Panel）及其子类的默认布局管理器。

FlowLayout 的布局规则是将容器中的组件按照添加的顺序自左向右、自上向下的顺序排列。每行组件居中对齐。每个组件会依据自己的大小显示，不会被拉伸。FlowLayout 使用较为方便，但当容器大小发生改变时，其中组件的排列顺序会发生变动。

该布局管理器在 java.awt 包中，使用时需要引入：

```
import java.awt.*;
```

FlowLayout 的构造方法：

```
public FlowLayout();
public FlowLayout(int align);
public FlowLayout(int align, int hgap, int vgap);
```

参数 align 标识对齐方式，默认的对齐方式是居中对齐，如果希望组件改变对齐方式，可以设置为 FlowLayout.LEFT——居左对齐，FlowLayout.CENTER——居中对齐，FlowLayout. RIGHT——居右对齐。参数 hgap 表示容器中组件之间的行间距，vgap 表示容器中组件之间的列间距，间距的单位是像素（pix），默认值为 5pix。

当需要设置某一个容器为 FlowLaytou 时，需要调用容器对象的 setLayout()方法，例如：

```
setLayout(new FlowLayout(FlowLayout.RIGHT));
```

这会将容器的布局策略设置为流式布局管理，组件居右对齐。

【例 6-4】　FlowLayout 类实例。

```
import javax.swing.*;
import java.awt.*;
public class Exam6_4{
    public static void main(String args[]){
        JFrame f = new JFrame("A JFrame");
        f.setSize(200,100);
        f.setLocationRelativeTo(null);
        f.setDefaultCloseOperation(JFrame.EXIT_ON_CLOSE);
        f.setLayout(new FlowLayout());
        for(int i=1;i<=3;i++){
            f.add(new JButton(""+i));
        }
        f.setVisible(true);
    }
}
```

执行程序后，运行结果如图 6-6 所示。

[例 6-4] 中的程序添加了布局管理器 f.setLayout
(new FlowLayout())，3 个按钮都可以正常地显示出来，
并且居中对齐。

该程序使用的是默认构造的 FlowLayout，请读者
自行尝试更改不同的构造方式，以查看各种运行效果。

图 6-6　[例 6-4] 程序运行结果

6.3.2　BorderLayout

边式布局管理器（BorderLayout）是 JWindow、JFrame 和 JDialog 的默认布局管理器。边
式布局的策略是将容器分为东西南北中五个区域，在向容器中添加组件时可以指明要加入到
哪个区域中，如果没有指明区域则添加到"中"区域，并且需要注意的是，每个区域的组件
是按照先后顺序拉伸并叠放在一起的，所以只能显示最后添加进去的组件。

该布局管理器在 java.awt 包中，使用时需要引入：

```
import java.awt.*;
```

边式布局管理的构造方法：

```
public BorderLayout();
public BorderLayout(int hgap, int vgap);
```

参数 hgap 表示容器中组件之间的行间距，vgap 表示容器中组件之间的列间距，间距的
单位是像素（pix），默认值为 0pix。

当需要设置某一个容器为 BorderLayout 时，需要调用容器对象的 setLayout()方法，例如：

```
setLayout(new BorderLayout(new Button("East"), "East");
```

这会将容器的布局策略设置为流式布局管理，并向容器的"东"位置添加一个显示为
"East"的按钮。容器的五个区域分别用 East、West、South、North、Center 标识。

【例 6-5】　BorderLayout 应用举例。

```
import javax.swing.*;
```

```java
import java.awt.*;
public class Exam6_5{
    public static void main(String args[]){
        JFrame f = new JFrame("A JFrame");
        f.setSize(400,400);
        f.setLocationRelativeTo(null);
        f.setDefaultCloseOperation(JFrame.EXIT_ON_CLOSE);
        //f.setLayout(new BorderLayout(2,2));
        f.add(new Button("East"),"East");
        f.add(new Button("West"),"West");
        f.add(new Button("South"),"South");
        f.add(new Button("North"),"North");
        f.add(new Button("Center"),"Center");
        f.setVisible(true);
    }
}
```

执行程序后，运行结果如图 6-7 所示。

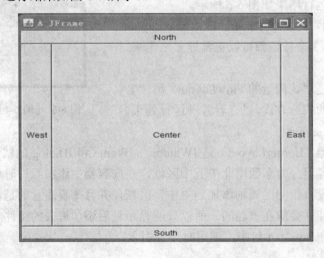

图 6-7 ［例 6-5］程序运行结果

JFrame 的默认布局管理器是 BorderLayout，所以这个程序直接使用了 JFrame 的默认布局管理，但读者也可以尝试去掉例中的注释，以对比两次运行的效果，两者的差别在于 5 个按钮之间的间距会有所不同。同时，从程序运行结果可以看出，对于东西南北中五个区域的大小是遵循下列原则的：

南北的高和东西的宽以刚好能放下组件为准，南北区域如果有组件则占据整个容器的宽，东西区域占据除去南北组件高度之外的空间。中间区域占据所有剩余空间。

实际应用中，常常是向采用 BorderLayout 的容器中添加 JPane 之类的容器，然后再向子容器中添加用户组件，这样 BorderLayout 就起到了大区域的划分功能。

6.3.3　GridLayout

表格布局管理器（GridLayout）将整个容器划分为一个二维表格，行数和列数由程序和实际运行情况决定，组件按照顺序放在表格划定的区域内。该布局管理定位比较整齐、精确。

该布局管理器在 java.awt 包中，使用时需要引入：

```
import java.awt.*;
```

表格布局管理器的构造方法：

```
public GridLayout();
public GridLayout (int row, int col);
public GridLayout (int row, int col, int hgap, int vgap);
```

参数 row 和 col 表示行数和列数，参数 hgap 表示容器中组件之间的行间距，vgap 表示容器中组件之间的列间距，间距的单位是像素（pix），默认值为 0pix。

如果采用第一种没有任何参数的构造方法，则会生成一个单列，无行列间隙的 GridLayout 布局。

GridLayout 会自动保证行数，当容器内的组件个数超过声明的表中单元格数时，会自动增加列，从而保证行数不变。类似的，当组件个数太少，不足以填充单元格时，会自动减少列数，从而保证行数不变。在向 GridLayout 控制下的容器添加组件时，无法选择添加到某一个单元格中，布局管理器会自动以行序为主顺序加入，如果希望跳过某个单元格，则可以加入一个空白组件占位置，例如加入一个空标签(new Label())。

【例 6-6】 表格布局管理器 GridLayout 的使用示例。

```
import javax.swing.*;
import java.awt.*;
public class Exam6_6{
    public static void main(String args[]){
        JFrame f = new JFrame("A JFrame");
        f.setSize(400,400);
        f.setLocationRelativeTo(null);
        f.setDefaultCloseOperation(JFrame.EXIT_ON_CLOSE);
        f.setLayout(new GridLayout(5,5));
        for(int i=1;i<30;i++)
            f.add(new Button("btn"+i));
        f.setVisible(true);
    }
}
```

执行程序后，运行结果如图 6-8 所示。

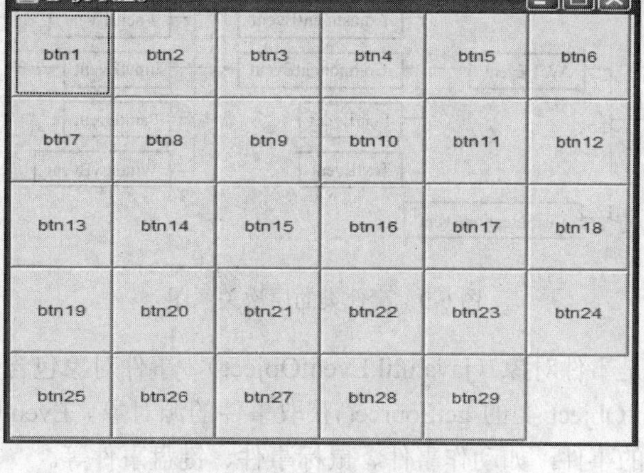

图 6-8　［例 6-6］程序运行结果

程序希望建立一个 5 行 5 列的表，但实际是向容器中添加了 29 个按钮，所以布局管理器自动增加了列，但最后一个单元格是空着的。同时可以发现每个按钮的大小是一致的，并被自动拉伸到了一个单元格的大小。但要求每个组件大小一致往往是不容易的，所以有时需要将一些小组件用其他的中间容器合并然后再加入 GridLayout 管理的容器中。

6.4 事件驱动程序设计

图形用户界面程序是需要和用户交互的，到现在为止学习的程序还无法满足用户的操作。在学习过最基本的一些 GUI 知识之后，本节将讲解事件驱动程序设计，从而使得程序可以响应用户的操作。

6.4.1 事件和事件源

当运行一个图形用户界面程序时，用户会与程序进行交互，交互过程中会发生一系列的事件，这些事件可以触发程序执行相应的代码。

事件（event）是指程序运行过程中发生的一些事件而触发的信号。触发来源可能是用户操作的某个行为，如移动鼠标、敲击键等；也可能是来自程序内部的执行过程，如定时器到时。

触发而产生的信息通常会包含很多关于事件的详细情况，如事件发生的时间、事件类型、事件发生时鼠标的坐标、用户按下的按钮值等。

程序员在设计程序时可以选择对某一种事件进行响应或不响应，比如当用户用鼠标点击了一个按钮，但程序没有进行任何动作，这并非没有发生事件，而是因为程序没有对点击事件进行相应的响应，之前的一些 GUI 程序就是这种情况。

事件源指的是事件发生的组件，也称为源对象（source object）或源组件（source component）。如用户单击界面上的一个按钮组件，那么会触发一个单击按钮事件，而事件源对象就是这个被单击的按钮。不同的事件源可以发生不同的事件，如鼠标触发的是鼠标事件，键盘会触发键盘事件等。

在 Java 程序中所有发生的事件都表现为某一事件类的实例，常见事件类的层次关系如图 6-9 所示。

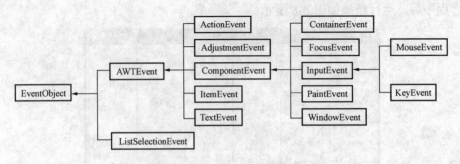

图 6-9   事件类的层次关系图

图 6-9 中的根类是事件对象（java.util.EventObject），事件对象包含了所有与事件相关的属性，可以使用 EventObject 类的 getSource()获取事件的源对象。EventObject 的子类将事件类型细化，区分不同的事件，如动作事件、鼠标事件、键盘事件等。

表 6-1 用户行为、源对象和事件类型

事件类别	描 述 信 息	接 口 名	方 法
ActionEvent	激活组件	ActionListener	actionPerformed(ActionEvent)
ItemEvent	选择了某些项目	ItemListener	itemStateChanged(ItemEvent)
MouseEvent	鼠标移动	MouseMotionListener	mouseDragged(MouseEvent) mouseMoved(MouseEvent)
	鼠标点击等	MouseListener	mousePressed(MouseEvent) mouseReleased(MouseEvent) mouseEntered(MouseEvent) mouseExited(MouseEvent) mouseClicked(MouseEvent)
KeyEvent	键盘输入	KeyListener	keyPressed(KeyEvent) keyReleased(KeyEvent) keyTyped(KeyEvent)
FocusEvent	组件收到或失去焦点	FocusListener	focusGained(FocusEvent) focusLost(FocusEvent)
AdjustmentEvent	移动了滚动条等组件	AdjustmentListener	adjustmentValueChanged(AdjustmentEvent)
ComponentEvent	对象移动缩放显示隐藏等	ComponentListener	componentMoved(ComponentEvent) componentHidden(ComponentEvent) componentResized(ComponentEvent) componentShown(ComponentEvent)
WindowEvent	窗口收到窗口级事件	WindowListener	windowClosing(WindowEvent) windowOpened(WindowEvent) windowIconified(WindowEvent) windowDeiconified(WindowEvent) windowClosed(WindowEvent) windowActivated(WindowEvent) windowDeactivated(WindowEvent)
ContainerEvent	容器中增加删除了组件	ContainerListener	componentAdded(ContainerEvent) componentRemoved(ContainerEvent)
TextEvent	文本字段或文本区发生改变	TextListener	textValueChanged(TextEvent)

java.awt.event 包中定义的事件适配器类包如下：

1）ComponentAdapter（组件适配器）

2）ContainerAdapter（容器适配器）

3）FocusAdapter（焦点适配器）

4）KeyAdapter（键盘适配器）

5）MouseAdapter（鼠标适配器）

6）MouseMotionAdapter（鼠标运动适配器）

7）WindowAdapter（窗口适配器）

6.4.2 注册与处理事件监听

Java 对事件的处理是基于事件委托的模型：源对象发生一个事件，然后该事件对象被监听器捕获并处理，监听器是指派给源对象的，如果对某一个事件没有指派监听器，那么即使该事件被触发也不会引发任何动作。

【例 6-7】 一个事件处理实例。

```
import java.awt.event.*;
```

```java
import java.awt.*;
import javax.swing.*;
public class Exam6_7{
    JFrame f;
    JButton b;
    JLabel L;
    int count = 0;
    public void init(){
        f = new JFrame("event test");
        L = new JLabel();
        b = new JButton("button");
        b.addActionListener(new MyListener());
        f.setLayout(new GridLayout(2,1));
        f.add(b);
        f.add(L);
        f.setSize(400,300);
        f.setDefaultCloseOperation(JFrame.EXIT_ON_CLOSE);
        f.setLocationRelativeTo(null);
        f.setVisible(true);
    }

    public static void main(String args[]){
        Exam6_7 aExam = new Exam6_7();
        aExam.init();
    }
    class MyListener implements ActionListener{
        public void actionPerformed(ActionEvent e){
            count++;
            L.setText("按钮被按了"+count+"次");
        }
    }
}
```

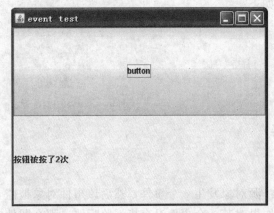

图 6-10　[例 6-7] 程序运行结果

执行程序后，运行结果如图 6-10 所示。

当单击按钮时，下方标签内容会计数显示单击的次数。

程序里编写了一个内部类 MyListener，该类实现了 ActionListener 接口。ActionListener 接口中要求实现一个方法：

```java
public void actionPerformed (Action-
Event e)
```

该方法中的代码会在动作事件被触发时执行。因此 MyListener 类的对象由于实现了 ActionListener 接口，就有能力接收并处理动作事件。

而在 init()方法中，当实例化按钮之后，执行了语句：

```java
b.addActionListener(new MyListener());
```

　　该语句为按钮 b 注册了一个事件监听器，该监听器是一个 MyListener 类的匿名对象，该对象有能力接收并处理发生在按钮 b 上的动作事件。

　　所以当用户点击按钮 b 时，b 就触发了一个动作事件，该事件被 MyListener 类的对象捕获，然后执行了类 MyListener 中 actionPerformed()方法的代码。该部分程序会使得用户界面上的标签内容发生相应的改变。

　　为某一个源对象注册监听器的语句：

```
sourceObject.add<XXX>Listener(listenerObject);
```

　　其中 add<XXX>Listener 根据监听类型可做相应改动，例如按钮的动作监听注册应为 addActionListener，这里按钮被单击会发生一个 ActionEvent。一般来说，<XXX>Event 的注册方法命名为 add<XXX>Listener，而一个源对象可以注册多个事件监听器。

　　（1）内部类监听器

　　监听器类是专门设计用来为 GUI 组件（例如按钮）创建监听对象的。监听器类不能被其他应用程序共享，因此，往往将监听器类定义为内部类（inner class）。

　　内部类或嵌套类（nested class）是定义在另一个类内部的类。[例 6-7] 中的 MyListener 类就是一个内部类。内部类被编译成名为 OuterClassName$InnerClassName.class 的类，例如 [例 6-7] 中的内部类编译后的名字为 Exam6_7$MyListener.class。内部类可以引用外部类中的数据和方法，所以使用内部类可以使程序更简洁。

　　（2）匿名监听器

　　有的时候一个 GUI 程序需要监听大量不同的事件，这时候采用内部类创建内部监听器仍显得有些冗长，这时可以考虑使用匿名内部类缩短内部类监听器。

　　匿名内部类对象的声明如下：

```
new SuperClassName()
{//扩展或重写父类中的方法}
```

或

```
new InterFaceName()
{//实现接口中规定的方法}
```

　　匿名类编译后生成名为 OuterClassName$n.class 的类。如果外部类 OuterClass 有两个内部类，那么编译后会生成 OuterClass$1.class 和 OuterClass$2.class。

　　【例 6-8】 用匿名类改写 [例 6-7]。

```
import java.awt.event.*;
import java.awt.*;
import javax.swing.*;
public class Exam6_8{
    JFrame f;
    JButton b;
    JLabel L;
    int count = 0;
    public void init(){
        f = new JFrame("event test");
        L = new JLabel();
        b = new JButton("button");
```

```
            b.addActionListener(new ActionListener(){
                    public void actionPerformed(ActionEvent e){
                    count++;
                    L.setText("按钮被按了"+count+"次");
                }
            }
            );
            f.setLayout(new GridLayout(2,1));
            f.add(b);
            f.add(L);
            f.setSize(400,300);
            f.setDefaultCloseOperation(JFrame.EXIT_ON_CLOSE);
            f.setLocationRelativeTo(null);
            f.setVisible(true);
        }

        public static void main(String args[]){
            Exam6_8 aExam = new Exam6_8();
            aExam.init();
        }
}
```

执行程序后，运行结果如图 6-11 所示。

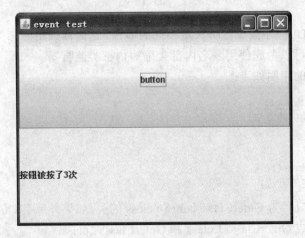

图 6-11 ［例 6-8］程序运行结果

该程序对［例 6-7］进行了内部匿名类改写如下：

```
b.addActionListener(new ActionListener(){
        public void actionPerformed(ActionEvent e){
        count++;
        L.setText("按钮被按了"+count+"次");
        }
    }
);
```

该部分为按钮 b 注册了一个匿名的内部事件监听器对象，该对象实现了 ActionListener 接口，实现了接口中规定的 actionPerformed()方法。当按钮 b 被点击的时候，actionPerformed()

方法会被执行，使得窗体中的标签内容发生变化。

通过使用内部匿名类可以使程序更加浓缩简练。

【例 6-9】　内部匿名类处理窗体事件。

```java
import java.awt.event.*;
import java.awt.*;
import javax.swing.*;
public class Exam6_9{
    JFrame f;
    JLabel L;
    public void init(){
        f = new JFrame("event test");
        f.addWindowListener(new WindowListener(){
            public void windowActivated(WindowEvent e){
                L.setText("窗口处于激活状态");
            }
            public void windowDeactivated(WindowEvent e){
                L.setText("窗口处于非激活状态");
            }
            public void windowClosing(WindowEvent e){}
            public void windowOpened(WindowEvent e){}
            public void windowIconified(WindowEvent e){}
            public void windowDeiconified(WindowEvent e){}
            public void windowClosed(WindowEvent e){}
        }
        L = new JLabel();
        f.add(L);
        f.setSize(200,100);
        f.setDefaultCloseOperation(JFrame.EXIT_ON_CLOSE);
        f.setLocationRelativeTo(null);
        f.setVisible(true);
    }

    public static void main(String args[]){
        Exam6_9 aExam = new Exam6_9();
        aExam.init();
    }
}
```

执行程序后，运行结果如图 6-12 所示。

(a)　　　　　　　　(b)

图 6-12　［例 6-9］程序运行结果

要代码为框架 f 注册了一个内部匿名监听对象，该对象实现 WindowListener 接口，能够处理发生在框架上的窗体事件，窗体事件共有 7 类，程序如下：

```
f.addWindowListener(new WindowListener(){
    public void windowActivated(WindowEvent e){
        L.setText("窗口处于激活状态");
    }
    public void windowDeactivated(WindowEvent e){
        L.setText("窗口处于非激活状态");
    }
    public void windowClosing(WindowEvent e){}
    public void windowOpened(WindowEvent e){}
    public void windowIconified(WindowEvent e){}
    public void windowDeiconified(WindowEvent e){}
    public void windowClosed(WindowEvent e){}
}
```

这里对激活窗体和非激活窗体进行了处理，使得窗体信息能够显示在窗体的标签中。而对于剩余的 5 个接口规定的方法，仅用空方法给予实现。

由于内部匿名类实现的是接口，所以存在这样一种情况，即使程序员关心的只是接口中的某一个事件，但也不得不将接口中所有的方法都加以实现——即使是空方法实现，这使得程序显得有些冗余。因此对于含有多个事件方法的监听接口，都有相对应的监听适配器。

（3）监听适配器

［例 6-9］中，因为 WindowListener 接口的方法都是抽象的，所以即使程序不关心某些事件，还是必须实现接口中规定的所有方法。为了方便起见，Java 为所有抽象方法超过一个的监听接口都提供了监听适配器。一般来说，适配器的名称为 <XXX>Adapter。如，WindowListener 接口的监听适配器为 WindowAdapter。

适配器是一个实现了对应接口的类，它将对应接口中所有的抽象方法都做了空实现。于是对于［例 6-9］而言，程序就可以改进，使用内部匿名类继承 WindowAdapter 类，然后重写其中关心的事件处理方法，这样可以简化程序编写复杂度。

【例 6-10】 用适配器改写［例 6-9］。

```
import java.awt.event.*;
import java.awt.*;
import javax.swing.*;
public class Exam6_10{
    JFrame f;
    JLabel L;
    public void init(){
        f = new JFrame("event test");
        f.addWindowListener(new WindowAdapter(){
            public void windowActivated(WindowEvent e){
                L.setText("窗口处于激活状态");
            }
            public void windowDeactivated(WindowEvent e){
                L.setText("窗口处于非激活状态");
            }
        });
        L = new JLabel();
        f.add(L);
```

```
        f.setSize(200,100);
        f.setDefaultCloseOperation(JFrame.EXIT_ON_CLOSE);
        f.setLocationRelativeTo(null);
        f.setVisible(true);
    }

    public static void main(String args[]){
        Exam6_10 aExam = new Exam6_10();
        aExam.init();
    }
}
```

执行程序后，运行结果如图 6-13 所示。

(a)　　　　　　　　　　(b)

图 6-13　［例 6-10］程序运行结果

```
f.addWindowListener(new WindowAdapter(){
    public void windowActivated(WindowEvent e){
        L.setText("窗口处于激活状态");
    }
    public void windowDeactivated(WindowEvent e){
        L.setText("窗口处于非激活状态");
    }
});
```

可以看到使用适配器后，程序员可以只对关心的的方法进行处理，而不必对其他方法做处理。

6.5　GUI　设　计

学习过图形用户界面的基本框架和布局管理以及事件驱动原理之后，接下来本节将对常用的用户组件进行讲解，swing 是一个相当庞大的体系，这里仅对部分最常用的组件进行讲解。

6.5.1　按钮

按钮（JButton）是用户图形界面中最常用的组件之一，用户单击它时会触发动作事件（ActionEvent）。

常用方法：

public **JButton**()　构造一个没有文本和图标的默认按钮。

public **JButton**(Icon icon)　创建一个带图标的按钮。

public **JButton**(String text)　创建一个带文本的按钮。

public **JButton**(String text, Icon icon)　创建一个带初始文本和图标的按钮。

public void **setText**(String text)　设置按钮的文本。

public String **getText**() 　返回按钮的文本。

public void **setMnemonic**(int mnemonic) 　设置当前模型上的键盘快捷键。

public void **setToolTipText**(String text) 　注册要在工具提示中显示的文本。光标处于该组件上时显示该文本。

public void **addActionListener**(ActionListener l) 　将一个 ActionListener 注册到按钮中。

public void **removeActionListener**(ActionListener l) 　移除按钮的监听器。

public void **setPressedIcon**(Icon pressedIcon) 　设置按钮的按下图标。

public void **setRolloverIcon**(Icon rolloverIcon) 　设置按钮的翻转图标。

【例 6-11】 按钮实例。

```java
import javax.swing.*;
import java.awt.*;
public class Exam6_11{
    JFrame fr;
    ImageIcon aIcon;
    ImageIcon bIcon;
    ImageIcon cIcon;
    JButton btn;
    public static void main(String args[]){
        Exam6_11 me = new Exam6_11();
        me.init();
    }
    public void init(){
        aIcon = new ImageIcon("a.gif");
        bIcon = new ImageIcon("b.gif");
        cIcon = new ImageIcon("c.gif");
        btn = new JButton("点击我",aIcon);
        btn.setPressedIcon(bIcon);
        btn.setRolloverIcon(cIcon);
        fr = new JFrame("按钮测试程序");
        fr.setSize(190,80);
        fr.setLayout(new FlowLayout());
        fr.setLocationRelativeTo(null);
        fr.setDefaultCloseOperation(JFrame.EXIT_ON_CLOSE);
        fr.add(btn);
        fr.setVisible(true);
    }
}
```

执行程序后，运行结果如图 6-14 所示。

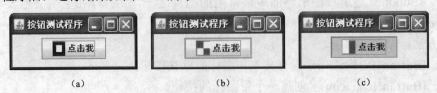

(a)　　　　　　　　　　(b)　　　　　　　　　　(c)

图 6-14 ［例 6-11］程序运行结果

（a）默认情况；（b）反转情况；（c）按下图标

该程序演示建立一个带有图标的按钮，并为按钮设置了默认图标，按下图标和反转图标。

当处于默认状态时显示图 6-14（a）的效果，当鼠标移动到按钮上方时显示图 6-14（b）的效果，当鼠标点击按下按钮时显示为图 6-14（c）效果。需要注意的是，图标所对应的文件应该放在和程序同一目录下。

【例 6-12】 按钮应用实例。

```java
import javax.swing.*;
import java.awt.*;
import java.awt.event.*;
public class Exam6_12{
    JFrame fr;
    JButton btn1,btn2;
    public void init(){
        fr = new JFrame("按钮实例");
        fr.setSize(200,100);
        fr.setLocationRelativeTo(null);
        fr.setDefaultCloseOperation(JFrame.EXIT_ON_CLOSE);
        fr.setLayout(new FlowLayout());
        btn1 = new JButton("红");
        btn2 = new JButton("绿");
        btn1.addActionListener(new ActionListener(){
            public void actionPerformed(ActionEvent e){
                btn1.setBackground(Color.RED);
                btn2.setBackground(Color.RED);
            };
        });
        btn2.addActionListener(new ActionListener(){
            public void actionPerformed(ActionEvent e){
                btn1.setBackground(Color.GREEN);
                btn2.setBackground(Color.GREEN);
            };
        });
        fr.add(btn1);
        fr.add(btn2);
        fr.setVisible(true);

    }

    public static void main(String args[]){
        Exam6_12 me = new Exam6_12();
        me.init();
    }
}
```

执行程序后，运行结果如图 6-15 所示。

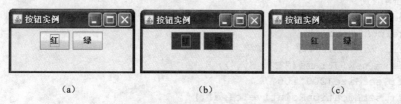

（a）　　　　　　　　（b）　　　　　　　　（c）

图 6-15 ［例 6-12］程序运行结果

（a）程序运行初始状态；（b）点击"红"按钮；（c）点击"绿"按钮

　　该程序向框架中添加了两个按钮，并对这两个按钮分别注册了匿名事件监听器，如果红色按钮被点击，程序会将两个按钮的背景色设置为红色；如果绿色按钮被点击，程序会将两个按钮的背景色设置为绿色。

　　设置组件的背景色是 java.awt.Component 类中的方法，因此只要是 Component 的子类对象都可以调用该方法。

　　颜色类（java.awt.Color）中定义了一些常用的静态颜色常量，比如红色：Color.RED、绿色 Color.GREEN 等，这些常量当需要时可以直接通过类名调用。程序中如果需要使用颜色则要引入：

```
import java.awt.Color;
```

如果希望了解颜色类的详细用法，请读者查阅 Java 的 JDK API 手册。

6.5.2　标签

　　标签（label）是用来进行信息显示的一个区域，它能够显示一小段文字或者图片，一般标签用在用户界面的提示性信息的展示上。

　　常用方法及字段：

　　public **JLabel**()　创建无图像并且其标题为空字符串的 JLabel。

　　public **JLabel**(Icon icon)　创建具有指定图像的 JLabel 实例。

　　public **JLabel**(Icon icon, int horizontalAlignment)　创建具有指定图像和水平对齐方式的 JLabel 实例。该标签在其显示区内垂直居中对齐。

　　public **JLabel**(String text)　创建具有指定文本的 JLabel 实例。

　　public **JLabel**(String text, int horizontalAlignment)　创建具有指定文本和水平对齐方式的 JLabel 实例。

　　public **JLabel**(String text, Icon icon, int horizontalAlignment)　创建具有指定文本、图像和水平对齐方式的 JLabel 实例。horizontalAlignment - SwingConstants 中定义的是以下常量之一：LEFT、CENTER、RIGHT、LEADING 或 TRAILING。

　　public String **getText**()　返回该标签所显示的文本字符串。

　　public Icon **getIcon**()　返回该标签显示的图形图像（字形、图标）。

　　public void **setIcon**(Icon icon)　定义此组件将要显示的图标。

　　public void **setText**(String text)　定义此组件将要显示的单行文本。

　　【例 6-13】　标签实例。

```
import javax.swing.*;
public class Exam6_13{
    JFrame fr;
    JLabel lb;
    ImageIcon icon ;
    public void init(){
        fr = new JFrame("标签测试");
        fr.setSize(200,100);
        fr.setLocationRelativeTo(null);
        fr.setDefaultCloseOperation(JFrame.EXIT_ON_CLOSE);
        icon = new ImageIcon("china.gif");
        lb = new JLabel("China",icon,SwingConstants.CENTER);
```

```
    lb.setHorizontalTextPosition(SwingConstants.CENTER);
    lb.setVerticalTextPosition(SwingConstants.BOTTOM);
    fr.add(lb);
    fr.setVisible(true);
}

public static void main(String args[]){
    Exam6_13 me = new Exam6_13();
    me.init();
}
}
```

执行程序后，运行结果如图 6-16 所示。

该程序实例化了一个带有图标和文字描述的标签，然后对标签的文字对齐位置进行了设置，要求文字左右居中对齐，上下居底对齐。这里面用到了 SwingConstants 接口，该接口中规定了一系列的常量来定义各个组件的常量信息，如 TOP、BOTTOM、EAST 等位置信息。

图 6-16　［例 6-13］程序运行结果

6.5.3　复选框

复选框（JCheckBox）是一种提供多个选择的用户交互组件，它可以提供一个列表供用户在列表中选择一个或多个选项。该组件涉及到的事件相关接口为 ItemListener 和 ActionListener，发生的事件类是 ItemEvent 和 ActionEvent，当复选框被点击以后，它会先触发一个 ItemEvent 事件，然后触发一个 ActionEvent 事件。

常用方法及字段：

public **JCheckBox**()　创建一个没有文本、没有图标并且最初未被选定的复选框。

public **JCheckBox**(String text)　创建一个带文本的、最初未被选定的复选框。

public **JCheckBox**(String text, boolean selected)　创建一个带文本的复选框，并指定其最初是否处于选定状态。

public **JCheckBox**(Icon icon)　创建有一个图标、最初未被选定的复选框。

public **JCheckBox**(Icon icon, boolean selected)　创建一个带图标的复选框，并指定其最初是否处于选定状态。

public **JCheckBox**(String text, Icon icon, boolean selected)　创建一个带文本和图标的复选框，并指定其最初是否处于选定状态。

public boolean **isSelected**()　返回复选框的状态。

public void **setSelected**(boolean b)　设置复选框的状态。

【例 6-14】　复选框实例。

```
import java.awt.*;
import java.awt.event.*;
import javax.swing.*;
public class Exam6_14{
    JPanel pan_checkbox;
    JCheckBox ck_center;
    JCheckBox ck_bold;
    JCheckBox ck_italic;
```

```java
    JFrame fr;
    JLabel lb;
    private void init(){
        fr = new JFrame("复选框测试");
        fr.setSize(200,100);
        fr.setLocationRelativeTo(null);
        fr.setDefaultCloseOperation(JFrame.EXIT_ON_CLOSE);
        pan_checkbox = new JPanel();
        pan_checkbox.setLayout(new GridLayout(3,1));
        ck_center = new JCheckBox("Centered");
        ck_bold = new JCheckBox("Bold");
        ck_italic = new JCheckBox("Italic");
        ck_center.setMnemonic(KeyEvent.VK_C);
        ck_bold.setMnemonic(KeyEvent.VK_B);
        ck_italic.setMnemonic(KeyEvent.VK_I);
        ck_center.addActionListener(new ActionListener(){
            public void actionPerformed(ActionEvent e){
                if(ck_center.isSelected())
                    lb.setHorizontalAlignment(SwingConstants.CENTER);
                else
                    lb.setHorizontalAlignment(SwingConstants.LEFT);
            }
        });
        ck_bold.addActionListener(new ActionListener(){
            public void actionPerformed(ActionEvent e){
                display();
            }
        });
        ck_italic.addActionListener(new ActionListener(){
            public void actionPerformed(ActionEvent e){
                display();
            }
        });
        pan_checkbox.add(ck_center);
        pan_checkbox.add(ck_bold);
        pan_checkbox.add(ck_italic);
        lb = new JLabel("测试复选框");
        fr.add(pan_checkbox,"East");
        fr.add(lb,"Center");
        fr.setVisible(true);
    }
    private void display(){
        int font_style = Font.PLAIN;
        font_style += ck_bold.isSelected()?Font.BOLD:Font.PLAIN;
        font_style += ck_italic.isSelected()?Font.ITALIC:Font.PLAIN;
        lb.setFont(new Font(null,font_style,14));
    }
    public static void main(String args[]){
        Exam6_14 me = new Exam6_14();
        me.init();
    }
}
```

执行程序后，运行结果如图 6-17 所示。

该程序实例化了 3 个 JCheckBox 对象并加入到了一个使用了 GridLayout 的 3 行 1 列的面板中，然后将该面板和一个文本标签加入到了框架中，形成了图 6-17 所示的布局。

程序为每个复选框都设置了快捷键，设置快捷键使用的语句如下：

图 6-17　[例 6-14] 程序运行结果

```
ck_center.setMnemonic(KeyEvent.VK_C);
ck_bold.setMnemonic(KeyEvent.VK_B);
ck_italic.setMnemonic(KeyEvent.VK_I);
```

这里用到了 KeyEvent 类中的常量，这里的 VK_C 对应着 ASCII 码中字母 C 的编码 67。

程序对每个复选框都添加了事件监听器，当复选框被单击（或通过快捷键改变其状态）后，会触发相关代码，例如：

```
ck_bold.addActionListener(new ActionListener(){
    public void actionPerformed(ActionEvent e){
        display();
    }
}
```

这里表示一旦 Bold 复选框发生改变，就会执行 display() 方法，该方法会根据选项框的情况设置标签中文字的格式。

程序中用到了 Font 类（java.awt.Font），该类用于设置字体格式。Font 常用的方法：

public **Font**(String name, int style, int size)　根据指定名称、样式和磅值大小，创建一个新 Font。

Font 里还定义了很多常量，用来标识字体的样式（style），比如：

public static final int **BOLD**　粗体样式常量。

public static final int **ITALIC**　斜体样式常量。

public static final int **PLAIN**　普通样式常量。

6.5.4　单选按钮

单选按钮（JRadioButton），允许用户从一组选项中选择一个选项，其在外观上与复选框的区别在于它的选项框是圆的，复选框则是方的。在 Java 语言中当一些单选按钮被 ButtonGroup 对象划归为一组时，这组单选按钮就成为一个单选框组。

常用方法及字段：

public **JRadioButton**()　创建一个初始化为未选择的单选按钮，其文本未设定。

public **JRadioButton**(String text)　创建一个具有指定文本的状态为未选择的单选按钮。

public **JRadioButton**(String text, boolean selected)　创建一个具有指定文本和选择状态的单选按钮。

public **JRadioButton**(Icon icon)　创建一个初始化为未选择的单选按钮，其具有指定的图像但无文本。

public **JRadioButton**(Icon icon, boolean selected)　创建一个具有指定图像和选择状态的

单选按钮，但无文本。

public **JRadioButton**(String text, Icon icon, boolean selected)　创建一个具有指定的文本、图像和选择状态的单选按钮。

public boolean **isSelected**()　返回单选按钮的状态。

public void **setSelected**(boolean b)　设置单选按钮的状态。

【例 6-15】　单选按钮实例。

```java
import java.awt.*;
import java.awt.event.*;
import javax.swing.*;
public class Exam6_15{
    JFrame fr;
    JRadioButton rb1,rb2,rb3;
    ImageIcon ii1,ii2,ii3;
    JLabel lb;
    JPanel pan;
    private void init(){
        fr = new JFrame("测试单选按钮");
        fr.setSize(200,100);
        fr.setLocationRelativeTo(null);
        fr.setDefaultCloseOperation(JFrame.EXIT_ON_CLOSE);
        ii1 = new ImageIcon("China.gif");
        ii2 = new ImageIcon("cananda.gif");
        ii3 = new ImageIcon("am.gif");
        rb1 = new JRadioButton("中国");
        rb2 = new JRadioButton("加拿大");
        rb3 = new JRadioButton("美国");
        rb1.addActionListener(new ActionListener(){
            public void actionPerformed(ActionEvent e){
                lb.setIcon(ii1);
            }
        });
        rb2.addActionListener(new ActionListener(){
            public void actionPerformed(ActionEvent e){
                lb.setIcon(ii2);
            }
        });
        rb3.addActionListener(new ActionListener(){
            public void actionPerformed(ActionEvent e){
                lb.setIcon(ii3);
            }
        });
        ButtonGroup bg = new ButtonGroup();
        bg.add(rb1);
        bg.add(rb2);
        bg.add(rb3);
        JPanel pan = new JPanel();
        pan.setLayout(new GridLayout(3,1));
        pan.add(rb1);
        pan.add(rb2);
```

```
        pan.add(rb3);
        fr.add(pan,"East");
        lb = new JLabel();
        lb.setHorizontalAlignment(SwingConstants.CENTER);
        fr.add(lb,"Center");
        fr.setVisible(true);
    }
    public static void main(String args[]){
        Exam6_15 me = new Exam6_15();
        me.init();
    }
}
```

执行程序后，运行结果如图 6-18 所示。

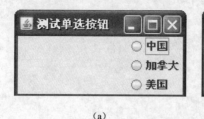

(a)   (b)

图 6-18 ［例 6-15］程序运行结果

（a）程序初始状态；（b）当选中了单选按钮之后的状态

该程序实例化了三个单选按钮的对象，然后将它们加入到了一个 ButtonGroup 中，这样就形成了一个单选项组，然后将他们加入到了面板中。

这里需要注意的是，ButtonGroup 代表一种逻辑关系，它本身并不是 java.awt.Component 类的子类，不要把 ButtonGroup 想象成一种 GUI 容器，ButtonGroup 的对象是无法加入到容器中的。

6.5.5 文本域

文本域（JTextField）是用来输入或输出一行文本的区域。与文本域相关的事件接口是 ActionListener，当用户在文本域内填写好信息后敲击键盘的回车键就会触发动作事件（ActionEvent）。

常用方法：

public **JTextField**() 构造一个新的 TextField。

public **JTextField**(String text) 构造一个用指定文本初始化的新 TextField。

public **JTextField**(int columns) 构造一个具有指定列数的新的空 TextField。

public **JTextField**(String text, int columns) 构造一个用指定文本和列初始化的新 TextField。

public void **setFont**(Font f) 设置当前字体。

public void **addActionListener**(ActionListener l) 添加指定的操作监听器以从此文本字段接收操作事件。

public String **getText**() 返回此文本域中中包含的文本。

public void **setText**(String t) 将此文本域文本设置为指定文本。

密码域（JPasswordField）是一种和 JTextField 类似的输入域，它是 JTextField 的子类，它用来提交密码等保密信息。密码域多了一个文字显示的屏蔽功能，在用户输入信息时，输入框会以一个特殊字符（一般都是'*'）代替输入。密码域除了前面 JTextField 类中提到的常用方法外还有另两个常用方法：

public char **getEchoChar**()　　返回要用于回显的字符。默认值为'*'。

public void **setEchoChar**(char c)　　设置此 JPasswordField 的回显字符。

public char[] **getPassword**()　　返回此 TextComponent 中所包含的文本。

需要注意的是，从 Java2 platform v1.2 开始，getPassword()方法用来代替 getText()方法获取密码域中的内容。

【例 6-16】　文本域和密码域实例。

```java
import java.awt.*;
import java.awt.event.*;
import javax.swing.*;
public class Exam6_16{
    JFrame fr;
    JTextField tf;
    JPasswordField pf;
    JLabel lb_show,lb_tf,lb_pf;
    private void init(){
        fr = new JFrame("文本域测试");
        fr.setSize(200,130);
        fr.setLocationRelativeTo(null);
        fr.setDefaultCloseOperation(JFrame.EXIT_ON_CLOSE);
        fr.setLayout(new FlowLayout());
        tf = new JTextField(10);
        pf = new JPasswordField(10);
        tf.addActionListener(new ActionListener(){
            public void actionPerformed(ActionEvent e){
                lb_show.setText("文本域内容:"+tf.getText());
            }
        });
        lb_show = new JLabel();
        pf.addActionListener(new ActionListener(){
            public void actionPerformed(ActionEvent e){
                lb_show.setText("密码域内容:"+new String(pf.getPassword()));
            }
        });
        lb_tf = new JLabel("文本域:");
        lb_pf = new JLabel("密码域:");
        fr.add(lb_tf);
        fr.add(tf);
        fr.add(lb_pf);
        fr.add(pf);
        fr.add(lb_show);
        fr.setVisible(true);
    }
    public static void main(String args[]){
```

```
        Exam6_16 me = new Exam6_16();
        me.init();
    }
}
```

执行程序后，运行结果如图 6-19 所示。

（a）

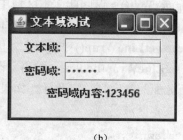
（b）

图 6-19　［例 6-16］程序运行结果

（a）输入文本域；（b）输入密码域

程序中添加了一个文本域和一个密码域，并为文本域和密码域设置了事件监听如下：

```
tf = new JTextField(10);
pf = new JPasswordField(10);
tf.addActionListener(new ActionListener(){
    public void actionPerformed(ActionEvent e){
        lb_show.setText("文本域内容:"+tf.getText());
    }
});
lb_show = new JLabel();
pf.addActionListener(new ActionListener(){
    public void actionPerformed(ActionEvent e){
        lb_show.setText("密码域内容:"+new String(pf.getPassword()));
    }
});
```

这里需要注意，当在文本域或密码域中输入完毕后单击键盘上的回车才会触发 ActionEvent。所以有的时候会单独添加一个按钮，通过单击按钮来获取文本域或密码域的内容。

6.5.6　文本区域

文本区域（JTextArea）可以允许用户输入多行文本，文本区域本身不支持滚动，即当文本区域内容多到一定程度的时候，文本内容不能在文本区域内全部展现，这时可以为文本区域配上滚动条：

```
JTextArea jta = new JTextArea();
JScrollPane jsp = new JScrollPane(jta);
```

另外需要注意的是文本区域没有事件。

常用方法及字段：

public **JTextArea**()　构造新的 TextArea。

public **JTextArea**(String text)　构造显示指定文本的新的 TextArea。

public **JTextArea**(int rows, int columns)　　构造具有指定行数和列数的新的空 TextArea。

public **JTextArea**(String text, int rows, int columns)　　构造具有指定文本、行数和列数的新的 TextArea。

public void **setText**(String t)　　将文本区域的文本设置为指定文本，清除原有文本。

public String **getText**()　　返回此文本区域中包含的文本。

public void **append**(String str)　　将给定文本追加到文档结尾。

public boolean **getLineWrap**()　　获取文本区的换行策略。true 自动换行，false 不自动换行。

public void **setLineWrap**(boolean wrap)　　设置文本区的换行策略。如果设置为 true，则当行的长度大于所分配的宽度时，将换行。如果设置为 false，则始终不换行。

【例 6-17】　文本区域实例。

```
import java.awt.*;
import java.awt.event.*;
import javax.swing.*;
public class Exam6_17{
    JFrame fr;
    JScrollPane sp;
    JButton btn;
    JPanel pan;
    JTextArea ta;
    JTextArea ta_show;
    private void init(){
        fr = new JFrame("文本区域实例");
        fr.setSize(400,200);
        fr.setLocationRelativeTo(null);
        fr.setDefaultCloseOperation(JFrame.EXIT_ON_CLOSE);
        fr.setLayout(new GridLayout(1,2));
        ta_show = new JTextArea(5,18);
        fr.add(ta_show);
        pan = new JPanel();
        pan.setLayout(new BorderLayout());
        ta = new JTextArea(5,18);
        sp = new JScrollPane(ta);
        pan.add(sp,"Center");
        btn = new JButton("显示");
        btn.addActionListener(new ActionListener(){
            public void actionPerformed(ActionEvent e){
                ta_show.setText(ta.getText());
            }
        });
        pan.add(btn,"South");
        fr.add(pan);
        fr.pack();
        fr.setVisible(true);

    }
    public static void main(String args[]){
        Exam6_17 me = new Exam6_17();
        me.init();
    }
}
```

执行程序后，运行结果如图 6-20 所示。

在［图 6-20］右边的文本区域输入一些数据，然后单击"显示"，左边的文本区域显示出内容。

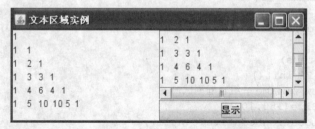

图 6-20 ［例 6-17］程序运行结果

```
ta = new JTextArea(5,18);
sp = new JScrollPane(ta);
pan.add(sp,"Center");
```

这三句代码实例化了一个 5 行 18 列的文本区域，然后为文本区域配上了滚动条，接下来将其加入到了一个面板的中央区域。

由于文本区域没有事件，所以程序添加了一个按钮，并为按钮添加了事件监听，使得单击按钮后，右边文本区域的文本可以显示到左面文本区域中（左面的文本区域没有配备滚动条）。

6.5.7 组合框

组合框（JComboBox）提供给用户一个选择条目，供用户选择所需的内容，用户也可以选择在组合框的文本栏中输入相应的内容。

默认情况下，组合框的文本栏是不可编辑的，但必要时可以将文本栏设置为可编辑，这时如果在文本栏中按回车键，会触发 ActionEvent 事件。默认情况下，当用户选择组合框中的某一条目时，则会触发 ItemEvent 事件。所以组合框有可能需要注册两种监听器，一类是 ItemListener；另一类是 ActionListener。

常用方法：

public **JComboBox**() 创建具有默认数据模型的 JComboBox。使用 addItem 添加项。

public **JComboBox**(Object[] items) 创建包含指定数组中的元素的 JComboBox。默认情况下，选择数组中的第一项。

public **JComboBox**(Vector<?> items) 创建包含指定 Vector 中的元素的 JComboBox。默认情况下，选择数组中的第一项。

public void **addItem**(Object anObject) 为项列表添加项。

public int **getItemCount**() 返回列表中的项数。

public void **removeItemAt**(int anIndex) 移除 anIndex 处的项。

public void **insertItemAt**(Object anObject, int index) 在项列表中的给定索引处插入项。

public int **getSelectedIndex**() 返回列表中所选项的索引值。

public Object **getSelectedItem**() 返回当前所选项。

public void **setEditable**(boolean aFlag) 确定 JComboBox 字段是否可编辑。

【例 6-18】 组合框实例。

```java
import java.awt.*;
import java.awt.event.*;
import javax.swing.*;
public class Exam6_18{
    JFrame fr;
    JComboBox cb;
    JLabel lb;
    String[] items;
    private void init(){
        fr = new JFrame("组合框测试");
        fr.setSize(150,100);
        fr.setLocationRelativeTo(null);
        fr.setDefaultCloseOperation(JFrame.EXIT_ON_CLOSE);
        fr.setLayout(new FlowLayout());
        items = new String[]{"足球","篮球","排球"};
        cb = new JComboBox(items);
        cb.addItem(new String("乒乓球"));
        cb.setEditable(true);
        cb.addItemListener(new ItemListener(){
            public void itemStateChanged(ItemEvent e){
                lb.setText(cb.getSelectedItem().toString());
            }
        });
        cb.addActionListener(new ActionListener(){
            public void actionPerformed(ActionEvent e){
                lb.setText(cb.getSelectedItem().toString());
            }
        });
        fr.add(cb);
        lb = new JLabel();
        fr.add(lb);
        fr.setVisible(true);
    }
    public static void main(String args[]){
        Exam6_18 me = new Exam6_18();
        me.init();
    }
}
```

执行程序后，运行结果如图 6-21 所示。

图 6-21　［例 6-18］程序运行结果

(a) 程序运行初始状态；(b) 选中"排球"；(c) 在输入栏写入项，然后按回车

```
items = new String[]{"足球","篮球","排球"};
cb = new JComboBox(items);
cb.addItem(new String("乒乓球"));
cb.setEditable(true);
cb.addItemListener(new ItemListener(){
    public void itemStateChanged(ItemEvent e){
        lb.setText(cb.getSelectedItem().toString());
    }
});
cb.addActionListener(new ActionListener(){
    public void actionPerformed(ActionEvent e){
        lb.setText(cb.getSelectedItem().toString());
    }
});
```

程序用一个数组构造了一个组合框，然后又向组合框中添加了一项，接下来为组合框注册了两种类型的事件监听。每当选一个新条目时，就会触发 ActionEvent，并会触发两次 ItemEvent 事件，一次是取消前一个选中项，一次是选中当前要选的条目。当编辑选项栏内容，并键入回车后，会触发 ActionEvent 事件。所以对于该例子，以下语句：

```
cb.addItemListener(new ItemListener(){
    public void itemStateChanged(ItemEvent e){
        lb.setText(cb.getSelectedItem().toString());
    }
});
```

其实可以不写，运行效果是一样的，读者可以自行验证。另外需要注意的是，如果是当前选项被重新选择，则没有任何事件被触发，读者可以自行测试验证。

6.5.8 列表框

列表框（JList）的作用和组合框类似，不过列表框可以让用户选择一个或多个选项。列表框的事件有两类：一种是用鼠标双击某个选项，会触发 ActionEvent；另一种是用鼠标单击某个选项，会触发 ListSelectionEvent。

常用方法：

public **JList**()　构造一个具有空的、只读模型的 JList。

public **JList**(Object[] listData)　构造一个 JList，使其显示指定数组中的元素。

public **JList**(Vector<?> listData)　构造一个 JList，使其显示指定 Vector 中的元素。

public int **getSelectedIndex**()　返回最小的选择单元索引；只选择了列表中单个项时，返回该选择。选择了多项时，则只返回最小的选择索引。如果什么也没有选择，则返回−1。

public int[] **getSelectedIndices**()　返回所选的全部索引的数组（按升序排列）。

public Object **getSelectedValue**()　返回最小的选择单元索引的值；只选择了列表中单个项时，返回所选值。选择了多项时，返回最小的选择索引的值。如果什么也没有选择，则返回 null。

public Object[] **getSelectedValues**()　返回所有选择值的数组，根据其列表中的索引顺序按升序排序。

public void **setSelectionMode**(int selectionMode)　设置列表的选择模式。

以下内容描述了可接受的选择模式：

ListSelectionModel.SINGLE_SELECTION——执行一次只能选择一个列表索引。在此模式中，setSelectionInterval 和 addSelectionInterval 是等效的，两者都使用第二个参数（"lead"）所表示的索引来替换当前选择。

ListSelectionModel.SINGLE_INTERVAL_SELECTION——执行一次只能选择一个连续间隔。在此模式中，如果给定间隔没有紧邻着现有选择或与现有选择重叠，则 addSelectionInterval 与 setSelectionInterval 完全相同（替换当前选择），并可用于生成选择。

ListSelectionModel.MULTIPLE_INTERVAL_SELECTION——执行在此模式中，不存在对选择的限制。此模式是默认设置。

public void **setVisibleRowCount**(int visibleRowCount)　设置要显示的行数。

【例 6-19】　列表框实例。

```java
import java.awt.*;
import javax.swing.event.*;
import javax.swing.*;
public class Exam6_19{
    JFrame fr;
    JList ls;
    JTextArea ta;
    JScrollPane sp;
    String[] items;
    private void init(){
        fr = new JFrame("列表框测试");
        fr.setLocationRelativeTo(null);
        fr.setSize(200,220);
        fr.setDefaultCloseOperation(JFrame.EXIT_ON_CLOSE);
        fr.setLayout(new FlowLayout());
        items = new String[]{"苹果","香蕉","橘子","葡萄","西瓜","菠萝"};
        ls = new JList(items);
        ls.setVisibleRowCount(3);
        ls.addListSelectionListener(new ListSelectionListener(){
            public void valueChanged(ListSelectionEvent e){
                Object[] items = ls.getSelectedValues();
                String temp = "";
                for(int i=0;i<items.length;i++){
                    temp = temp + items[i].toString()+"\n";
                }
                ta.setText(temp);
            }
        }
        sp = new JScrollPane(ls);
        fr.add(sp);
        ta = new JTextArea(5,15);
        fr.add(ta);
        fr.setVisible(true);
    }
    public static void main(String args[]){
    Exam6_19 me = new Exam6_19();
```

```
        me.init();

    }
}
```

执行程序后，运行结果如图 6-22 所示。

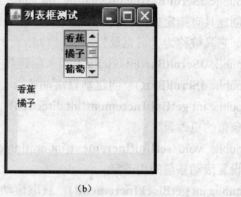

（a）　　　　　　　　　　（b）

图 6-22　［例 6-19］程序运行结果

（a）程序运行初始状态；（b）选中了列表框中的两项

```
items = new String[]{"苹果","香蕉","橘子","葡萄","西瓜","菠萝"};
ls = new JList(items);
ls.setVisibleRowCount(3);
ls.addListSelectionListener(new ListSelectionListener(){
    public void valueChanged(ListSelectionEvent e){
        Object[] items = ls.getSelectedValues();
        String temp = "";
        for(int i=0;i<items.length;i++){
            temp = temp + items[i].toString()+"\n";
        }
......
sp = new JScrollPane(ls);
fr.add(sp);
```

程序根据一个数组建立了列表，然后设置了列表的可见行数，接下来为列表注册了事件监听器，使得列表被单击时，能够把所有被选中的值显示到文本区域中。最后为了列表内容能够滚动为其配备了一个滚动面板，这个用法和前面介绍过的文本区域的用法类似。

需要注意：列表的事件类 ListSelectionEvent 以及事件接口 ListSelectListener 都在 javax.swing.event 包中，以前讲解的事件和接口都在 java.awt.event 包中，所以这里需要引入：

```
import javax.swing.event.*;
```

在 ListSelectionListener 接口中，有一个方法需要实现：

```
public void valueChanged(ListSelection Event e)();
```

当列表中的内容被鼠标点击时，该事件会被触发。

6.5.9　滚动条

滚动条（JScrollBar）是可以使用户在一定范围内选择一个数值的组件，用户在滚动条内移动滑块可确定显示区域中的内容。

常用方法：

static final int **HORIZONTAL**　指示滚动条具有水平方向。

static final int **VERTICAL**　指滚动条具有垂直方向。

public **JScrollBar**(int orientation, int value, int extent, int min, int max)

创建具有指定方向、值、跨度、最小值和最大值的一个滚动条。"跨度"是指可见区域的大小。它又被称为"可见量"。

public **JScrollBar**(int orientation)　创建具有指定方向的滚动条。

public **JScrollBar**()　创建垂直滚动条。

public int **getUnitIncrement**(int direction)　针对一个向上/向下滚动一个单位的请求，返回滚动条值的更改量。

public void **setUnitIncrement**(int unitIncrement)　针对一个向上/向下滚动一个单位的请求，设置滚动条值的更改量。

public int **getBlockIncrement**()　获取滚动条的块值增量。

public void **setBlockIncrement**(int blockIncrement)　设置滚动条的块值增量。

public int **getMaximum**()　获取滚动条的最大值。

public void **setMaximum**(int maximum)　设置滚动条的最大值。注意，滚动条的值最大只能设置为最大跨度。

public int **getMinimum**()　返回滚动条支持的最小值（通常为 0）。

public void **setMinimum**(int minimum)　设置滚动条支持的最小值。

public int **getValue**()　返回滚动条的值。

public void **setValue**(int value)　设置滚动条的值。

滚动条发生变化时，会触发 AdjustmentEvent，相关的接口是 AdjustmentListener，该接口有一个方法 adjustmentValueChanged()，相关的定义在 java.awt.event 包中，使用前需要引入：

import java.awt.event.*;

【例 6-20】 滚动条实例。

```
import java.awt.*;
import java.awt.event.*;
import javax.swing.*;
public class Exam6_20{
    JFrame fr;
    JScrollBar sb_h, sb_v;
    JPanel pan;
    JLabel lb;
    private void init(){
        fr = new JFrame("滚动条测试");
        fr.setSize(400,300);
        fr.setLocationRelativeTo(null);
        fr.setDefaultCloseOperation(JFrame.EXIT_ON_CLOSE);
        pan = new JPanel();
        pan.setLayout(new BorderLayout());
        lb = new JLabel("",SwingConstants.CENTER);
```

```
        pan.add(lb);
        fr.add(pan);
        sb_h = new JScrollBar(JScrollBar.HORIZONTAL);
        sb_v = new JScrollBar(JScrollBar.VERTICAL);
        sb_h.addAdjustmentListener(new MyListener());
        sb_v.addAdjustmentListener(new MyListener());
        fr.add(sb_h,"South");
        fr.add(sb_v,"East");
        fr.setVisible(true);
    }
    public static void main(String args[]){
        Exam6_20 me = new Exam6_20();
        me.init();
    }

class MyListener implements AdjustmentListener{
    public void adjustmentValueChanged(AdjustmentEvent e){
        if(e.getSource() == sb_h){
            lb.setText("当前 X 轴值："+sb_h.getValue());
        }
        if(e.getSource() == sb_v)
            lb.setText("当前 Y 轴值："+sb_v.getValue());
    }
}
}
```

执行程序后，运行结果如图 6-23 所示。

图 6-23　［例 6-20］程序运行结果

```
class MyListener implements AdjustmentListener{
    public void adjustmentValueChanged(AdjustmentEvent e){
        if(e.getSource() == sb_h){
            lb.setText("当前 X 轴值："+sb_h.getValue());
        }
        if(e.getSource() == sb_v)
            lb.setText("当前 Y 轴值："+sb_v.getValue());
```

```
    }
}
```

为了方便对两个滚动条进行事件处理，程序建立了一个内部类，该类实现了滚动条所需的接口，它能够判定事件消息的来源，然后根据来源获取相应信息显示在文本标签中。

```
sb_h = new JScrollBar(JScrollBar.HORIZONTAL);
sb_v = new JScrollBar(JScrollBar.VERTICAL);
sb_h.addAdjustmentListener(new MyListener());
sb_v.addAdjustmentListener(new MyListener());
```

在程序中，实例化了两个滚动条，一个是横向的一个是纵向的，并且除方向之外的属性都为默认值。然后为这两个滚动条注册了事件监听对象。

对于滚动条中的构造方法：

```
public JScrollBar(int orientation, int value, int extent, int min, int max)
```

中的参数和实际效果对应情况如图 6-24 所示。

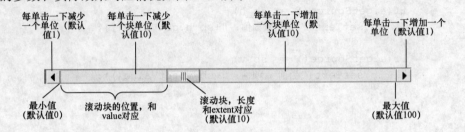

图 6-24　滚动条图形和值的对应关系

6.5.10　滑动块

滑动块（JSlider）是一种与滚动条类似功能的组件，但滑动块有更丰富的显示形式。

常用方法：

protected int **majorTickSpacing**　主刻度标记（分解次刻度标记的较大标记）之间的值的个数。

protected int **minorTickSpacing**　次刻度标记（出现在主刻度标记之间的较小标记）之间的值的个数。

protected boolean **snapToTicks**　如果为 true，滑块（及其所表示的值）解析为最靠近用户放置滑块处的刻度标记的值。默认情况下为 false。

protected int **orientation**　滑块方向是水平还是垂直的。默认情况下是水平的。

public **JSlider**()　创建一个范围在 0～100 并且初始值为 50 的水平滑块。

public **JSlider**(int orientation)　使用指定的方向创建一个滑块，范围在 0～100 并且初始值为 50。

public **JSlider**(int min, int max)　使用指定的最小值和最大值创建一个水平滑块，初始值等于最小值加上最大值的平均值。

public **JSlider**(int min, int max, int value)　用指定的最小值、最大值和初始值创建一个水平滑块。

public **JSlider**(int orientation, int min, int max, int value)　用指定的方向和指定的最小值、

最大值以及初始值创建一个滑块。

public int **getMajorTickSpacing**()   此方法返回主刻度标记的间隔。

public void **setMajorTickSpacing**(int n)   此方法设置主刻度标记的间隔。

public int **getMaximum**()   返回滑块所支持的最大值。

public void **setMaximum**(int maximum)   将滑块的最大值设置为 maximum。

public int **getMinorTickSpacing**()   此方法返回次刻度标记的间隔。

public void **setMinorTickSpacing**(int n)   此方法设置次刻度标记的间隔。

public void **setPaintLabels**(boolean b)   确定是否在滑块上绘制标签。

public void **setPaintTicks**(boolean b)   确定是否在滑块上绘制刻度标记。

public void **setPaintTrack**(boolean b)   确定是否在滑块上绘制滑道。

【例 6-21】 滑动块实例。

```
import javax.swing.*;
import javax.swing.event.*;
import java.awt.*;
public class Exam6_21{
    JFrame fr;
    JLabel lb;
    JSlider sl_h,sl_v;
    private void init(){
        fr = new JFrame("滑动块测试");
        fr.setLocationRelativeTo(null);
        fr.setSize(300,200);
        fr.setDefaultCloseOperation(JFrame.EXIT_ON_CLOSE);
        lb = new JLabel();
        sl_v = new JSlider(SwingConstants.VERTICAL,0,20,10);
        sl_v.setPaintLabels(true);
        sl_v.setPaintTicks(true);
        sl_v.addChangeListener(new MyListener());
        sl_h = new JSlider();
        sl_h.setMaximum(50);
        sl_h.setPaintTicks(true);
        sl_h.setPaintLabels(true);
        sl_h.setPaintTrack(false);
        sl_h.setValue(25);
        sl_h.setMajorTickSpacing(10);
        sl_h.setMinorTickSpacing(2);
        sl_h.addChangeListener(new MyListener());
        fr.add(lb);
        fr.add(sl_h,"South");
        fr.add(sl_v,"East");
        fr.setVisible(true);
    }
    public static void main(String args[]){
        Exam6_21 me = new Exam6_21();
        me.init();
    }
```

```
class MyListener implements ChangeListener{
    public void stateChanged(ChangeEvent e){
        if(e.getSource() == sl_h)
            lb.setText("水平滑动块:"+sl_h.getValue());
        if(e.getSource() == sl_v)
            lb.setText("竖直滑动块:"+sl_v.getValue());
    }
}
```

执行程序后，运行结果如图 6-25 所示。

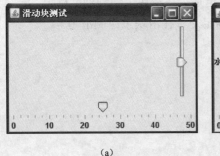
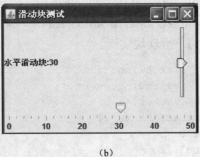

(a)   (b)

图 6-25 ［例 6-21］程序运行结果

(a) 程序初始状态；(b) 当移动滑块时的情况

```
sl_v = new JSlider(SwingConstants.VERTICAL,0,20,10);
sl_v.setPaintLabels(true);
sl_v.setPaintTicks(true);
sl_v.addChangeListener(new MyListener());
```

这部分程序创建了一个竖直的滑动块，最小值是 0，最大值是 20，当前值是 10。然后程序要求绘制滑动块标签和滑动块刻度，但结果显示，竖直滑动块并没有标签和刻度，这是由于程序没有指明刻度的划分标准。

```
sl_h = new JSlider();
sl_h.setMaximum(50);
sl_h.setPaintTicks(true);
sl_h.setPaintLabels(true);
sl_h.setPaintTrack(false);
sl_h.setValue(25);
sl_h.setMajorTickSpacing(10);
sl_h.setMinorTickSpacing(2);
sl_h.addChangeListener(new MyListener());
```

这部分程序实例化了一个滑动块，指定了最大值，然后要求绘制刻度和标签，取消绘制滑轨，并设置了大刻度和小刻度的间隔，最后给滑动块注册了事件监听。程序运行结果显示这样的滑动块具有标签和刻度显示，但相比较上一个滑动块来说，少了滑轨。

最后需要注意，滑动块所涉及到的事件、监听接口等内容都在 **javax.swing.event** 包中，所以需要引入：

```
import javax.swing.event.*;
```

6.5.11 菜单

菜单组件中包括一个菜单条（JMenuBar），菜单条可以放多个菜单（JMenu），每个菜单又可以有若干个菜单项（JMenuItem），菜单项还可以是另一个完整的菜单，从而可以构建出一个具有层次结构的菜单。当选择菜单中的一个选项时会产生一个 ActionEvent 事件。

（1）菜单条（JMenuBar）

常用方法：

public **JMenuBar**()　创建新的菜单栏。

public JMenu **add**(JMenu c)　将指定的菜单追加到菜单栏的末尾。

public JMenu **getMenu**(int index)　返回菜单栏中指定位置的菜单。

public int **getMenuCount**()　返回菜单栏上的菜单数。

public void **setHelpMenu**(JMenu menu)　设置用户选择菜单栏中的"帮助"选项时显示的帮助菜单。

public void **remove**(JMenu menu)　从此菜单条中移除指定菜单。

（2）菜单（JMenu）

public **JMenu**()　构造没有文本的新 JMenu。

public **JMenu**(String s)　构造一个新 JMenu，用提供的字符串作为其文本。

public JMenuItem **add**(JMenuItem menuItem)　将某个菜单项追加到此菜单的末尾。返回添加的菜单项。

public Component **add**(Component c)　将某个组件追加到此菜单的末尾。返回添加的组件。

public void **addSeparator**()　将新分隔符追加到菜单的末尾。

public JMenuItem **getItem**(int pos)　返回指定位置的 JMenuItem。

public int **getItemCount**()　返回菜单上的项数，包括分隔符。

public JMenuItem **insert**(JMenuItem mi, int pos)　在给定位置插入指定的 JMenuitem。

public void **remove**(int pos)　从此菜单移除指定索引处的菜单项。

public void **removeAll**()　从此菜单移除所有菜单项。

（3）菜单项（JMenuItem）

public **JMenuItem**()　创建不带有设置文本或图标的 JMenuItem。

public **JMenuItem**(Icon icon)　创建带有指定图标的 JMenuItem。

public **JMenuItem**(String text)　创建带有指定文本的 JMenuItem。

public **JMenuItem**(String text, Icon icon)　创建带有指定文本和图标的 JMenuItem。

public void **setEnabled**(boolean b)　启用或禁用菜单项。

public boolean **isEnabled**()　确定此组件是否已启用。

public String **getText**()　返回菜单项的文本。

public void **setText**(String text)　设置菜单项的文本。

public void **addActionListener**(ActionListener l)　为菜单项注册事件监听。

public void **setAccelerator**(KeyStroke keyStroke)　设置修改键，它能直接调用菜单项的操作监听器而不必显示菜单的层次结构。

【例 6-22】菜单实例。

```java
import java.awt.*;
import javax.swing.*;
import java.awt.event.*;
public class Exam6_22{
    JMenu menu1,menu2,menu3,menu4;
    JMenuBar bar;
    JFrame f;
    public void init(){
        f = new JFrame("菜单测试");
        f.setLocationRelativeTo(null);
        f.setSize(400,300);
        f.setDefaultCloseOperation(JFrame.EXIT_ON_CLOSE);
        bar = new JMenuBar();
        f.setJMenuBar(bar);
        menu1 = new JMenu("文件");
        menu2 = new JMenu("编辑");
        menu3 = new JMenu("格式");
        menu4 = new JMenu("帮助");
        menu1.add(new JMenuItem("新建"));
        menu1.add(new JMenuItem("保存"));
        JMenuItem exit = new JMenuItem("退出");
        exit.addActionListener(new ActionListener(){
            public void actionPerformed(ActionEvent e){
                System.exit(0);
            }
        }
        menu1.add(exit);
        menu2.add(new JCheckBoxMenuItem("选项一",false));
        menu2.add(new JCheckBoxMenuItem("选项二",true));
        menu2.add(new JCheckBoxMenuItem("选项三",false));
        menu2.add(new JCheckBoxMenuItem("选项四",true));
        ButtonGroup bg = new ButtonGroup();
        JRadioButtonMenuItem rb1 = new JRadioButtonMenuItem("单选一",false);
        JRadioButtonMenuItem rb2 = new JRadioButtonMenuItem("单选二",true);
        JRadioButtonMenuItem rb3 = new JRadioButtonMenuItem("单选三",false);
        JRadioButtonMenuItem rb4 = new JRadioButtonMenuItem("单选四",false);
        bg.add(rb1);
        bg.add(rb2);
        bg.add(rb3);
        bg.add(rb4);
        menu3.add(rb1);
        menu3.add(rb2);
        menu3.add(rb3);
        menu3.add(rb4);
        bar.add(menu1);
        bar.add(menu2);
        bar.add(menu3);
        bar.add(menu4);
        f.setVisible(true);
    }
    public static void main(String args[]){
        Exam6_22 me = new Exam6_22();
```

```
        me.init();
    }
}
```

执行程序后，运行结果如图 6-26 所示。

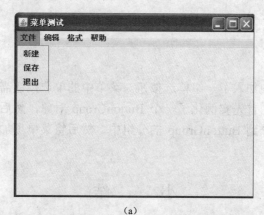

(a)

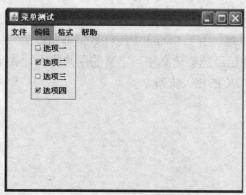

(b)

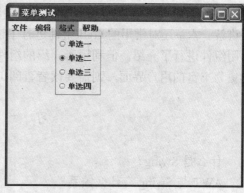

(c)

图 6-26 ［例 6-22］程序运行结果

（a）程序的初始状态；（b）选中"编辑"时的状态；（c）选中"格式"时的状态

该示例仅对"文件"中的"退出"选项进行了事件监听处理，其余的菜单项均为显示效果，并没有做相应的事件处理。

```
JMenuItem exit = new JMenuItem("退出");
exit.addActionListener(new ActionListener(){
    public void actionPerformed(ActionEvent e){
        System.exit(0);
    }
});
menu1.add(exit);
```

这部分代码，实例化了一个菜单项，并为其注册了事件监听器，随后将其加入到了菜单中。

```
    menu2.add(new JCheckBoxMenuItem("选项一",false));
    menu2.add(new JCheckBoxMenuItem("选项二",true));
    ……
```

这部分代码向菜单中加入了一些可以选择的多选框选项。

```
ButtonGroup bg = new ButtonGroup();
JRadioButtonMenuItem rb1 = new JRadioButtonMenuItem("单选一",false);
......
bg.add(rb1);
......
menu3.add(rb1);
......
```

这部分代码向菜单中加入了一组单选按钮。菜单中的单选按钮需要靠 ButtonGroup 对象来进行分组控制。程序中首先实例化了一个 ButtonGroup 对象，然后实例化若干单选按钮菜单项，随后将菜单项划分到 ButtonGroup 的分组中，然后将菜单项加入到菜单中，从而实现菜单的单选按钮选项。

小　　结

本章讲解了 Java 的用户界面设计，对其中涉及到的 GUI 层次结构，事件处理模型进行了相关讲解。本章还对常用的 GUI 组件进行了讲解，由于 Swing 中组件数量非常庞大，所以只对常用组件进行了介绍，但利用所介绍的组件已经能够建立相当丰富的用户界面，如果需要创建更为丰富的用户界面，则需要读者查阅 JDK 的相关资料。

习　　题

6.1　什么是 Swing？

6.2　AWT 与 Swing 有什么关系？

6.3　什么是组件，什么是容器，组件和容器有什么不同？

6.4　布局管理器的作用是什么？

6.5　如何进行事件处理？如何注册事件监听？

6.6　设计一个含有按钮和一个标签的 GUI 程序，当点击按钮时，标签上可以显示按钮被点击的次数。

6.7　设计一个猜单词的游戏，游戏运行时显示的是处于乱序状态的某一个单词，在文本框中输入单词的内容，并判定输入的答案是否正确。

6.8　设计一个窗口，当鼠标进入窗口时，能够在窗口里面显示当前鼠标所执行的动作。

第 7 章　异　常　处　理

Java 中有三种常见错误：语法错误（syntax error）、运行错误（runtime error）和逻辑错误（logic error）。语法错误是由于没有遵循语法规则而产生的，编译器会给出相应提示。逻辑错误是由于程序设计的逻辑不合理而产生的，一般由程序测试和程序调试进行修正。

本章将讲解异常处理的原理以及方法，学习使用异常处理来解决运行错误。

学习目标：

- 理解异常和异常处理
- 掌握声明异常的方法
- 掌握抛出异常的方法
- 掌握用 try-catch-finally 语句块处理异常
- 掌握自定义异常的使用方法

7.1　异　常　处　理　概　述

运行错误（runtime error）会引起异常（exception）。对于没有异常处理的程序，异常会使程序非正常终止，并可能导致较为严重的问题。例如，用户使用程序编辑文档，由于错误，程序非正常结束，用户可能在没有保存文档的情况下丢失所有的编辑内容。

异常产生的原因很多。例如数学运算时用零作除数、数组越界、程序打开一个不存在的文件、用户输入的数据和期望数据不相符等。

当发生异常时，原定的正常程序执行流程会中断执行。为了保证程序能够应对异常，Java 为程序员提供了处理异常的功能——异常处理（exception handling），使用异常处理可以保证程序的稳定运行。

```java
public class ExceptionTest {
    public int calculate( int operand1, int operand2) {
        int result = operand1 / operand2;
        return result;
    }
    public static void main(String[] args) {
        ExceptionTest obj = new ExceptionTest();
        int result = obj.calculate(9, 0);
        System.out.println(result);
    }
}
```

上面程序中的斜体部分在运行时就会产生异常，因为运行过程中发生了 0 做除数的情况。程序运行到斜体部分会中断执行，并将控制转交给操作系统。

7.2　异常和异常类型

异常可以分为三种主要类型：系统错误、异常和运行异常。

系统错误（system error）是内部的系统错误，由 Java 虚拟机抛出，在 Error 类中描述。这种错误一般不会发生，程序员对这种错没有处理手段，只能结束程序。

异常（exception）描述由程序和程序的外部环境引起的错误，这类错误可以通过异常处理再进行捕获和处理。例如由于打开某一个文件失败而导致的错误就属于此类异常。此类异常往往要求程序员必须处理,编译器编译代码时会自动检查程序是否对此类异常进行了处理。

运行异常（runtime exception）描述程序运行的过程中由于运行失常而产生的错误。比如数组越界、0 作除数等都属于此类错误。运行异常发生后由 Java 虚拟机抛出。这类异常程序员可以不做处理，发生异常时，虚拟机会自动抛出异常到操作系统中，并给出提示，一般发生此类异常表明程序的运行逻辑存在疏漏。

Java 中的预定义异常类结构如图 7-1 所示，常用异常说明见表 7-1。

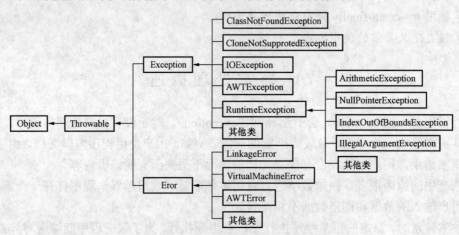

图 7-1　Java 的预定义异常类

表 7-1　　　　　　　　　　　常 用 异 常 说 明

异　　　常	说　　　明
Exception	异常层次结构的根类
RuntimeException	许多 java.lang 异常的基类
ArithmeticException	算术错误情形，如以零作除数
IllegalArgumentException	方法接收到非法参数
ArrayIndexOutOfBoundException	数组大小小于或大于实际的数组大小
NullPointerException	尝试访问 null 对象成员
ClassNotFoundException	不能加载所需的类
NumberFormatException	数字转化格式异常，比如字符串到 float 型数字的转换无效
IOException	I/O 异常的根类

续表

异　　　常	说　　　明
FileNotFoundException	找不到文件
EOFException	文件结束
InterruptedException	线程中断

7.3　异　常　处　理

　　Java 中使用 try 语句块、catch 语句块和 finally
语句块进行异常处理，执行流程如图 7-2 所示。

　　其中将可能发生异常的语句放到 try 语句块中，
然后在 catch 语句块中对 try 语句块可能发生的异常
进行捕获和处理，在 finally 语句块中进行最后的扫
尾工作。

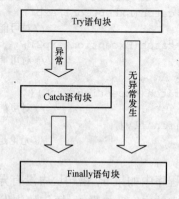

　　Java 的异常处理基于三类操作：声明异常、抛
出异常和捕获异常。

7.3.1　声明异常

　　有时在编写程序当前方法时会发生某一类异
常，但出于某种考虑需要告诉上层主调方法在执行　　　图 7-2　try、catch 和 finally 块的执行流程
该方法时可能发生异常，这时就需要声明异常。

```
methrd() throws Exception{
    if(an error occurs){
        throw new Exception();
    }
}
```

上面代码的斜体部分就是声明异常，使用了关键字 throws，一般的声明异常如下：

```
public void method() throws Exception
```

这里 throws 后面的异常类型可以根据实际情况进行选择。

　　如果方法可能抛出多个异常，throws 后面需要跟一个异常列表，异常之间用逗号做间隔：

```
public void method() throws Exception1,Exception2,Exception3,…,ExceptionN
```

　　对于已经声明异常的方法，当对其进行调用时需要对其可能发生的异常进行异常处理，
这里可以进行异常捕获或在调用方法时也声明异常。

　　注意，对于子类中的覆盖方法，如果父类中没有声明异常，则子类中不能对其进行覆盖
以声明异常。子类方法不可以抛出比父类方法更多的异常。

7.3.2　抛出异常

　　当程序运行时发生了运行异常，Java 虚拟机会自动抛出相应的运行异常，例如数组越界
异常、数学异常等。为了提高程序的健壮性，有时需要程序员对程序的运行条件进行检测，
如果检查到了错误，则创建一个合适的异常对象并抛出，这称为抛出异常。例如程序运行时

发现传递给方法的参数与要求的范围不相符（如，要求参数不能为零，但传入了一个零），这时可以创建一个 IllegalArgumentException 的对象并抛出它：

```
throw new IllegalArgumentException("参数不合法");
```

抛出异常可以使用在 try 语句块中，然后在 catch 语句块中捕获并处理。抛出异常也可以使用在已经声明了相应异常的方法体中，这时，调用该方法的主体需要对这类异常作出处理。

7.3.3　捕获异常

Java 中对于异常的处理采用的是 try-catch-finall 语句。例如：

```
try{
    statements;        //一些可能发生异常的语句
}catch(Exception1 exp1){
                    //对可能发生的第一类异常进行处理
}catch(Exception exp2){
                    //对可能发生的第二类异常进行处理
}……
catch(Exception expN){
                    //对可能发生的第 N 类异常进行处理
}finally{
                    //无论是否发生异常，finally 块中的语句都要执行
}
```

程序中如果 try 语句块中没有异常发生，程序将会跳过 catch 语句块，直接执行 finally 语句块中的内容。如果 try 语句块中发生了异常，程序将会跳过 try 语句块中异常语句后面的语句，并开始在后面的 catch 语句块中依次寻找对应的异常处理，一旦找到相应的异常处理块，就会进入执行异常处理，然后执行 finall 语句块（注意，只可能执行一个 catch 语句块）。如果最终没有找到合适的异常处理语句块，Java 会退出当前方法，并把异常传递给调用该方法的方法，并在上层方法中执行类似的异常处理过程，如果一直找不到对应的异常处理语句，则最终异常会传递给系统，并将异常信息打印在控制台上。

对于捕获异常需要注意：

1）一段代码可能会生成多个异常；

2）当引发异常时，会按顺序来查看每个 catch 语句，并执行第一个类型与异常类型匹配的语句；

3）执行其中的一条 catch 语句之后，其他的 catch 语句将被忽略；

4）使用多重 catch 语句时，异常子类一定要位于异常父类之前；

5）finally 语句块可以省略，当不需要时可以省略 finally 语句块。

例如：

```
try{
  ……
 } catch(Exception e) {
  ……
 } catch(ArrayIndexOutOfBoundsException e) {
  ……
 }
```

这段代码编译时将会报错，因为第二个 catch 语句块是永远无法到达的

（ArrayIndexOutOfBoundsException 是 Exception 的子类）。所以在编写程序时应当将第二个 catch 语句块放到第一个 catch 语句块的前面。

7.3.4　获取异常信息

异常对象中包含有关异常的有用信息，为了获得其中的信息，可以使用 java.lang. Throwable 类中的相关方法获得异常信息。

常用方法：

public String **getMessage**()　返回异常对象的信息。

public String **toString**()　返回由异常类的全称和 getMessage()方法得到的字符串组合成的信息。

public void **printStackTrace**()　在控制台输出 Throwable 对象及调用栈的跟踪信息。

【例 7-1】　处理异常实例。

```java
public class Exam7_1{
    public static void main(String args[]){
        int[] a = new int[5];
        int i=0;
        try{
            for( i =0;i<10;i++)
                System.out.println(a[i]);
        }catch(Exception e){
            e.printStackTrace();
            System.out.println("\n"+e.getMessage());
            System.out.println("\n"+e.toString());
        }finally{
            System.out.println("\n 这是 finally 语句块,最后 i="+i);
        }
    }
}
```

程序运行结果如图 7-3 所示。

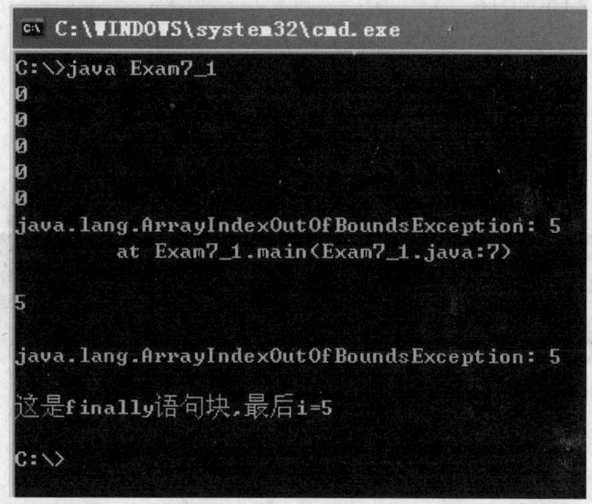

图 7-3　[例 7-1] 程序运行结果

这段程序展示了一个数组越界的异常处理过程，从程序结果可以发现，最后 i 的值为 5，

即程序在发生了数组越界的异常之后停止了 try 语句块的执行，进入了 catch 语句块，catch
语句块执行完毕后进入了 finally 语句块，执行了 finally 中的相应代码。

注意：Exception 是数组越界异常（ArrayIndexOutOfBoundsException）的父类，所以程
序中的 catch 代码可以捕获该类异常。

【例 7-2】 声明、抛出和捕获异常。

```java
public class Exam7_2{
    public static void main(String args[]){
        try{
            Circle c1 = new Circle(1);
            Circle c2 = new Circle(-1);
        }catch(Exception e){
            System.out.println(e);
        }
    }
}


class Circle{
    private double radius;
    public void setRadius(double r) throws IllegalArgumentException{
        if(r>=0)
            radius = r;
        else
            throw new IllegalArgumentException("半径不能为负数");
    }
    public double getRadius(){
        return radius;
    }
    public double getArea(){
        return radius*radius*Math.PI;
    }
    public Circle(double r){
        setRadius(r);
    }
}
```

程序运行结果如图 7-4 所示。

图 7-4 ［例 7-2］运行结果

在 Circle 类中

```java
public void setRadius(double r) throws IllegalArgumentException{
    if(r>=0)
        radius = r;
```

```
        else
            throw new IllegalArgumentException("半径不能为负数");
    }
    public Circle(double r){
        setRadius(r);
    }
```

setRadius 方法声明了一个异常，当给予的参数小于零时，会抛出参数不合法的异常。随后的 Circle 构造方法中将会调用 setRadius 方法。

在测试类的 main 方法中，两次尝试实例化 Circle 的对象，其中第二次实例化产生异常。

7.4　创建自定义异常

Java 语言本身提供了大量的异常类。但是有时通过 Java 提供的内置异常类不能恰当地描述实际问题，这时可以通过派生 Exception 类或其他内置异常类来创建自定义异常类。

【例 7-3】　利用自定义异常输出 100～150 的素数。

```
public class Exam7_3{
    public static void main(String args[]){
        int i = 100,j;
            for(i=101;i<149;i+=2){
                try{
                    for( j = 2;j<i/2;j++){
                        if(i%j==0)break;
                    }
                    if(j>=i/2)throw new MyException(i);
                }catch(Exception e){
                    System.out.println(e);
                }
            }
    }
}
class MyException extends Exception{
    int n = 0;
    public MyException(int n){
        this.n = n;
    }
    public String toString(){
        return(""+n);
    }
}
```

程序运行结果：

```
101
103
107
109
113
```

```
127
131
137
139

class MyException extends Exception{
    int n = 0;
    public MyException(int n){
        this.n = n;
    }
    public String toString(){
        return(""+n);
    }
}
```

这部分代码自定义了一个异常类，这个类是 Exception 的派生类。类中覆盖了 toString 方法，这样将来如果尝试打印该异常类的对象时会输出类中 n 的值。

```
try{
    for( j = 2;j<i/2;j++){
        if(i%j==0)break;
    }
    if(j>=i/2)throw new MyException(i);
}catch(Exception e){
    System.out.println(e);
}
```

这部分代码尝试对每个给定的数字进行测试，如果里面的 for 语句能够循环完毕（没有执行 break）则表明是素数，这里认为找到素数是一种异常，然后通过后面的 catch 语句块捕获异常，并输出素数的值。

小   结

本章对 Java 的异常处理进行了相关介绍。Java 异常是 Java.lang.Throwable 派生的实例，Java 提供了大量的预定义异常类，用户还可以通过对已有异常类派生自定义异常类。Java 中除了 RuntimeException 和 Error 之外的异常都是必检异常，需要对异常进行捕获和处理。

声明一个方法时，使用 throws 关键字，而抛出异常的关键字是 throw。使用 try-catch-finally 语句块处理异常时，try 语句块中是可能发生异常的代码，catch 块捕获并处理异常，finally 语句块可有可无，如果有 finally 语句块，则最后必将执行 finally 语句块中的内容。在 catch 语句块中制定异常捕获的顺序非常重要，必须按照先子类后父类的方式顺序捕获，否则通不过编译。异常使得对错误的处理从正常的编码任务中分离出来，使程序更容易阅读和修改。

习   题

7.1 什么是异常处理？

7.2 Java 的异常处理机制是什么？

7.3　为什么要声明异常？如何声明异常？一个方法可以声明几个异常？

7.4　什么是必检异常？

7.5　如何抛出一个异常，是否可以抛出多个异常？

7.6　throw 关键字和 throws 关键字各有什么作用？

7.7　发生异常后，Java 虚拟机会如何处理？如何捕获异常？

7.8　下列代码的执行结果是什么？

```java
public class Test{
    public static void main(String[] args){
        for(int i=0;i<2;i++){
            System.out.print(i+" ");
            try{
                System.out.println(1/0);
            }catch(Exception e){}
        }
    }
}
```

7.9　编写一个除法运算的计算器，能够获取两个数字，并显示出计算的结果。如果两个数字中有非数字出现，则提示输入错误；如果除数为零，则提示除数不可以为零。

第 8 章　输 入 输 出 流

几乎所有应用程序中都会用到文件的读写，由此可见 Java IO 的重要性。本章将介绍 Java 的输入输出流操作，包括 IO 的基本原理、文本文件的读写操作、二进制文件的读写操作、基本数据类型数据的读写操作和对象的序列化和反序列化操作。

学习目标：

- 运用 File 类进行文件操作
- 理解流、标准输入/输出流的概念
- 运用 FileInputStream 和 FileOutputStream 类读写文本文件和二进制文件
- 运用 FileReader 和 FileWriter 类读写文本文件
- 运用 BufferedReader 和 BufferedWriter 类提高文本文件的读写效率
- 运用 DataInputStream 和 DataOutputStream 类读写基本数据类型和字符串数据
- 运用 ObjectInputStream 和 ObjectOutputStream 类实现对象的序列化和反序列化

8.1　java.io.File　类

几乎所有的应用程序在完成特定的任务时都需要与数据存储设备进行数据交换，最常见的数据存储设备主要有磁盘和网络，IO（Input Output）就是指应用程序对这些数据存储设备的数据输入和输出。Java 作为一门高级编程语言，也提供了丰富的 API 来完成对数据的输入和输出操作。在介绍这些数据操作 API 之前，先来了解一些基本概念。

8.1.1　文件和目录

在计算机系统中，文件可认为是相关记录或放在一起的数据的集合。为了便于分类管理文件，通常会使用目录组织文件的存放，即目录是一组文件的集合。这些文件和目录一般都存放在硬盘、U 盘、光盘等存储介质中，如图 8-1 所示。

图 8-1　文件的存储

在计算机系统中，所有的数据都被转换为二进制数进行存储。因此，文件中存储的数据其实就是大量的二进制数。读取文件其实就是把文件中的二进制数取出来，而将数据写入文件就是把二进制数存放到对应的存储介质中。

8.1.2 Java 对文件和目录的操作

Java 语言中，对物理存储介质中的文件和目录进行了抽象，使用 java.io.File 类来代表存储介质中的文件和目录。也就是说，存储介质中的一个文件在 Java 程序中是用一个 File 类对象来代表的，存储介质中的一个目录在 Java 程序中也是用一个 File 类对象来代表的，操作 File 类对象就相当于在操作存储介质中的文件或目录。

File 类定义了一系列与操作系统平台无关的方法来操作文件和目录。通过查阅 Java API 的帮助文档，可以了解到 java.io.File 类的相关属性和方法。

（1）File 类的常用构造方法

构造方法 public File（String pathname）以 pathname 为路径创建 File 类对象。参数 pathname 可以是绝对路径或相对路径。如果 pathname 是相对路径，则是相对于 Java 的系统属性 user.dir 中的路径（可以使用 System.out.println（System.getProperty（"user.dir"））查看系统属性 user.dir），即当前字节码运行的目录（如果没有包，相对于字节码所在目录；如果有包，则相对于最外层包所在的目录）。如果 pathname 是绝对路径，则是从磁盘根目录到此抽象文件的全路径。

文件的绝对路径：完整的描述文件位置的路径就是绝对路径，用户不需要知道其他任何信息就可以根据绝对路径判断出文件的位置。文件的相对路径：以当前目录为参照点描述文件位置的路径就是相对路径，亦即一个文件相对于另一个文件所在的地址，不一定是完整的路径名。

（2）File 类的常用属性

属性 public static final String separator：存储了与系统有关的默认名称分隔符。在 UNIX 系统上，此字段的值为"/"；在 Windows 系统上，它为"\"，相当于我们在创建 File 对象时输入的"\\"。为了实现程序的跨平台特性，文件的路径应该用这个属性值来代表。

（3）File 类中常用访问属性的方法

File 类中常用的访问属性的方法如下：

- pubic boolean canRead()　判断文件是否可读。
- pubic boolean canWrite()　判断文件是否可写。
- pubic boolean exists()　判断文件是否存在。
- pubic boolean isDirectory()　判断文件是否为目录。
- pubic boolean isFile()　判断文件是否为文件。
- pubic boolean isHidden()　判断文件是否隐藏。
- pubic long lastModified()　返回最后修改的时间。
- pubic long length()　返回文件以字节为单位的长度。
- pubic String getName()　获取文件名。
- pubic String getPath()　获取文件的路径。
- pubic String getAbsolutePath()　获取此文件的绝对路径名。
- pubic String getCanonicalPath()　获取此文件的规范路径名。
- pubic File geitAbsoluteFile()　得到绝对路径规范表示的文件对象。
- pubic String getParent()　得到该文件的父目录路径名。
- pubic URI toURI()　返回此文件的统一资源表示符号。

【例 8-1】　演示如何访问存储介质中一个指定文件的属性。

```java
package cn.edu.hpu.playnet.io;

import java.io.File;
import java.io.IOException;

public class FileAttributeTest {

    /**
     * 用 File 类显示文件属性信息
     */
    public static void main(String[] args) {
                //把当前字节码运行目录中的文件抽象成 Filte 类对象
        File file = new File("song.txt");

        System.out.println("文件或目录是否存在:" + file.exists());
        System.out.println("是文件吗:" + file.isFile());
        System.out.println("是目录吗:" + file.isDirectory());
        System.out.println("名称:" + file.getName());
        System.out.println("路径: " + file.getPath());
        System.out.println("绝对路径: " + file.getAbsolutePath());
        try
        {
            System.out.println("绝对路径规范表示: " + file.getCanonicalPath());
        }catch(IOException ex)
        {
            ex.printStackTrace();
        }

        System.out.println("最后修改时间:" + file.lastModified());
        System.out.println("文件大小:" + file.length() + " 字节");

    }

}
```

输出结果为:

文件或目录是否存在:true
是文件吗:true
是目录吗:false
名称:song.txt
路径: song.txt
绝对路径: C:\book\chapter8\song.txt
绝对路径规范表示: C:\book\chapter8\song.txt
最后修改时间:1268870727062
文件大小:686 字节

（4）对文件的操作

File 类提供了如下常用的方法:

- pubic boolean createNewFile()　不存在时创建此文件对象所代表的空文件。
- pubic boolean delete()　删除文件。如果是目录必须是空才能删除。

- pubic boolean mkdir()　创建此抽象路径名指定的目录。
- pubic boolean mkdirs()　创建此抽象路径名指定的目录，包括所有必须但还不存在的父目录。
- pubic boolean renameTo(File dest)　重新命名此抽象路径名表示的文件。

（5）浏览目录中的文件和子目录方法

File 类中浏览目录中的文件和子目录的方法：

- pubic String[ ] list()　返回此目录中的文件名和目录名的数组。
- pubic File[ ] listFiles()　返回此目录中的文件和目录的 File 实例数组。
- pubic File[ ] listFiles(FilenameFilter filter)　返回此目录中满足指定过滤器的文件和目录。java.io.FilenameFilter 接口用于完成文件名过滤的功能。

【例 8-2】 演示如何操作一个文件或目录。

```java
package cn.edu.hpu.playnet.io;

import java.io.File;
import java.io.IOException;
public class FileOperateTest {

    public static void main(String[] args) {
        File dir1 = new File("目录1");
        if (!dir1.exists()) {      //如果目录1不存在，就创建为目录
            dir1.mkdir();
        }
        File dir2 = new File(dir1, "目录2");
                                //创建以 dir1 为父目录,名为"dir2"的 File 对象
        if (!dir2.exists()) {      //如果还不存在，就创建为目录
            dir2.mkdirs();
        }
        File dir4 = new File(dir1, "目录3/目录4");
        if (!dir4.exists()) {
            dir4.mkdirs();
        }
        File file = new File(dir2, "test.txt");
                                //创建以 dir2 为父目录,名为"test.txt"的 File 对象
        try {
            if (!file.exists()) {//如果还不存在，就创建为目录
                file.createNewFile();
            }
        } catch (IOException ex) {
            ex.printStackTrace();
        }
        System.out.println(dir1.getAbsolutePath()); //输出 dir1 的绝对路径名
        listChilds(dir1, 0);       //递归显示 dir1 下的所有文件和目录信息
        deleteAll(dir1);           //删除目录
    }

    //递归显示指定目录下的所有文件和目录信息.level 用来记录当前递归的层次
    public static void listChilds(File dir, int level) {
```

```
        //生成有层次感的空格
        StringBuilder sb = new StringBuilder("|--");
        for (int i = 0; i < level; i++) {
            sb.insert(0, "|  ");
        }

        File[] childs = dir.listFiles();
        //递归出口
        int length = childs == null ? 0 : childs.length;
        for (int i = 0; i < length; i++) {
            System.out.println(sb.toString() + childs[i].getName());
            if (childs[i].isDirectory()) {
                listChilds(childs[i], level + 1);
            }
        }
    }

    //删除目录或文件,如果参数 file 代表目录,会删除当前目录以及目录下的所有内容
    public static void deleteAll(File file) {
        //如果 file 代表文件,就删除该文件
        if (file.isFile()) {
            System.out.println("删除文件: " + file.getAbsolutePath());
            file.delete();
            return;
        }

        //如果 file 代表目录,先删除目录下的所有子目录和文件
        File[] lists = file.listFiles();
        for (int i = 0; i < lists.length; i++) {
            deleteAll(lists[i]);          //递归删除当前目录下的所有子目录和文件
        }
        //最后删除当前目录
        System.out.println("删除目录: " + file.getAbsolutePath());
        file.delete();

    }
}
```

输出结果为:

```
C:\book\chapter8\目录1
|--目录2
|  |--test.txt
|--目录3
|  |--目录4
删除文件: C:\book\chapter8\目录1\目录2\test.txt
删除目录: C:\book\chapter8\目录1\目录2
删除目录: C:\book\chapter8\目录1\目录3\目录4
删除目录: C:\book\chapter8\目录1\目录3
删除目录: C:\book\chapter8\目录1
```

以上介绍了 File 类的方法的使用,不用死记硬背,在实际使用时请详细查看 JavaSE API 文档。同时,File 类根本无法访问文件的具体内容,既不能从文件中读取出数据,也不能往

文件里写入数据，要完成这些操作，需要通过 IO 操作。

8.2 Java IO 原 理

8.2.1 流的基本概念

流（stream）是一个抽象的概念，代表一串数据的集合，当 Java 程序需要从数据源读取数据时，就需要开启一个到数据源的流。同样，当程序需要输出数据到目的地时也需要开启一个流。流的创建是为了更方便地处理数据的输入和输出。

可以把数据流比喻成现实生活中的水流，每户人家中要用上自来水，就需要在家和自来水厂之间接一根水管，这样水厂的水才能通过水管流到家中，我们称之为输入流。同样，要把从水厂得到的水用于浇我们家门前的菜园，也需要在水龙头和菜园之间接一根水管，这样水才能流到菜园去，我们称之为输出流。这时，输入流和输出流是相对于家而言的，而在用 Java 程序进行数据读写时，则是相对于内存而言。Java 程序（program）从数据源读取（reads）数据（information或 data），需要建立一个流（a stream），称之为输入流，因为它是将外部存储介质的数据读入内存。Java 程序将内存中的数据写入（writes）外部存储介质，也需要建立一个流，称之为输出流，因为它是将内存中的数据写入外部存储介质。

在 Java 程序中要想获取数据源中的数据，需要在程序和数据源之间建立一个数据输入的通道，这样就能从数据源中获取数据了；如果要在 Java 程序中把数据写到数据源中，也需要在程序和数据源之间建立一个数据输出的通道。在 Java 程序中创建输入流对象时就会自动建立这个数据输入通道，而创建输出流对象时就会自动建立这个数据输出通道，如图 8-2 所示。

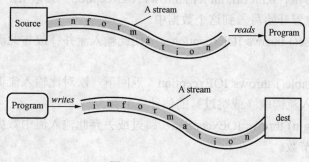

图 8-2　IO 原理图

8.2.2 流的分类

Java 中的流可以按如下方式分类：

（1）按数据流向分

● 输入流：程序可以从中读取数据的流。

● 输出流：程序能向其中输出数据的流。

（2）按数据传输单位分

● 字节流：以字节为单位传输数据的流。

● 字符流：以字符为单位传输数据的流。

（3）按流的功能分

● 节点流：用于直接操作数据源的流。

- 过滤流：也叫处理流，是通过对一个已存在流的连接和封装，来提供更为强大、灵活的读写功能。

8.2.3 流类结构

Java 所提供的流操作类位于 java.io 包中，分别继承自以下四种抽象流类，四种抽象流按分类方式显示在表 8-1 中。

表 8-1 　　　　　　　　　　　　　四 种 抽 象 流 类

	字节流	字符流		字节流	字符流
输入流	InputStream	Reader	输出流	OutputStream	Writer

InputStream 和 OutputStream 都是以字节为单位的抽象流类。它们规定了字节流的所有输入和输出的基本操作。

（1）InputStream

InputStream 抽象类是表示字节输入流的所有类的超类，它以字节为单位从数据源中读取数据。它的继承层次结构大致如图 8-3 所示。

InputStream 定义了 Java 的输入流模型。下面是它的常用方法介绍：

- public abstract int read() throws IOException　　从输入流中读取数据的下一个字节，返回读到的字节值。若遇到流的末尾，返回-1。
- public int read(byte[] b) throws IOException　　从输入流中读取 b.length 个字节的数据并存储到缓冲区数组 b 中，返回的是实际读到的字节数。
- public int read(byte[] b,int off, int len) throws IOException　　读取 len 个字节的数据，并从数组 b 的 off 位置开始写入到这个数据中。
- public void close() throws IOException　　关闭此输入流并释放与此流关联的所有系统资源。
- public int available() throws IOException　　返回下一次对比输入流调用的方法可以不受阻塞地从此输入流读取（或跳过）的估计字节数。
- public skip(long n) throws IOException　　跳过或丢弃此输入流中数据的 n 个字节，返回实现路过的字节数。

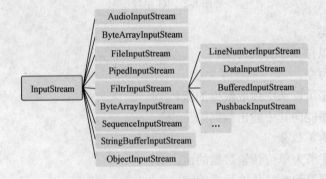

图 8-3　InputStream 的继承层次结构

（2）OutputStream

OutputStream 抽象类是表示字节输出流的所有类的超类，它以字节为单位向数据源输出数据。它的继承层次结构如图 8-4 所示。

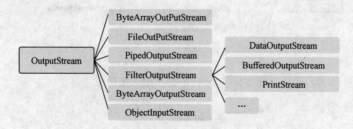

图 8-4　OutputStream 的继承层次结构

下面是 OutputStream 类的常用方法介绍：

- public abstract void write(int b) throws IOException　将指定的字节写入此输入流。
- public void write(byte[] b) throws IOException　将 b.length 个字节从指定的 byte 数组写入此输出流。
- public void write(byte[] b,int off,int len) throws IOException　将指定 byte 数组中从偏移量 off 开始的 len 个字节写入此输出流。
- public void flush() throws IOException　刷新此输出流，并强制写出所有缓冲的输出字节。
- public void close() throws IOException　关闭此输出流，并释放与此输出流有关的所有系统资源。

Read 和 Writer 都是以字符为单位的抽象流类。它们规定了所有的字符流的输入和输出的基本操作。

（3）Reader

Reader 抽象类是表示字符输入流的所有类的超类，它以字符为单位从数据源中读取数据。它的继承层次结构如图 8-5 所示。

下面是 Read 类提供的常用方法。

- public int read() throws IOException　读取单个字符，返回作为整数读取的字符，如果已到达流的末尾返回－1。
- public int read(char[] cbuf) throws IOException　将字符读入数组，返回读取的字符数。
- public abstract int read(char[] cbuf,int off,ent len) throws IOException　读取 len 个字符的数据，并从数组 cbuf 的 off 位置开始写入到这个数组中。
- public abstract void close() throws IOException　关闭该流并释放与之关联的所有系统资源。
- public long skip(long n) throws IOException　跳过 n 个字符。

（4）Writer

Writer 抽象类是字符输出流的所有类的超类，它以字符为单位向数据源写入数据。他的继承层次结构如图 8-6 所示。

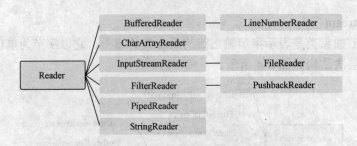

图 8-5　Reader 的继承层次结构图

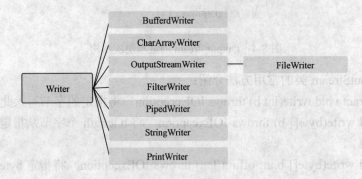

图 8-6　Writer 的继承层次结构图

下面是 Writer 类提供的常用方法介绍：

- public void write(int c) throws IOException　　写入单个字符。
- public void write(char[] cbuf) throws IOException　　写入字符数组。
- public abstract void write(char[] cbuf,int off,int len) throws IOException　　写入字符数组的某一部分。
- public void write(String str) throws IOException　　写入字符串。
- public void write(String str,int off,int len) throws IOException　　写入字符串的某一部分。
- public abstract void close() throws IOException　　关闭此流，但要先刷新它。
- public abstract void flush() throws IOException　　刷新该流的缓冲，将缓冲的数据全部写到目的地。

8.2.4　编码

Java 支持三种不同的数据编码格式，即在磁盘上的数据表示。它们是文本格式、二进制格式和对象格式。

文本编码格式的含义是存储在磁盘上的数据以字符的形式被外部系统使用，通常是 ASCII 码。Java 使用 Unicode 字符集，因此这里需要字符转换，但是幸运的是程序员无需关心这些问题。例如，考虑将数字 561 存储到一个文本文件中，数字将保存为 ASCII 码（系统使用的字符集）中的字符 "5"、"6" 和 "1"。一个文本文件对文本编辑器来说是可读的（例如，记事本，UltraEdit 和 EditPlus 等文本编辑器）。

另一方面，二进制编码意味着数据的存储格式与程序使用的数据的内部表示相同，即按照数据在存储器中的存储格式。这样数字 561 将被保存为二进制数 1000110001。二进制文件对文本编辑器来说是不可读的，即读出来是乱码。

最后，对象编码是 Java 提供的一种强大的机制，可以通过一条指令输出一个完整的对象。

读者或许会这样问，在开始编写读写文件的应用程序时，最好使用哪种方法？如果文件只会被同一个应用程序读和写，那么采用哪种编码方式没有任何区别！对于我们将要存储的数据类型，使用最简单的方法即可。但是，如果希望文件对文本编辑器是可读的，那么必须使用文本编码方式。

8.2.5 访问

在介绍如何使用 Java 语言编写文件读写应用程序前，最后一个需要考虑的问题是采用哪种文件访问方式，有两种方式可以选择：顺序访问和随机访问。在第一种方法（最常用的方法）中，依次读取（写入）每个数据元素。操作系统提供所谓文件指针（file pointer），文件指针是存储器中的一个位置，用于记录程序在读写文件的过程中达到的位置。

另一种访问文件数据的方式是直接到达需要的记录，称为随机访问方式。我们可以这样理解顺序访问和随机访问：顺序访问类似于看一部不能拖动的电影，只能从头到尾依次观看；而随机访问则类似于看一部可以任意拖动的电影，想看哪一部分可以直接拖到该处进行观看。Java 提供的用于随机访问的类是 RandomAccessFile。

8.3 FileInputStream 和 FileOutputStream 类

文件流是指那些专门用于操作数据源中文件的流，主要有 FileInputStream、FileIOutStream、FileReader、FileWriter 四个类。其中 FileInputStream 和 FileOutputStream 用于以字节为单位二进制文件的读写，FileReader 和 FileWriter 类用于以字符为单位文本文件的读写。本节介绍 FileInputStream 和 FileOutputStream 的用法，这两个类可以用来读写文本文件，也可以用来读写图片、声音和视频等二进制文件。

8.3.1 用 FileInputStream 读取文本文件

［例 8-3］演示使用 FileInputSteam 类读取文本的过程，这是 IO 操作的第一示例，通过该例题请读者总结文件读写的基本步骤

【例 8-3】 使用 FileInputStream 类来读取指定文件的数据。

```java
package cn.edu.hpu.playnet.io;

import java.io.FileInputStream;
import java.io.FileNotFoundException;
import java.io.IOException;

public class FileInputStreamTest {

    /**
     * 应用 FileInputStream 读写文本文件
     */
    public static void main(String[] args) {

        FileInputStream fis = null;
        try {
            //step1: 创建一个连接到指定文件的 FileInputStream 对象
```

```
        fis = new FileInputStream("song.txt");
        System.out.println("可读取的字节数: " + fis.available() + "字节");
        //根据可读取的字节数，创建 byte 类型的数组，用于存储读取的数据
        byte [] b = new byte[fis.available()];
        //step2：读取数据返回读到数据的字节数
        int len = fis.read(b);
        if (len > 0) {
            String content = new String(b);
            System.out.print(content);
        }
    } catch (FileNotFoundException e) {  //捕获文件找不到异常
        e.printStackTrace();
    } catch (IOException e) {              //捕获 IO 异常
        e.printStackTrace();
    } finally {
                                         //step3：关闭输入流

        try {
            if (null != fis) {
                fis.close();
            }
        } catch (IOException e) {
            e.printStackTrace();
        }
    }

    }
}
```

运行以上这个程序，在控制台的输出结果为：

```
可读取的字节数: 494 字节
There's no time for us,
There's no place for us,
What is this thing that builds our dreams,
Yet slips away from us.
Who wants to live forever,
Who wants to live forever,
```

我们已没有时间，我们已无处栖身，是什么构筑了我们的梦，
却又将它从我们身边带走？我们已没有机会，一切早已命中注定，
这世界只有一瞬间的美好为我们停留……如果爱情终将凋零，
谁会渴望永生？请用你的双唇吻干我的泪，用你的指尖触碰我的心，
这样我们就能相亲相爱到永久。如果此刻即是永远，谁会渴望永生？

8.3.2　用 FileOutputStream 写文本文件

【例 8-4】　下面再来看一个使用 FileOutputStream 类指定文件中写入数据的示例。

```
package cn.edu.hpu.playnet.io;

import java.io.FileNotFoundException;
import java.io.IOException;
```

```java
import java.io.FileOutputStream;

public class FileOutputStreamTest {

    /**
     * 应用 FileOutputStream 在文本文件中写入数据
     */
    public static void main(String[] args) {

        FileOutputStream fos = null;
        try {
            //step1: 创建一个向指定名的文件中写入数据的 FileOutputStream
            fos = new FileOutputStream("poem.txt");

                                        //step2: 写数据
            fos.write("静夜思(李白)\n".getBytes());
            fos.write("床 前 明 月 光，\n".getBytes());
            fos.write("疑 是 地 上 霜。\n".getBytes());
            fos.write("举 头 望 明 月，\n".getBytes());
            fos.write("低 头 思 故 乡。\n".getBytes());

                                        //step3: 刷新此输出流
            fos.flush();
        } catch (FileNotFoundException e) {
            e.printStackTrace();
        } catch (IOException e) {        // 捕获 IO 异常
            e.printStackTrace();
        }finally{
            if(fos != null){
                try {
                    fos.close();          //step4: 关闭输出流
                } catch (IOException e) {
                    e.printStackTrace();
                }
            }
        }

    }

}
```

该程序运行后，会在字节码所在当前目录产生一个文件，内容为：

静夜思(李白)
床 前 明 月 光，
疑 是 地 上 霜。
举 头 望 明 月，
低 头 思 故 乡。

该程序多次运行，文件里的内容不会发生变化，这是因为新写入的内容覆盖了原来的内容。如果想让新写入的内容追加到文件的末尾，那么 FileOutpurStream 的构造方法应使用 **FileOutputStream(String name, boolean append)**，该构造方法的第二个参数是指定文件的追加方式，默认是 false，如果设置成 true，则表示在文件末尾追加数据。

从上面这两个 IO 流操作文件的代码中，我们可以归纳出使用 IO 流类操作文件的一般步骤。

第一步，创建连接到指定数据源的 IO 流对象。

第二步，利用 IO 流类提供的方法进行数据的读取与写入。在整个操作过程中，都需要处理 java.io.IOException 异常。另外，如果是向输出流写入数据，还需要在写入操作完成后，调用 flush()方法来强制写出所有缓冲的数据。

第三步，操作完毕后，一定要调用 close()方法关闭该 IO 流对象。IO 流类的 close()方法会释放流所占用的系统资源，因为这些资源在操作系统中的数量是有限的。

8.3.3　图片文件复制的实现

【例 8-5】　本例实现图片文件的复制，要求在工程的根目录下有一个图片文件 pic.jpg，程序执行后刷新（Refresh）工程会出现图片文件 pic2.jpg。

```java
package cn.edu.hpu.playnet.io;

import java.io.FileInputStream;
import java.io.FileNotFoundException;
import java.io.FileOutputStream;
import java.io.IOException;

public class CopyPictureTest {
    public static void main(String[] args) {
        FileInputStream fis = null;
        FileOutputStream fos = null;
        try {
            fis = new FileInputStream("c:\\iotest\\pic.jpg");
            fos = new FileOutputStream("pic2.jpg");

            int length = fis.available();
            byte [] data = new byte[length];
            fis.read(data);
            fos.write(data);

            fos.flush();
        } catch (FileNotFoundException e) {
            e.printStackTrace();
        } catch (IOException e)
        {
            e.printStackTrace();
        }finally
        {
            try {
                if(fis != null)
                {
                    fis.close();
                }
                if(fos != null)
                {
```

```
                fos.close();
            }
        } catch (IOException e2) {
            e2.printStackTrace();
        }
    }
  }
}
```

8.4 FileReader 和 FileWriter 类

FileReader 和 FileWreter 是以字符为读写单位的文件输入流和文件输出流类。因此，用
FileReader 和 FileWreter 来操作字符文本文件非常合适。

8.4.1 用 FileReader 读取文本文件

【例 8-6】 本例应用 FileReader 类实现读取文本文件功能，每次读取一个字符。

```
package cn.edu.hpu.playnet.io;

import java.io.FileNotFoundException;
import java.io.FileReader;
import java.io.IOException;

public class FileReaderTest {
    public static void main(String[] args) {
        FileReader fr = null;
        try {
            //创建流对象
            fr = new FileReader("poem.txt");

            //读数据
            while(true)
            {
                int ch = fr.read();
                if(ch == -1)
                {
                    break;
                }
                System.out.print((char)ch);
            }

        } catch (FileNotFoundException e) {
            e.printStackTrace();
        } catch (IOException e)
        {
            e.printStackTrace();
        } finally
        {
            //关闭流对象
            try {
```

```
                if(fr != null)
                {
                    fr.close();
                }
            } catch (IOException e) {
                e.printStackTrace();
            }
        }
    }
}
```

8.4.2 用 **FileReader** 和 **FileWriter** 实现文本文件的复制

【例 8-7】 本例应用 FileReader 类和 FileWriter 类实现文本文件的复制功能。

```java
package cn.edu.hpu.playnet.io;

import java.io.FileNotFoundException;
import java.io.FileReader;
import java.io.FileWriter;
import java.io.IOException;

public class TextFileCopyTest {
    public static void main(String[] args) {
        FileReader fr = null;
        FileWriter fw = null;
        try {
            //创建流对象
            fr = new FileReader("peom.txt");
            fw = new FileWriter("peom2.txt",true);

            //读写数据
            while(true)
            {
                int ch = fr.read();
                if(ch == -1)
                {
                    break;
                }
                fw.write(ch);
                System.out.print((char)ch);
            }

        } catch (FileNotFoundException e) {
            e.printStackTrace();
        } catch (IOException e)
        {
            e.printStackTrace();
        } finally
        {
            //关闭流对象
            try {
```

```
            if(fr != null)
            {
                fr.close();
            }
            if(fw != null)
            {
                fw.close();
            }
        } catch (IOException e) {
            e.printStackTrace();
        }
    }
}
```

该程序运行后，会在工程根目录下生成一个文本文件 poem2.txt，内容与 poem.txt 完全相同。在创建 FileWriter 对象时，使用了两个参数的构造方法。第二个 boolean 类型的参数表示是否追加数据，如果设定为 true，则数据会在文件末尾写入。

8.5 BufferedReader 和 BufferedWriter 类

为了提高数据读写的速度，Java API 提供了带缓冲功能的流类，在使用这些带缓冲功能的流类时，它会创建一个内部缓冲区数组。在读取字节或者字符时，会先把从数据源读取到的数据填充到该内部缓冲区，然后再返回；在写入字节或字符时，会先把要写入的数据填充到该内部缓冲区，然后一次性写入到目标数据源中。

根据数据操作单位可以把缓冲流分为两类。

● BufferedInputStream 和 BufferedOutputStream 针对字节的缓冲输入和输出流。

● BufferedRrader 和 BufferedWriter 针对字符的缓冲输入和输出流。

缓冲流属于过滤流，也就是说缓冲流不能直接操作数据源，而是对直接操作数据源的节点流的一个包装，以此增加它的功能。节点流和过滤流的区别如图 8-7 所示。

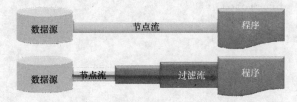

图 8-7 缓冲流与过滤流关系图

8.5.1 用 BufferedReader 读取文本文件

创建一个 BuferedReader 对象需要分两步：第一步先创建节点流对象 FileReader fr = new FileReader(String fileName)，第二步在节点流上"套接"过滤流 BufferedReader br = new BufferedReader(fr)。

【例 8-8】 本例应用 BufferedReader 对象以提高文本文件的读写速度，每次可以从数据源中读取一行数据。

```
package cn.edu.hpu.playnet.io;
import java.io.BufferedReader;
import java.io.FileNotFoundException;
import java.io.FileReader;
import java.io.IOException;
public class BufferedReaderTest {
    public static void main(String[] args) {
        BufferedReader br = null;
        FileReader fr = null;

        try {
            fr = new FileReader("poem.txt");
            br = new BufferedReader(fr);

            while(true)
            {
                String line = br.readLine();
                if(line == null)
                {
                    break;
                }
                System.out.println(line);
            }

        } catch (FileNotFoundException e) {
            e.printStackTrace();
        } catch (IOException e)
        {
            e.printStackTrace();
        } finally
        {
            try {
                if(br != null)
                {
                    br.close();
                }
                if(fr != null)
                {
                    fr.close();
                }

            } catch (IOException e) {
                e.printStackTrace();
            }
        }
    }
}
```

8.5.2　用 BufferedWriter 写文本文件

创建一个 BuferedWriter 对象需要分两步，第一步先创建节点流对象 FileWriter fw = new FileWriter(String fileName)，第二步在节点流上"套接"过滤流 BufferedWriter br = new

BufferedWriter(fw)。

【例8-9】 本例应用 BufferedWriter 对象实现文本文件的写入，每次可以写一行数据，完成写入后要清空（flush）缓冲区。

```java
package cn.edu.hpu.playnet.io;

import java.io.BufferedWriter;
import java.io.FileNotFoundException;
import java.io.FileWriter;
import java.io.IOException;

public class BufferedWriterTest {
    public static void main(String[] args) {
        BufferedWriter bw = null;
        FileWriter fw = null;

        try {

            fw = new FileWriter("temp.txt");
            bw = new BufferedWriter(fw);

            bw.write("大家好，我要好好学习Java");

        } catch (FileNotFoundException e) {
            e.printStackTrace();
        } catch (IOException e)
        {
            e.printStackTrace();
        } finally
        {
            try {

                if(bw != null)
                {
                    bw.close();
                }
                if(fw != null)
                {
                    fw.close();
                }
            } catch (IOException e) {
                e.printStackTrace();
            }
        }
    }
}
```

8.5.3 用 BufferedReader 和 BufferedWriter 实现文本文件的复制

【例8-10】 本例应用 BufferedReader 对象和 BufferedWriter 对象实现文本文件的复制。

```java
package cn.edu.hpu.playnet.io;
```

```java
import java.io.BufferedReader;
import java.io.BufferedWriter;
import java.io.FileNotFoundException;
import java.io.FileReader;
import java.io.FileWriter;
import java.io.IOException;

public class BufferedReaderWriterTest {
    public static void main(String[] args) {
        BufferedReader br = null;
        FileReader fr = null;

        BufferedWriter bw = null;
        FileWriter fw = null;

        try {

            fr = new FileReader("peom.txt");
            br = new BufferedReader(fr);

            fw = new FileWriter("peom3.txt");
            bw = new BufferedWriter(fw);

            while(true)
            {
                String line = br.readLine();
                if(line == null)
                {
                    break;
                }
                bw.write(line);
                bw.newLine();
                System.out.println(line);
            }

            bw.flush();
        } catch (FileNotFoundException e) {
            e.printStackTrace();
        } catch (IOException e)
        {
            e.printStackTrace();
        } finally
        {
            try {
                if(br != null)
                {
                    br.close();
                }
                if(fr != null)
                {
```

```
                fr.close();
            }

            if(bw != null)
            {
                bw.close();
            }
            if(fw != null)
            {
                fw.close();
            }
        } catch (IOException e) {
            e.printStackTrace();
        }
    }
  }
}
```

8.6 DataInputStream 和 DataInputStream 类

DataInputStream 和 DataInputStream 类是为了更加方便地操作 Java 语言的基本数据类型数据而提供的。数据流主要有两个类：DataInputStream 和 DataOutputStream，分别用来读取和写入基本数据类型的数据。

8.6.1 用 DataOutputStream 写入基本数据类型的数据

DataOutputStream 类中提供的写入基本数据类型数据的方法包括如下：

- public final void writeBoolean(boolean v) 往底层输出流写入一个布尔型的值。
- public final void writeByte(int v) 往底层输出流写入一个 8 位的字节。
- public final void writeChar(int v) 往底层输出流写入一个 16 位的 Unicode 字符。
- public final void writeFloat(float v) 往底层输出流写入一个 32 位的单精度浮点数。
- public final void writeDouble(double v) 往底层输出流写入一个 64 位的双精度浮点数。
- public final void writeDouble(double v) 往底层输出流写入一个 16 位的短整数。
- public final void writeChar(int v) 往底层输出流写入一个 32 位的整数。
- public final void writeLong(long v) 往底层输出流写入一个 64 位的长整数。
- public final void writeUTF(String str) 写入一个由 UTF 格式字符组成的字符串。

【例 8-11】 应用 DataOutputStreamStream 写入基本数据类型的数据。

```
package cn.edu.hpu.playnet.io;

import java.io.DataOutputStream;
import java.io.FileNotFoundException;
import java.io.FileOutputStream;
import java.io.IOException;

public class DataOutputStreamTest {
    public static void main(String[] args) {
```

```
        DataOutputStream dos = null;
        FileOutputStream fos = null;

        try {
            fos = new FileOutputStream("data");
            dos = new DataOutputStream(fos);

            dos.writeInt(10);
            dos.writeBoolean(true);
            dos.writeLong(123477373371);
            dos.writeUTF("Hello");

            dos.flush();
        } catch (FileNotFoundException e) {
            e.printStackTrace();
        } catch (IOException e)
        {
            e.printStackTrace();
        }finally
        {
            try {
                if(dos != null)
                {
                    dos.close();
                }
                if(fos != null)
                {
                    fos.close();
                }
            } catch (IOException e) {
                e.printStackTrace();
            }
        }
    }
}
```

8.6.2 用 DataInputStream 读取基本数据类型的数据

DataInputStream 类中提供的读取基本数据类型数据的方法如下：

- public final boolen readBoolean() 从输入流中读取一个布尔型的值。
- public final byte readByte() 从输入流中读取一个 8 位的字节。
- public final char readChare() 读取一个 16 位的 Unicode 字符。
- public final float readFloat() 读取一个 32 位的单精度浮点数。
- public final double readDouble() 读取一个 64 位的双精度浮点数。
- public final short readShort() 读取一个 16 位的短整数。
- public final int readInt() 读取一个 32 位的整数。
- public final long readLong() 读取一个 64 位的长整数。
- public final void readFully(byte[] b) 从当前数据输入流中读取 b.length 个字节到数组。
- public final void readFully(byte[] b，int off,int len) 从当前数据输入流中读取 len 个字节

到该字节数组。

- public final String readUTF()　读取一个由 UTF 格式字符组成的字符串。
- public int skipBypes(int n)：跳过 n 字节。

【**例 8-12**】　应用 DataInputStreamStream 读取［例 8-11］中写入的基本数据类型的数据。

```java
package cn.edu.hpu.playnet.io;

import java.io.DataInputStream;
import java.io.FileInputStream;
import java.io.FileNotFoundException;
import java.io.IOException;

public class DataInputStreamTest {

    public static void main(String[] args) {
        DataInputStream dis = null;
        FileInputStream fis = null;

        try {
            fis = new FileInputStream("data");
            dis = new DataInputStream(fis);

            int i = dis.readInt();
            System.out.println(i);

            boolean f = dis.readBoolean();
            System.out.println(f);

            long l = dis.readLong();
            System.out.println(l);

            String s = dis.readUTF();
            System.out.println(s);

        } catch (FileNotFoundException e) {
            e.printStackTrace();
        } catch (IOException e)
        {
            e.printStackTrace();
        }finally
        {

            try {
                if(dis != null)
                {
                    dis.close();
                }
                if(fis != null)
                {
                    fis.close();
```

```
            }
        } catch (IOException e) {
            e.printStackTrace();
        }

    }
  }
}
```

程序运行结果为：

```
10
true
12347737337
Hello
```

8.7　ObjectInputStream 和 ObjectOutStream 类

JDK 提供的 ObjectOutputStream 和 ObjectInputStream 类是用于存储和读取基本类型数据或对象的过滤流，它最强大之处就是可以把 Java 中的对象写到数据源中，也可以把对象从数据源中还原回来。

用 ObjectOutputStream 类保存基本类型数据或对象的机制叫做序列化；用 ObjectInputStream 类读取基本数据类型或对象的机制叫做反序列化。ObjectOutputStream 和 ObjectInputStream 不能序列化 static 和 transient 修饰的成员变量。

另外需要说明的是，能被序列化的对象所对应的类必须实现 java.io.Serializable 这个标志性接口，该接口中没有任何需要实现的方法。

8.7.1　用 ObjectOutputStream 序列化 Student 对象

【例 8-13】　定义一个可序列化的 Student 类。

```java
package cn.edu.hpu.playnet.io;

import java.io.Serializable;

public class Student implements Serializable{

    private int id;
    private String name;
    private transient  int age;

    public Student()
    {

    }

    public Student(int id, String name, int age)
    {
        this.id = id;
        this.name = name;
```

```
        this.age = age;
    }

    public int getId() {
        return id;
    }

    public void setId(int id) {
        this.id = id;
    }

    public String getName() {
        return name;
    }

    public void setName(String name) {
        this.name = name;
    }

    public int getAge() {
        return age;
    }

    public void setAge(int age) {
        this.age = age;
    }

    @Override
    public boolean equals(Object obj) {
        // TODO Auto-generated method stub
        Student stu = (Student)obj;
        return id == stu.getId();
    }

    @Override
    public String toString() {
        // TODO Auto-generated method stub
        return id + "\t" + name + "\t" + age;
    }

}
```

【例8-14】 该示例将创建一个 Student 类的对象，并把它序列化到 students.dat 文件中。

```
package cn.edu.hpu.playnet.io;

import java.io.FileNotFoundException;
import java.io.FileOutputStream;
import java.io.IOException;
import java.io.ObjectOutputStream;

public class ObjectOutputStreamTest {
```

```java
public static void main(String[] args) {
    ObjectOutputStream oos = null;
    FileOutputStream fos = null;

    try {
        fos = new FileOutputStream("students.dat");
        oos = new ObjectOutputStream(fos);

        Student stu = new Student(2,"zhang",20);
        oos.writeObject(stu);

        oos.flush();
        oos.close();
        fos.close();
    } catch (FileNotFoundException e) {
        e.printStackTrace();
    } catch (IOException e)
    {
        e.printStackTrace();
    }
}
```

程序运行结束后，会在工程根目录创建 students.dat 文件，文件存有序列化后的学生信息，只是打开后是乱码，只有 ObjectInputStream 类的对象才可"识别"。

8.7.2　用 ObjectInputStream 反序列化 Student 对象

【例 8-15】　该例将［例 8-14］中序列化的 Student 信息读出来。

```java
package cn.edu.hpu.playnet.io;

import java.io.FileInputStream;
import java.io.FileNotFoundException;
import java.io.IOException;
import java.io.ObjectInputStream;

public class ObjectInputStreamTest {
    public static void main(String[] args) {
        ObjectInputStream ois = null;
        FileInputStream fis = null;

        try {
            fis = new FileInputStream("students.dat");
            ois = new ObjectInputStream(fis);

            Student stu = (Student)ois.readObject();
            System.out.println(stu);

            ois.close();
            fis.close();
        } catch (FileNotFoundException e) {
            e.printStackTrace();
```

```
    } catch (IOException e)
    {
        e.printStackTrace();
    }catch (ClassNotFoundException e)
    {
        e.printStackTrace();
    }
  }
}
```

程序的运行结果：

```
2    zhang    0
```

Student 对象的 age 值为 0，这是因为类 Student 中 age 属性声明为 transient，表示该属性是透明的，不能被序列化。

8.7.3 序列化的版本

凡是实现 Serializable 接口的类都有一个表示序列化版本标识符的静态变量：

```
private static final long serialVersionUID;
```

serialVersionUID 是用来表明类的不同版本间的兼容性。默认情况下，如果类中没有显式定义这个静态变量，它的值是 Java 运行时环境根据类的内部细节自动形成的。如果对类的源代码做了修改，再重新编译，新生成的类文件的 serialVersionUID 的取值有可能也会发生变化。如果这时仍用老版本的类来反序列化对象，就会因为老版本不兼容而失败。

类的 serialVersionUID 的默认值完全依赖于 Java 编译器的实现。对于同一个类，用不同的 Java 编译器编译，有可能会导致不同的 serialVersionUID，也有可能相同。为了保持 serialVersionUID 的独立性和确定性，强烈建议在一个可序列化类中显式地定义 serialVersionUID，并为它赋予明确的值。显式地定义 serialVersionUID 有以下两种用途：

- 在某些场合，希望类的不同版本对序列化兼容，因此需要确保类的不同版本具有相同的 serialVersionUID。
- 在某些场合，不希望类的不同版本对序列化兼容，因此需要确保类的不同版本具有不同的 serialVersionUID。

8.7.4 序列化和反序列化综合示例

【例 8-16】 该例为一个简单的学生信息管理系统，实现学生信息的添加、删除和显示。运行时使用 ArrayList 存储学生信息，程序退出时将 ArrayList 中的学生信息序列化到 students.dat 文件中，下次程序运行时反序列化 students.dat 文件中的学生信息。

```
package cn.edu.hpu.playnet.io;

import java.io.File;
import java.io.FileInputStream;
import java.io.FileNotFoundException;
import java.io.FileOutputStream;
import java.io.IOException;
import java.io.ObjectInputStream;
import java.io.ObjectOutputStream;
```

```java
import java.util.ArrayList;
import java.util.List;
import java.util.Scanner;

public class StudentManager {
    //添加学生信息的方法
    public static void addStudent(List<Student> list)
    {
        System.out.println("------添加学生信息--------");
        Student stu = new Student();
        Scanner input = new Scanner(System.in);

        System.out.print("请输入学号:");
        int id = input.nextInt();
        stu.setId(id);

        System.out.print("请输入姓名:");
        String name = input.next();
        stu.setName(name);
        System.out.print("请输入年龄:");
        int age = input.nextInt();
        stu.setAge(age);

        boolean flag = list.add(stu);
        if(flag)
        {
            System.out.println("添加成功! ");
        }

    }

    //显示学生信息
    public static void displayStudents(List<Student> list)
    {
        System.out.println("------显示学生信息---------");
        System.out.println("学号\t 姓名\t 年龄");
        for(Student stu : list)
        {
            System.out.println(stu);
        }
    }

    //删除学生信息
    public static void deleteStudent(List<Student> list)
    {
        System.out.println("------删除学生信息-------");
        Scanner input = new Scanner(System.in);
        System.out.print("请输入要删除学生的学号:");
        int id = input.nextInt();
        Student stu = new Student();
        stu.setId(id);
```

```
        boolean flag = list.remove(stu);
        if(flag)
        {
            System.out.println("删除成功!");
        }
    }

//保存数据
public static void save(List<Student> list)
{
    ObjectOutputStream oos = null;
    FileOutputStream fos = null;

    try {
        fos = new FileOutputStream("data");
        oos = new ObjectOutputStream(fos);
        oos.writeInt(list.size());
        for(Student stu : list)
        {
            oos.writeObject(stu);
        }

        oos.flush();
    } catch (FileNotFoundException e) {
        e.printStackTrace();
    } catch (IOException e)
    {
        e.printStackTrace();
    }finally
    {
        try {

            if(oos != null)
            {
                oos.close();
            }
            if(fos != null)
            {
                fos.close();
            }

        } catch (IOException e2) {
            e2.printStackTrace();
        }
    }
}

//加载数据
public static void load(List<Student> list)
{
```

```java
        ObjectInputStream ois = null;
        FileInputStream fis = null;
        File data = null;

        try {
            data = new File("data");
            if(!data.exists())
            {
                return;
            }
            fis = new FileInputStream(data);
            ois = new ObjectInputStream(fis);

            int size = ois.readInt();
            /*while(true)
            {
                Student stu = (Student)ois.readObject();
                if(stu == null)
                {
                    break;
                }
                list.add(stu);
            }*/
            for(int i=0; i<size; i++)
            {
                Student stu = (Student)ois.readObject();
                list.add(stu);
            }

            ois.close();
            fis.close();
        } catch (FileNotFoundException e) {
            e.printStackTrace();
        } catch (IOException e)
        {
            e.printStackTrace();
        } catch (ClassNotFoundException e)
        {
            e.printStackTrace();
        }
    }

    public static void main(String[] args) {
        Scanner input = new Scanner(System.in);

        //使用 ArrayList 存储学生信息
        List<Student> list = new ArrayList<Student>();
        load(list);
        System.out.println("-------欢迎使用本系统----------");
        int choice = 0;
        do
```

```
        {
            System.out.println("\n-------系统菜单--------");
            System.out.println("1.添加学生信息");
            System.out.println("2.删除学生信息");
            System.out.println("3.显示学生信息");
            System.out.println("4.退出");
            System.out.print("请选择:");
            choice = input.nextInt();
            switch(choice)
            {
            case 1:
                //添加学生信息
                addStudent(list);
                break;
            case 2:
                //删除学生信息
                deleteStudent(list);
                break;
            case 3:
                //显示学生信息
                displayStudents(list);
                break;
            case 4:
                save(list);
                System.out.println("谢谢使用本系统！");
            }


        }while(choice != 4);
    }
}
```

程序运行结果为：

```
-------欢迎使用本系统----------

-------系统菜单--------
1.添加学生信息
2.删除学生信息
3.显示学生信息
4.退出
请选择:1
-------添加学生信息--------
请输入学号:1
请输入姓名:playnet
请输入年龄:22
添加成功！

-------系统菜单--------
1.添加学生信息
```

```
2.删除学生信息
3.显示学生信息
4.退出
请选择:1
------添加学生信息--------
请输入学号:2
请输入姓名:zhang
请输入年龄:19
添加成功!

-------系统菜单---------
1.添加学生信息
2.删除学生信息
3.显示学生信息
4.退出
请选择:3
------显示学生信息----------
学号        姓名        年龄
 1        playnet      22
 2        zhang        19

-------系统菜单---------
1.添加学生信息
2.删除学生信息
3.显示学生信息
4.退出
请选择:4
谢谢使用本系统!
```

下次运行时,上次运行的 Student 信息会被加载到内存中。

```
-------欢迎使用本系统----------

-------系统菜单---------
1.添加学生信息
2.删除学生信息
3.显示学生信息
4.退出
请选择:3
------显示学生信息----------
学号        姓名        年龄
 1        playnet      22
 2        zhang        19

-------系统菜单---------
1.添加学生信息
2.删除学生信息
3.显示学生信息
4.退出
请选择:
```

小　　结

本章首先介绍了 java.io.File 类，File 类既可以表示一个文件也可以表示一个目录。其次介绍了 Java IO 的基本原理和 Java IO 操作的基本步骤。只要清楚了基本步骤，文件读写的程序就会变得很容易。再次，我们讨论了用 FileInputStream 和 FileOutputStream 类进行文本文件、二进制文件的读写操作，用 FileReader 类和 FileWriter 类进行文本文件的复制，用 BufferedReader 类和 BufferedWriter 类提高文本文件的读写功能，用 DataInputStream 和 DataOutputStream 读写基本数据类型的数据，用 ObjectInputStream 和 ObjectOutputStream 实现对象的序列化和反序列化。

习　　题

8.1　简述 Java IO 的基本原理。

8.2　简述 Java IO 中流的分类。

8.3　简述 IO 操作的基本步骤，并举例说明。

8.4　编写程序实现应用 FileInputStream 和 FileOutStream 类完成复制视频文件。

8.5　用 IO 流编写一个程序，统计并输出某个文件中"h"字符的个数。

8.6　使用 BufferedReader 和 BufferedWriter 类实现本章中的"学生信息管理系统"。

第 9 章 多 线 程

现代大型应用程序都需要高效地完成大量任务，其中使用多线程就是一个提高效率的重要途径。本章就是介绍多线程的相关知识，重点在于理解多线程的运行机制及线程同步机制。

学习目标：

- 理解线程的基本概念
- 会创建和启动线程
- 理解线程的生命周期并能画出状态转移图
- 理解线程的调度和优先级
- 理解线程的同步
- 会使用 Timer 类

9.1　线程的基本概念

现代计算机使用的操作系统几乎都是多任务执行程序的，即能够同时执行多个应用程序。例如，你可以在编写 Java 代码的同时听音乐、发送电子邮件等。在多任务系统中，每个独立执行的程序称为进程，也就是说"进程是正在进行中的程序"。图 9-1 所示是 Windows XP 系统任务管理器中的进程图，从中可以看到当前操作系统有多个任务正在同时执行。

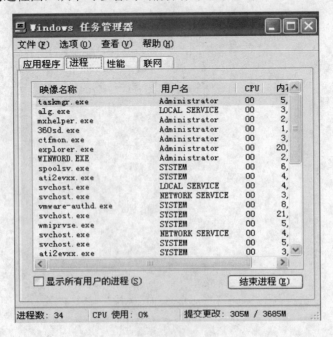

图 9-1　Windows 任务管理器

对于计算机而言，所有的应用程序都是操作系统执行的。操作系统执行多个应用程序时，它会负责对 CPU、内存等资源进行分配和管理，会根据很小的时间间隔交替执行多个程序，使得这些应用程序看起来就像是在并行运行一样。

9.1.1 什么是多线程

本章之前编写的 Java 程序都是从 main 方法开始一行一行代码往下执行的，执行完后回到 main 方法，结束整个应用程序。这样顺序往下执行的程序称为单线程程序。单线程程序在同一时间内只执行一个任务。在实际处理问题的过程中，单线程程序往往不能适应日趋复杂的业务需求，例如，电信局提供的电话服务，经常需要在一段时间内服务上亿的用户，如果要等待一位用户通话完毕后才能服务下一位用户，则效率太低了。要想提高服务的效率，可以采用多线程的程序来同时处理多个请求任务。

多线程程序扩展了多任务操作的概念，它将多个任务操作降低一级来执行，那就是一个程序看起来是在同一时间内执行多个任务。每个任务通常称为一个线程。这种能同时执行多个线程的程序称为多线程程序。

9.1.2 进程和线程的区别

在理解线程前，需要先区分进程和线程。

（1）进程（process）

进程是指每个独立程序在计算机上的一次执行活动。例如，运行中的 MSN 程序。运行一次程序，就启动了一个进程。显然，程序是静态的，而进程是动态的。

（2）线程（thread）

进程可以进一步细化为线程。线程就是一个程序内部的一条执行路径。如果一个程序中可以在同一时间内执行多个线程，我们就说这个程序是支持多线程的。

（3）线程和进程的区别

操作系统能同时运行多个任务，所以操作系统支持多进程。如果在同一应用程序中有多条执行路径并发执行，则该应用程序支持多线程。线程和进程的区别如下：

- 每个进程都有独立的代码和数据空间（进程上下文），进程间的切换开销大。
- 每一个进程内的多个线程共享相同的代码和数据空间，每个线程有独立的运行栈和程序计数器（PC），线程间的切换开销小。

通常在以下情况中可能要用到多线程：

- 程序需要同时执行两个或多个任务。
- 程序必须实现一些需要等待的任务时，如用户输入、文件读写操作、网络操作、搜索等。
- 需要在后台完成某一任务时。

9.1.3 线程的创建和启动

先来看一段大家已经很熟悉的程序代码：

```java
package cn.edu.hpu.playnet.thread;

public class SingleThreadTest {

    public static void method1()
    {
```

```
        System.out.println("method1 方法开始执行");
        method2();
        method3();
        System.out.println("method1 方法执行结束");
    }

    public static void method2()
    {
        System.out.println("method2 方法开始执行");
        System.out.println("method2 正在执行...");
        System.out.println("method2 方法执行结束");
    }

    public static void method3()
    {
        System.out.println("method3 方法开始执行");
        System.out.println("method3 正在执行...");
        System.out.println("method3 方法执行结束");
    }

    public static void main(String[] args) {
        System.out.println("main 方法开始执行");
        method1();
        System.out.println("main 方法执行结束");
    }
}
```

程序的运行结果为：

```
main 方法开始执行
method1 方法开始执行
method2 方法开始执行
method2 正在执行...
method2 方法执行结束
method3 方法开始执行
method3 正在执行...
method3 方法执行结束
method1 方法执行结束
main 方法执行结束
```

当编译并执行这个类时，JVM 会启动一个线程：将 main()方法放在这个线程执行空间的最开始处。该线程会从程序入口 main()方法开始每行代码逐一调用执行。这个类的执行过程如图 9-2 所示。

由图可知，该程序的执行路径只有一条。类似的这种程序叫单线程程序，这个运行 main()方法的线程通常叫做主线程。主线程都是由 JVM 来启动的。

Java 语言的 JVM 允许应用程序同时运行多个线程，它通过 java.lang.Thread 类来实现。Thread 类有如下特性：

- 每个线程都是通过某个特定 Thread 对象的 run()方法来完成其操作的。经常把 run()方法的主体称为线程体。
- 通过该 Thread 对象的 start()方法来调用这个线程。

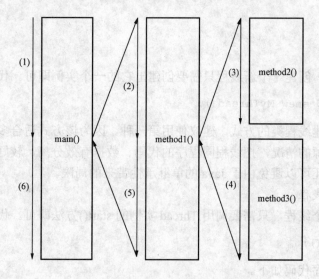

图 9-2　单线程程序执行过程

（1）创建新线程

Java 中提供了两种创建新线程的方式。第一种是定义实现 java.lang.Runnable 接口的类。Runnable 接口中只有一个 run() 方法，用来定义线程的运行体。代码如下：

```
package cn.edu.hpu.playnet.thread;

/** 实现 java.lang.Runnable 接口来创建一个线程类 */
public class MyRunner implements Runnable {

    public void run() {
                            //要在线程中执行的代码
        for (int i = 0; i < 100; i++) {
            System.out.println("MyRunner:" + i);
        }
    }
}
```

定义好这个类后，需要把它的实例作为参数传入 Thread 的构造方法中来创建出一个新线程。代码如下：

```
Thread thread = new Thread(new MyRunner());
```

第二种是将类定义为 Thread 类的子类并重写 run() 方法。代码如下：

```
package cn.edu.hpu.playnet.thread;

/** 以继承自 java.lang.Thread 类的方式创建一个线程类 */
public class MyThread extends Thread {

    public void run() {
                        //要在线程中执行的代码
        for (int i = 0; i < 100; i++) {
            System.out.println("MyThread:" + i);
```

```
        }
    }
}
```

这种方式之下，创建一个新线程只需要创建出它的一个实例即可。代码如下：

```
Thread thread =new MyThread();
```

对应这两种创建线程类的方式，建议使用第一种。因为该方式适合多个相同程序代码的线程去处理同一资源的情况，把线程同程序的代码、数据有效分离，较好地体现了面向对象的设计思想，此外还可以避免由于 Java 的单继承性带来的局限。

（2）启动一个线程

要手动启动一个线程，只需要调用 Thread 实例的 start()方法即可。代码如下：

```
thread.start();
```

完整的测试程序代码如下。

```
package cn.edu.hpu.playnet.thread;

/** 创建和启动多个线程 */
public class FirstThreadTest {

    public static void main(String[] args) {
        System.out.println("主线程开始执行");

        Thread thread1 = new Thread(new MyRunner());
        thread1.start();
        System.out.println("启动一个新线程(thread1)…");

        Thread thread2 = new MyThread();
        thread2.start();
        System.out.println("启动一个新线程(thread2)…");

        System.out.println("主线程执行完毕");
    }
}
```

运行这个测试程序后，在控制台下得到如下输出结果：

```
主线程开始执行
启动一个新线程(thread1)…
MyRunner:0
MyRunner:1
启动一个新线程(thread2)…
主线程执行完毕
MyRunner:2
MyRunner:3
MyThread:0
MyThread:1
MyThread:2
……………………………………………
MyThread:98
```

```
MyThread:99
MyRunner:7
MyRunner:8
MyRunner:9
MyRunner:10
MyRunner:11
.......................................
MyRunner:96
MyRunner:97
MyRunner:98
MyRunner:99
```

从上述代码的运行效果来看：主线程先执行，然后启动了两个新线程（由主线程创建的新线程都叫子线程），但这两个新线程并没有立即得到执行，而是统一由 JVM 根据时间片来调度，调度到哪个线程就由哪个线程执行片刻。多运行几次，每次的输出结果都可能不相同，因为 JVM 调度线程的执行顺序是随机的。可以用图 9-3 来大致示意多线程的执行流程。

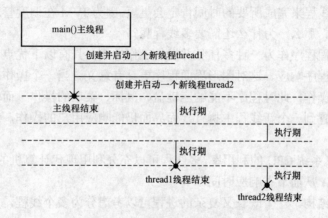

图 9-3　多线程程序执行过程

从图 9-3 中可以看出，JVM 在执行多线程的程序时，在某一个时刻，其实也只能运行一个线程，但 JVM 用划分时间间隔（时间片）的机制来转换调用各个线程，这个时间间隔非常短，所以，看起来好像是多个线程在同时执行。

9.1.4　Thread 类介绍

Java.lang.Thread 类就是线程实现类，它提供的常用方法如下：

- public void start()　启动该程序。需要注意的是，在某个线程实例上调用这个方法后，并不一定就立即运行这个线程，它还需要看 CPU 是否调度到该线程。只有调度到该线程，它才开始运行。
- public static Thread currentThread()　返回对当前正在执行的线程对象的引用。
- public ClassLoader getContextClassLoader()　返回该线程的上下文 ClassLoader。上下文 ClassLoader 有线程创始者提供，供运行于该线程中的代码在加载类和资源时使用。
- public final boolen isAlive()　测试线程是否还活着。
- public Thread.State getState()　返回该线程的当前状态。
- public final String getName()　返回该线程的名称。

- public final void setName(String name)　设置该线程名称。
- public final void setDaemon(Boolean on)　将该线程标记为守护线程或用户线程。
- public final void setPriority(int newPriority)　更改线程的优先级。
- public static void sleep(long millis)throws InterruptedException　在指定的毫秒数内让当前正在执行的线程休眠（暂停执行）。
- public void interrupt()　中断线程。

获取当前 classpath 绝对路径的代码如下：

```
//使用方法链调用方式获得当前 classpath 的绝对路径的 URL 表示法
        URL url = Thread.currentThread()
                      .getContextClassLoader()
                      .getResource("");
```

9.1.5　为什么需要多线程

根据上面的分析，在正常情况下，让程序来完成多个任务（调用多个方法），只使用单个线程来完成比多个线程来完成所要的时间肯定会更短，因为 JVM 在调度管理每个线程上肯定要多花一定时间的。那么，为什么还需要多线程呢？

这是因为多线程程序作为一种多任务并发的工作方式，具有以下优点：

（1）提供应用程序响应。这对图形界面程序更具有意义。当一个操作耗时很长时，整个系统都会等待这个操作，此时程序不能响应键盘、鼠标、菜单的操作。而使用多线程技术，将耗时长的操作放置到一个新线程中执行，而界面仍能响应用户的操作，这样可以增强用户体验。

（2）提高计算机系统 CPU 的利用率。多线程可以充分利用现代计算机的多 CPU 或单 CPU 运算能力快的特点，从而节省响应时间。

（3）改善程序结构。一个既长又复杂的进程可以考虑分为多个线程，成为几个独立或半独立的运行部分，这样的程序更利于理解和修改。

9.1.6　线程的分类

Java 中的线程分为两类：一种叫守护（Daemon）线程，另一种叫用户（User）线程。之前看到的例子都是用户线程，守护线程是一种"在后台提供通用性支持"的线程，它并不属于程序本体。

从字面上我们很容易将守护线程理解成是由虚拟机（virtual machine）在内部创建的，而用户线程则是自己所创建的。事实并不是这样，任何线程都可以是"守护线程 Daemon"或"用户线程 User"。他们几乎在每个方面都是相同的，唯一的区别是判断虚拟机何时离开：

- 用户线程：Java 虚拟机在它所有非守护线程已经离开后自动离开。
- 守护线程：守护线程则是用来服务用户线程的，如果没有其他用户线程在运行，那么就没有可服务对象，也就没有理由继续下去。

setDaemon(boolean on)方法可以方便的设置线程的 Daemon 模式，true 为 Daemon 模式，false 为 User 模式。setDaemon(boolean on)方法必须在线程启动之前调用，当线程正在运行时调用会产生异常。isDaemon 方法将测试该线程是否为守护线程。值得一提的是，当你在一个守护线程中产生了其他线程，那么这些新产生的线程不用设置 Daemon 属性，都将是守护线程，用户线程同样。

例如我们所熟悉的 Java 垃圾回收线程就是一个典型的守护线程,当我们的程序中不再有任何运行中的 Thread,程序就不会再产生垃圾,垃圾回收器也就无事可做,所以当垃圾回收线程是 Java 虚拟机上仅剩的线程时,Java 虚拟机会自动离开。

守护线程是为其他线程的运行提供便利的线程。守护线程不会阻止程序的终止。非守护线程包括常规的用户线程或诸如用于处理 GUI 事件的事件调度线程。程序可以包含守护线程和非守护线程。当程序只有守护线程时,该程序便可以结束运行。

如果要使一个线程成为守护线程,则必须在调用它的 start 方法之前进行设置(通过以 true 作为参数调用线程的 setDaemon 方法,可以将该线程定义为一个守护线程),否则会抛出 IllegalThreadStateException 异常。如果线程是守护线程,则 isDaemon 方法返回真。

关于守护线程和用户线程应注意以下几点:

- 如果在线程已经启动后,再试图设置该线程成为守护线程,则会导致 IllegalThreadStateException 异常。
- 事件调度线程是一个无穷循环的线程,而不是守护线程。因而,在基于窗口的应用程序调用 System 类的 exit 方法之前,事件调度线程不会终止。
- 不能将关键任务分配给守护线程。这些任务将会在事先没有警告的情况下终止,这可能导致不能正确地完成它们。

9.2 线程的生命周期

一个线程从它的创建到销毁的过程,会经历不同的阶段。线程的生命周期是一个比较复杂的过程,要想掌握线程的使用,就需要很好地理解它的生命周期。

9.2.1 线程的状态及转换

一个线程创建之后,它总是处于其生命周期的 6 种状态之一。JDK 中用 Thread.State 枚举表示出了这 6 种状态,分别如下:

- NEW:至今尚未启动的线程处于这种状态,称之为"新建"状态。
- RUNNABLE:正在 Java 虚拟机中执行的线程处于这种状态,称之为"可运行"状态。
- BLOCKED:受阻塞并等待某个监视器锁的线程处于这种状态,称之为"阻塞"状态。
- WAITING:无限期的等待另一个线程来执行某一特定操作的线程处于这种状态,称之为"等待"状态。
- TIMD-WAITING:等待另一个线程来执行取决于指导等待时间的操作的线程处于这种状态,称之为"超时等待"状态。
- TERMINATED:已退出的线程处于这种状态,称之为"中止"状态。

下面介绍各种状态的特征及它们之间的相互转换关系。

(1)新线程

当创建 Thead 类(或其子类)的一个实例时,就意味着该线程处于"new"状态。当一个线程处于新创建状态时,它的线程体中的代码并未得到 JVM 的执行。

(2)可运行的线程

一旦调用了该线程实例的 start()方法,该线程便是个可运行的线程了,但可运行的线程并不一定立即就执行了,需要由操作系统为该线程赋予运行时间。

当线程的代码开始执行时，该线程便开始运行了。一旦线程开始运行，它不一定始终保持运行状态，因为操作系统随时可能会打断它的执行（分配给该线程的时间片用完了），以便其他线程得到执行机会。

（3）被阻塞和等待状态下的线程

当一个线程被阻塞或处于等待状态时，它暂时停止，不会执行线程体内的代码，消耗最少的资源。

当一个可运行的线程在获取某个对象锁时，若该对象锁被别的线程占用，则 JVM 会把该线程放入锁池中。这种状态也叫同步阻塞状态。

当一个线程需要等待另一个线程来通知它的调度时，它就进入等待状态。这通常是通过调用 Object.wait()或 Thread.join()方法来使一个线程进入等待状态的。在实际应用中，阻塞和等待状态的区别并不大。

有几种带超时值的方法会导致线程进入定时等待状态。这种状态维持到超时过期或收到适当的通知为止。这些方法主要包括 Object.wait(long timeout)、Thread.join(long timeout)、Thread.sleep(long millis)。

（4）被终止的线程

基于以下原因，线程会被终止。

* 由于 run()方法的正常执行完毕而自然中止。
* 由于没有捕获到的异常事件终止了 run()方法的执行而导致线程突然死亡。

如果想要判断某个线程是否活着（也就是判断它是否处于可运行状态或阻塞状态），可以调用 Thread 类提供的 isAlive()方法。如果这个线程处于可运行状态或阻塞状态，它返回 true；如果这个线程处于新建状态或被终止状态，它将返回 false。

综合上面对 6 种状态的描述，可以用图 9-4 来表示线程的状态。

9.2.2 线程的睡眠

在线程体中调用 sleep()方法会使当前线程进入睡眠状态，调用 sleep()方法时需要传入一个毫秒数作为当前线程睡眠的时间，线程睡眠相应的时间后便会苏醒，重新进入可运行状态。

在实际开发应用中，为了调整各个子线程的执行顺序，可以通过线程睡眠的方式来完成，代码如下：

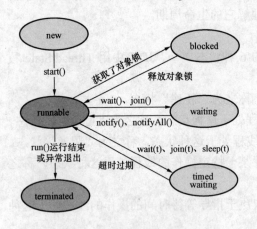

图 9.4　多线程程序执行过程

```java
package cn.edu.hpu.playnet.thread;

/** 线程睡眠示例 */
public class ThreadSleepTest {

    public static void main(String[] args) {
        System.out.println("主线程开始执行");
```

```
        Thread thread1 = new Thread(new SleepRunner());
        thread1.start();
        System.out.println("启动一个新线程(thread1)...");

        Thread thread2 = new Thread(new NormalRunner());
        thread2.start();
        System.out.println("启动一个新线程(thread2)...");

        System.out.println("主线程执行完毕");
    }
}

class SleepRunner implements Runnable{
    public void run() {
        try {
            Thread.sleep(100);      //线程睡眠 100 毫秒
        } catch (InterruptedException e) {
            e.printStackTrace();
        }

                                //要在线程中执行的代码
        for (int i = 0; i < 100; i++) {
            System.out.println("SleepRunner:" + i);
        }
    }
}

class NormalRunner implements Runnable{
    public void run() {
                                //要在线程中执行的代码
        for (int i = 0; i < 100; i++) {
            System.out.println("NormalRunner:" + i);
        }
    }
}
```

运行这个程序后在控制台的输出结果如下:

```
主线程开始执行
启动一个新线程(thread1)…
启动一个新线程(thread2)…
主线程执行完毕
NormalRunner:0
NormalRunner:1
NormalRunner:2
NormalRunner:3
NormalRunner:4
…………………………………
NormalRunner:95
NormalRunner:96
NormalRunner:97
NormalRunner:98
```

```
NormalRunner:99
SleepRunner:0
SleepRunner:1
SleepRunner:2
SleepRunner:3
..................................................
SleepRunner:96
SleepRunner:97
SleepRunner:98
SleepRunner:99
```

9.2.3　线程让步

Thread.yield()方法会暂停当前正在执行的线程对象，把执行机会让给相同或者更高优先级的线程。示例代码如下：

```java
package cn.edu.hpu.playnet.thread;

/** 线程让步示例 */
public class ThreadYieldTest {

    public static void main(String[] args) {
                                //获取当前线程的名称
        System.out.println(Thread.currentThread().getName());
        Thread thread1 = new Thread(new YieldThread());
        thread1.start();
        Thread thread2 = new Thread(new YieldThread());
        thread2.start();
    }
}

class YieldThread implements Runnable{
    public void run() {
        for(int i = 0; i < 100; i++){
            System.out.println(Thread.currentThread().getName()+ ":" + i);
            if(i % 10 == 0){          //当 i 可以被 10 整除时，当前线程让步给其他线程
                Thread.yield();     //线程让步的方法
            }
        }
    }
}
```

这样，在子线程运行过程中，当 i 的值可以被 10 整除时，这个线程就会让步，给别的线程执行的机会。

9.2.4　线程的合并

有时需要线程间的接力来完成某项任务，这就需要调用线程类的 join()方法，它可以使两个交叉执行的线程变成顺序执行。示例代码如下：

```java
package cn.edu.hpu.playnet.thread;

/** 线程合并操作 */
public class ThreadJoinTest {
```

```java
    public static void main(String[] args) {
        Thread thread1 = new Thread(new MyThread3());
        thread1.start();
                                        //主线程中执行 for 循环
        for (int i = 1; i <= 50; i++) {
            System.out.println(Thread.currentThread().getName() + ":" + i);
            if (i == 30) {
                try {
                    thread1.join();      //把子线程加入到主线程中执行
                } catch (InterruptedException e) {    e.printStackTrace();    }
            }
        }
    }
}


class MyThread3 implements Runnable{
    public void run() {
        for (int i = 1; i <= 20; i++) {
            System.out.println(Thread.currentThread().getName() + ":" + i);
            try {
                Thread.sleep(10);
            } catch (InterruptedException e) {    e.printStackTrace();    }
        }
    }
}
```

上述程序代码中，当主线程中的 for 循环执行到 i=30 时，会把子线程加入进来执行，子线程执行完毕后，再回来执行主线程。

9.3　线程的调度和优先级

线程的调度是让 JVM 对多个线程进行系统级的协调，以避免因多个线程争用有限的资源而导致应用系统死机或者崩溃。

为了让线程把操作系统和用户的重要性区分开来，Java 定义了线程的优先级策略。Java 将线程的优先级分为 10 个等级，分别用 1～10 的数字表示，数字越大表明线程的优先级越高。相应的，在 Thread 类中定义了一个表示线程最低、最高和普通优先级的静态成员变量：MIN-PRIORITY、MAX-PRIORITY 和 NORMAL-PRIORITY，它们代表的优先级等级分别为 1、10 和 5。当一个线程对象被创建时，其默认的线程优先级是 5。JVM 提供了一个线程调度器来监控应用程序，应用程序启动后进入就绪状态的所有线程，并按优先级决定哪个线程投入运行。

设置线程优先级的方法很简单，在创建完线程对象之后，可以调用线程对象的 setPriority() 方法来改变该线程的运行优先级。调用 setPriority() 方法可以获取当前线程的优先级。

```java
package cn.edu.hpu.playnet.thread;
```

```java
/** 线程优先级设置 */
public class ThreadPriorityTest {

    public static void main(String[] args) {
        Thread t0 = new Thread(new R());        //第一个子线程
        Thread t1 = new Thread(new R());        //第二个子线程
        t1.setPriority(Thread.MAX_PRIORITY);    //把第二个子线程的优先级设置为最高
        t0.start();
        t1.start();
    }
}

class R implements Runnable {
    public void run() {
        for (int i = 0; i < 100; i++) {
            System.out.println(Thread.currentThread().getName() + ": " + i);
        }
    }
}
```

不同操作系统平台的线程的优先级等级可能跟 Java 线程的优先级别不匹配，甚至有的操作系统会完全忽略线程的优先级。所以，为了提高程序的移植性，不太建议手工调整线程的优先级。

9.4 线 程 的 同 步

大多数需要运行多线程的应用程序，两个或多个线程需要共享对同一个数据的访问。如果每个线程都会调用一个修改该数据状态的方法，那么这些线程将会互相影响对方的运行。为了避免多个线程同时访问一个共享数据，必须掌握如何对访问进行同步。

举一个示例来说明这个问题。有一奥运门票销售系统，它有 5 个销售点，共同销售 100 张奥运会开幕式门票。用多线程来模拟这个销售系统的代码如下：

```java
package cn.edu.hpu.playnet.thread;

import java.util.concurrent.locks.Lock;
import java.util.concurrent.locks.ReentrantLock;

/** 奥运门票销售系统 */
public class TicketOfficeTest {

    public static void main(String[] args) {
        TicketOffice off = new TicketOffice();  //要多线程运行的售票系统
        Thread t1 = new Thread(off);
        t1.setName("售票点 1");                    //设置线程名
        t1.start();
        Thread t2 = new Thread(off);
        t2.setName("售票点 2");
        t2.start();
        Thread t3 = new Thread(off);
```

```
        t3.setName("售票点 3");
        t3.start();
        Thread t4 = new Thread(off);
        t4.setName("售票点 4");
        t4.start();
        Thread t5 = new Thread(off);
        t5.setName("售票点 5");
        t5.start();
    }

}


class TicketOffice implements Runnable {
    private int tickets = 0;          //门票计数器——成员变量
    public void run() {               //线程体
    boolean flag = true;              //是否还有票可买——局部变量
    while (flag) {
        flag = sell();                //售票
        }
    }

    private Lock lock = new ReentrantLock();

    public boolean sell(){            //售票方法，返回值表示是否还有票可卖
    boolean flag = true;
    //synchronized (this) {         //同步操作到共享数据的代码块
    lock.lock();
    if(tickets < 100){
        tickets = tickets + 1;        //更改票数
        System.out.println(Thread.currentThread().getName()+ ":卖出第" +
tickets + "张票");
        }else{
        flag = false;
        }
    lock.unlock();
    //}
    try {
        Thread.sleep(15);             //为了增大出错的几率,让线程睡眠 15 毫秒
    } catch (InterruptedException e) {
        e.printStackTrace();
    }
    return flag;
    }
}
```

运行这个程序，在控制台得到如下的输出结果：

售票点 1:卖出第 1 张票
售票点 3:卖出第 2 张票
售票点 5:卖出第 3 张票
售票点 2:卖出第 4 张票

售票点 4:卖出第 5 张票
售票点 1:卖出第 6 张票
售票点 3:卖出第 7 张票
售票点 5:卖出第 8 张票
售票点 4:卖出第 9 张票
售票点 1:卖出第 10 张票
售票点 2:卖出第 11 张票
售票点 5:卖出第 12 张票
售票点 4:卖出第 13 张票
售票点 1:卖出第 14 张票
售票点 3:卖出第 15 张票
售票点 2:卖出第 16 张票
售票点 4:卖出第 17 张票
售票点 5:卖出第 18 张票

注意观察这个输出结果，发现程序运行时有时会出现问题，那就是不同售票点会重复售出同一张门票，这显然不符合要求。这个问题就出现在两个线程同时试图更新门票计数器时。假设有两个线程同时执行 sell()方法中的下面这行代码：

```
tickets = tickets + 1;                    //更改票数
```

JVM 在执行这行代码时并不是用一条指令就执行完成了，它需要分成以下几个步骤进行。

- 将成员变量 tickets 的值装入当前线程的寄存器中。
- 取出当前线程寄存器中 tickets 的值加 1。
- 将结果重新赋值给成员变量 tickets。

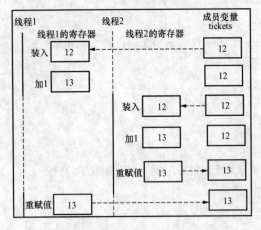

现在，假设第一个线程执行了第 1 步操作和第 2 步操作。当它要执行第 3 步操作时，它的运行被中断了（CPU 分配给它的时间片用完了）。这时假设第二个线程被执行，并且顺利完成了以上三个操作，把成员变量的值更新了。接着，第一个线程被执行，并且继续完成它的第 3 个步骤的操作。这样就撤销了第二个线程对成员变量的值的修改。结果，出现两个售票点卖出同一张票的问题。可以用图 9-5 来表示上述过程。

图 9-5　两个线程同时执行共享数据的操作

9.4.1　线程同步的方法

为了共享区域的安全可以通过关键字 synchronized 来加保护伞，以保证数据的安全。Synchronized 主要应用于同步代码块和同步方法中。

（1）同步方法：synchronized 放在方法声明中，表示整个方法为同步方法，如：

```
public boolean synchronized sell(){        //同步售票方法，返回值表示是否还有票可卖
    boolean flag = true;
        if(tickets < 100){
```

```
        tickets = tickets + 1;              //更改票数
        System.out.println(Thread.currentThread().getName()+ ":卖出第" +
tickets + "张票");
    }else{
        flag = false;
    }

    try {
        Thread.sleep(15);                   //为了增大出错的几率,让线程睡眠15毫秒
    }catch (InterruptedException e) {
        e.printStackTrace();
    }
    return flag;
}
```

如果一个线程调用 synchronized 修饰的方法,它就能够保证该方法在执行完毕前不会被另一个线程打断,这种运行机制叫做同步线程机制;而之前没有使用 synchronized 修饰的方法,一个线程在执行的过程中可能会被其他线程打断,这种运行机制叫异步线程机制。

一般来说,在线程体内执行的方法代码中如果操作到(访问或修改到)共享数据(成员变量),那么需要给其方法加上 synchronized 标志。这样就可以保证在另一个线程使用这个共享数据之前,这个线程能运行到结束为止。

当然,同步是需要付出代价的,每次调用同步方法时,都需要执行某个管理程序。

(2)同步代码块:把线程体内执行的方法中会操作到共享数据的语句封装在"{ }"之内,然后用 synchronized 修饰这个代码块。如:

```
public boolean sell(){                      //售票方法，返回值表示是否还有票可卖
    boolean flag = true;
    synchronized (this) {                   //同步操作到共享数据的代码块
        if(tickets < 100){
            tickets = tickets + 1;          //更改票数
            System.out.println(Thread.currentThread().getName()+ ":卖出第" +
tickets + "张票");
        }else{
            flag = false;
        }
    }
    try {
        Thread.sleep(15);                   //为了增大出错的几率,让线程睡眠15毫秒
    } catch (InterruptedException e) {
        e.printStackTrace();
    }
    return flag;
}
```

这种情况下,只是同步了会操作到共享数据的代码,比同步整个方法会更有效率。

9.4.2　对象锁

同步机制的实现主要是利用了"对象锁"。

在 JVM 中,每个对象和类在逻辑上都是和一个监视器相关联的。对于对象来说,相关联的监视器保护对象的实例变量。对于类来说,监视器保护类的类变量。如果一个对象没有实

例变量，或者一个类没有变量，相关联的监视器就什么也不监视。

为了实现监视器的排他性监视能力，JVM 为每一个对象都关联一个锁。这个锁代表任何时候只允许一个线程拥有的特权。通常情况下，线程访问当前对象的实例变量时不需要锁。但是如果线程获取了当前对象的锁，那么在它释放这个锁之前，其他任何线程都不能获取当前对象的锁了。就是说，一个线程在访问对象的实例变量时获取了当前对象的锁，在这个线程访问结束之前，其他任何线程都不能访问这个对象的实例变量了。即在某个时间点上，一个对象的锁只能被一个线程拥有。

举例来说明：我们可以使用"电话亭"来比较对象锁。假设有一个带锁的电话亭，当一个线程运行 synchronized 方法或执行 synchronized 代码块时，它便进入电话亭并将它锁起来。当另一个线程试图运行同一个对象上的 synchronized 方法或 synchronized 代码块时，它无法打开电话亭的门，只能在门口等待，直到第一个线程退出 synchronized 方法或 synchronized 代码块并打开锁后，它才能有机会进入这个电话亭。

Java 编程人员不需要自己动手加锁，对象锁是 JVM 内部使用的。在 Java 程序中，只需要使用同步代码块或者同步办法就可以标志一个监视区域。每次进入一个监视区域时，Java 虚拟机都会自动锁上对象或者类。

在 JDK1.5 以后，Java 提供了另外一种显示加锁机制，即使用 java.util.concurrent.locks.Look 接口提供的 lock()方法来获取锁，用 unlock()方法来释放锁。在实现线程安全的控制中，通常会使用可重 ReentrantLock 实现类来完成这个功能。示例代码如下：

```
private Lock lock = new ReentrantLock();

public boolean sell(){                          //售票方法，返回值表示是否还有票可卖
boolean flag = true;
lock.lock();                                    //获取锁
if(tickets < 100){
    tickets = tickets + 1;                      //更改票数
    System.out.println(Thread.currentThread().getName()+ ":卖出第" + tickets
+ "张票");
}else{
    flag = false;
}

lock.unlock();                                  //释放锁
try {
    Thread.sleep(15);                           //为了增大出错的几率,让线程睡眠 15 毫秒
} catch (InterruptedException e) {
    e.printStackTrace();
}
return flag;
}
```

通常 lock()方法提供了比 synchronized 代码块更广泛的锁定操作，前者允许更灵活的结构。

9.4.3 wait 和 notify 方法

Wait 和 notify 方法是 Java 同步机制中重要的组成部分。它们与 synchronized 关键字结合

使用，可以建立很多优秀的同步模型。

Java.lang.Object 类中提供了 wait()、notify()、notifyAll()方法，这些方法只有在 synchronized 方法或 synchronized 代码块中才能使用，否则就会报 java.lang.IllegalMonitorStateException 异常。

当 synchronized 方法或 synchronized 代码块中的 wait()方法被调用时，当前线程将被中断运行，并且放弃该对象的锁。

当另外的线程执行了某个对象的 notify()方法后，会唤醒在此对象等待池中的某个线程使之成为可运行的线程。notifyAll()方法会唤醒所有等待这个对象的线程使之成为可运行的线程。

下面来看一个比较经典的问题：生产者（producer）/消费者（consumer）问题。这个问题的解决就是通过灵活使用 wait()、notifyAll()方法实现的。

问题描述是这样的：生产者将产品交给店员，而消费者从店员处取走产品，店员一次只能持有固定数量的产品，如果生产者生产了过多的产品，店员会叫生产者等等，如果店中有空位放产品了再通知生产者继续生产；如果店中没有产品了，店员会告诉消费者等等，如果店中有产品了再通知消费者来取走产品。这里可能出现的问题有以下两个。

- 生产者比消费者快时，消费者会漏掉一些数据没有取到。
- 消费者比生产者快时，消费者会取相同的数据。

以下代码就是解决方案。

```java
package cn.edu.hpu.playnet.thread;

                            //生产者消费者问题
public class ProductTest {

    public static void main(String[] args) {
        Clerk clerk = new Clerk();
                            //生产者线程
        Thread producerThread = new Thread(new Producer(clerk));
                            //消费者线程
        Thread consumerThread = new Thread(new Consumer(clerk));

        producerThread.start();
        consumerThread.start();
    }
}


                            //店员
class Clerk {
                            //默认为 0 个产品
    private int product = 0;

                            //生产者生产出来的产品交给店员
    public synchronized void addProduct() {
        if (this.product >= 20) {
            try {
                            //产品已满,请稍候再生产
                wait();
```

```
            } catch (InterruptedException e) {
                e.printStackTrace();
            }
        } else {
            product++;
            System.out.println("生产者生产第" + product + "个产品");
                        //通知等待区的消费者可以取产品了
            notifyAll();
        }
    }


                        //消费者从店员处取产品
    public synchronized void getProduct() {
        if (this.product <= 0) {
            try {
                        //缺货,请稍候再取
                wait();
            } catch (InterruptedException e) {
                e.printStackTrace();
            }
        } else {
            System.out.println("消费者取走了第" + product + "个产品");
            product--;
                        //通知等待区的生产者可以生产产品了
            notifyAll();
        }
    }
}


class Producer implements Runnable {
    private Clerk clerk;

    public Producer(Clerk clerk) {
        this.clerk = clerk;
    }

    public void run() {
        System.out.println("生产者开始生产产品");
        while (true) {
            try {
                Thread.sleep((int) (Math.random() * 10) * 100);
            } catch (InterruptedException e) {
                e.printStackTrace();
            }
                        //生产产品
            clerk.addProduct();
        }
    }
}


class Consumer implements Runnable {
```

```
    private Clerk clerk;

    public Consumer(Clerk clerk) {
        this.clerk = clerk;
    }

    public void run() {
        System.out.println("消费者开始取走产品");
        while (true) {
            try {
                Thread.sleep((int) (Math.random() * 10) * 100);
            } catch (InterruptedException e) {
                e.printStackTrace();
            }
                                                            //取产品
            clerk.getProduct();
        }
    }
}
```

对 wait()、notifyAll()方法的理解可归纳为图 9-6 所示。

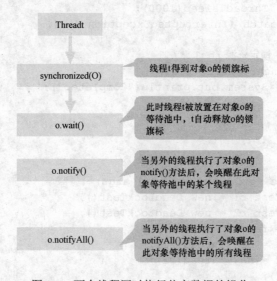

图 9-6　两个线程同时执行共享数据的操作

9.4.4　死锁

Java 语言中的同步特性使用起来很方便，功能也很强大。但如果使用时考虑不周的话，就有可能出现线程死锁的问题。

```
package cn.edu.hpu.playnet.thread;

/** 死锁问题演示 */
public class DeadLockTest implements Runnable {

    public boolean flag = true;
    private static Object res1 = new Object();          //资源1
```

```java
    private static Object res2 = new Object();        //资源2

    public void run() {
        if (flag) {
            /* 锁定资源res1 */
            synchronized (res1) {
                System.out.println("锁定资源1, 等待资源2…");
                try {
                    Thread.sleep(1000);
                } catch (InterruptedException e) {
                }
                /* 锁定资源res2 */
                synchronized (res2) {
                    System.out.println("Complete.");
                }
            }
        } else {
            /* 锁定资源res2 */
            synchronized (res2) {
                System.out.println("锁定资源2, 等待资源1…");
                try {
                    Thread.sleep(1000);
                } catch (InterruptedException e) {
                }
                /* 锁定资源res1 */
                synchronized (res1) {
                    System.out.println("Complete.");
                }
            }
        }
    }

    public static void main(String[] args) {
        DeadLockTest r1 = new DeadLockTest();
        DeadLockTest r2 = new DeadLockTest();
        r2.flag = false;
        Thread t1 = new Thread(r1);
        Thread t2 = new Thread(r2);
        t1.start();
        t2.start();
    }
}
```

运行这个程序后，在控制台的输出结果如下。

```
锁定资源2, 等待资源1…
锁定资源1, 等待资源2…
```

然后，程序就卡住了，形成了死锁。死锁产生的原因为：线程 1 锁住资源 A 等待资源 B，线程 2 锁住资源 B 等待资源 A，两个线程都在等待自己所需要的资源，而这些资源被另外的线程锁住，这些线程你等我，我等你，谁也不愿意让出资源。

要解决这个程序中的死锁问题，就要加大锁的力度，不要分别同步各个资源的操作代码块，而是统一放在一个同步块中。

在编写多线程的应用程序时，需要特别小心，以免出现死锁问题。

9.5 Timer 类

在理解多线程程序的概念后，下面将会介绍两个 Timer 类。一个是 java.util 包中的 Timer 类，另一个是 javax.swing 包中的 Timer 类。这两个类提供了方便地调度线程的功能。

9.5.1 java.util.Timer

包 java.util 中的 Timer 类的对象表示一个计时器，与每个 Timer 对象相对应的是单个后台线程，用于顺序地执行所有 Timer 类的任务。这个 Timer 要执行的任务可以用 java.util.TimerTask 子类的一个对象来代表。

TimerTask 类是一个抽象类，要创建一个 Timer 任务时，只需要继承该类并实现 run()方法，再把要定时执行的任务代码添加到 run()方法中即可。

Timer 类中用来执行定时任务的常用方法如下：

- public Timer()　创建一个 Timer 对象。
- public void schedule(TimerTask task,long delay,long period)　重复地以固定的延迟时间去执行一个任务。
- public void scheduleAtFixedRate(TimerTask task,long delay, long period)　重复地以固定的频率去执行一个任务。
- public void cancel()　终止此计时器，丢弃所有当前已安排的任务。

下面的示例演示应用 Timer 实现每隔 1 秒在控制台显示一次系统当前时间。

```java
package cn.edu.hpu.playnet.thread;

import java.text.SimpleDateFormat;
import java.util.Date;
import java.util.Timer;
import java.util.TimerTask;

public class TimerTest {
    public static void main(String[] args) {
                    //创建 Timer 对象
        Timer timer = new Timer();
                    //启动线程，立即执行指定任务，每间隔 1 秒执行一次
        timer.schedule(new MyTask(), 0, 1000);
    }
}


class MyTask extends TimerTask
{
                    //创建 SimpleDateFormat 对象，用于格式化日期
    SimpleDateFormat sdf = new SimpleDateFormat("yyyy-MM-dd HH:mm:ss");

                    //重写 run 方法，将固定时间间隔要执行的任务在 run 方法中完成
```

```
        @Override
        public void run() {

            Date now = new Date();
            System.out.println(sdf.format(now));


        }


}
```

在本例中，定义了类 MyTask 继承了 TimerTask，用于将定时执行的任务在 run()方法中实现。在 main 方法中创建了一个 Timer 对象，调用 Timer 的 schedule 方法实现立即执行指定任务，并且每隔 1000 毫秒执行一次。

9.5.2 javax.swing.Timer

Javax.swing.Timer 对象的工作方式是在固定的时间间隔内生成 ActionEvent 对象。因此，必须将一个 Timer 对象关联到一个 ActionListener 对象。只要 Timer 对象生成一个 ActionEvent 对象，都会执行与 Timer 对象相关的 ActionListener 对象的 actionPerformed 方法。

下面示例演示如何创建一个 GUI 窗口，窗口中有一个 JLabel，动态显示系统的当前时间。

```
package cn.edu.hpu.playnet.thread;

import java.awt.Color;
import java.awt.FlowLayout;
import java.awt.event.ActionEvent;
import java.awt.event.ActionListener;
import java.text.SimpleDateFormat;
import java.util.Date;

import javax.swing.JFrame;
import javax.swing.JLabel;
import javax.swing.Timer;

public class TimerTest2 extends JFrame implements ActionListener {

    private JLabel label = new JLabel();
    private final int sleepTime = 1000;
    private Timer timer;
    private SimpleDateFormat sdf = new SimpleDateFormat("yyyy-MM-dd
HH:mm:ss");

    public TimerTest2()
    {
        timer = new Timer(sleepTime,this);
        this.setLayout(new FlowLayout());
        this.add(label);
        this.setTitle("系统当前时间");
        this.setDefaultCloseOperation(JFrame.EXIT_ON_CLOSE);
        this.getContentPane().setBackground(Color.white);
        this.setSize(250, 100);
```

```
        this.setLocation(400, 300);
        this.setVisible(true);

        timer.start();
    }
    public static void main(String[] args) {
        TimerTest2 tt = new TimerTest2();
    }

    @Override
    public void actionPerformed(ActionEvent e) {

        Date now = new Date();
        label.setText(sdf.format(now));

    }
}
```

运行结果如图 9-7 所示。

该示例声明了一个 Timer 类的对象 timer 作为
类的属性，并且在构造方法中初始化该对象。

```
timer = new Timer(sleepTime,this);
```

Timer 类的构造方法需要两个参数，一个指定
在执行下一个操作之前必须等待的时间间隔，一个

图 9-7 程序运行结果图

指向 ActionListener 对象的引用，在 ActionListener 对象中可以找到 actionPerformed 方法，其
中包含定时执行的任务。

小　　结

本章首先讲解了什么是线程，注意要理解程序、进程和线程的区别。程序是计算机指令
的集合，进程是可执行程序在计算机上的一个活动，线程是进程内部的一条执行路径。其次，
本章介绍了线程的生命周期，重点掌握线程的状态及它们之间的相互转换。再次，本章举例
讨论了在多个线程同时访问同一资源时的线程同步问题，它是本章的难点。最后，介绍了两
个 Timer 类，这两个类提供了方便地调度线程的功能。

习　　题

9.1 解释操作系统如何通过时间片的方式实现多任务。

9.2 简述程序、进程和线程的区别。

9.3 请举出一个现实生活中死锁的例子。

9.4 编写程序模拟生产者消费者问题。

第10章　网　络　编　程

Java 语言最初就是作为一种网络程序设计语言而出现的,因此具有强大的网络功能。Java 编写的网络程序,能够使用网络上的各种资源和数据,能够与服务器建立各种形式的连接和传输通道,能够让计算机间进行通信。

学习目标:

- 理解网络编程的基本概念
- 了解 TCP/IP 协议
- 掌握 Java 对网络编程的支持
- 会编写 TCP、UDP 通信协议的 Java 程序
- 实现简单的 QQ 聊天室

10.1　网络编程的基本概念

在学习使用 Java 语言编写网络开发应用程序之前,需要读者先了解网络编程的基本概念,本节从网络基础知识、网络基本概念、网络传输协议三个方面来进行介绍。

10.1.1　网络基础知识

谈到网络不能不谈 OSI 参数模型,OSI 参数模型的全称是开放系统互联参数模型(Open System Interconnection Reference Model, OSIRM,又称 OSI),它是由国际标准化组织 ISO 提出的一个网络系统互连模型。ISO 组织把网络通信工作分为七层。一至四层被认为是底层,这些层与数据移动密切相关。五至七层是高层,包含应用程序级的数据。每一层负责一些具体的工作,然后把数据传送到下一层。OSI 参数模型如图 10-1 所示。

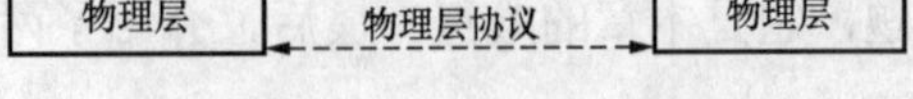

应用层	应用层协议	应用层
表示层	表示层协议	表示层
会话层	会话层协议	会话层
传输层	传输层协议	传输层
网络层	网络层协议	网络层
数据链路层	数据链路层协议	数据链路层
物理层	物理层协议	物理层

图 10-1　OIS 七层参考模型

把用户应用程序作为最高层,把物理通信线路作为最底层,将其间的协议处理分为若干层,规定每层处理的任务,也规定每层的接口标准。但 OSI 模型目前主要只用于教学理解,在实际使用中,网络硬件设备基本都是参考 TCP/IP 模型。可以把 TCP/IP 模型想象成为 OSI 模型的简化版本。这两种模型的关系如图 10-2 所示。

下面介绍数据究竟是如何传送的。数据通过 OSI 模型的上三层,进行必要的转换后数据流向到第四层(传输层),整段的数据流不适合网络传输,所以传输层对数据流进行分段,继续往下传,网络层在数据段的前面加上网络层报头,变成数据包,再往下传,到数据链路层,在数据包的前面加上帧头和帧尾,变成了数据帧,最后传到物理层,转换成可以在介质里传输的比特流,接受计算机通过相反的方向解包。

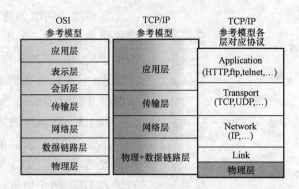

图 10-2　网络分层模型图

10.1.2　网络基本概念

下面介绍在网络术语中经常会使用的几个名词。

（1）IP 地址：IP 地址用来标识计算机等网络设备的网络地址，由四个 8 位的二进制数组成，中间以小数点分隔。如：192.168.1.3，192.168.1.9。

（2）主机名（Host Name）：网络地址的助记名，按照域名进行分级管理。如：www.hpu.edu.cn，www.csdn.com。在 Internet 上地址和主机名是一一对应的，通过域名解析可以由主机名得到机器的 IP，由于主机名更接近于自然语言，容易记忆，所以使用比 IP 地址广泛，但是对机器而言只有 IP 地址才是有效的标识符。

（3）端口号（Port Number）：网络通信时同一机器上的不同进程的标识。如：80、21、23、25，其中 0～1023 是公认端口号，即已经公认定义或为将要公认定义的软件保留的。1024～65535 是并没有公共定义的端口号，用户可以自己定义这些端口的作用。端口号就是为了在一台主机上提供更多的网络资源而采取的一种手段，也是 TCP 层提供的一种机制。

（4）服务类型（Service）：网络的各种服务，如：http、telnet、ftp、SMTP。服务类型是在 TCP 层上面的应用层。基于 TCP/IP 协议可以构建出各种复杂的应用，服务类型是那些已经被标准化了的应用，一般都是网络服务器（软件）。读者可以编写自己的基于网络的服务器，但都不能被称作标准的服务类型。

网络编程非常依赖客户端（Client）和服务器（Server）的概念。服务器程序为其他程序（客户端程序）提供某种类型的服务，而客户端程序通常位于不同的机器上。服务器程序能够提供很多种类型的服务，如向客户端发送文件、从本地机器中读取数据并发送等。需要注意的是，客户端和服务器之间的差别并不是那么明显。在某种情形中充当客户端的程序，在另一种情形中也可以充当服务器，反之亦然。另一个需要注意的是，很多时候常常是某一台机器被称为服务器，这通常是因为这台机器专门用于运行特定的服务器程序。严格地说，应当称运行了服务器程序的机器为主机（Host）。

客户端和服务器之间的通信可以通过局域网、广域网或者 Internet 完成。通过 Internet 提供服务的服务器程序必须遵守特定的规则和协议，以确保客户端和服务器"说相同的语言"。例如，用于发送文件的文件传输协议（File Transfer Prototal, FTP）。客户端与服务器的交互图如图 10-3 所示。

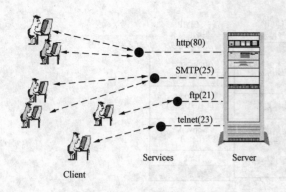

http(80)

SMTP(25)

ftp(21)

telnet(23)

Services　　　　　　Server

Client

图 10-3　客户端和服务器交互图

客户端访问服务器实际上是在享受服务器提供的各种服务，不同的客户可能需要的服务不同。图 10-3 中的 Server 是主机（Host）的意思。只要通过主机名或 IP 地址和端口号的组合才能确定是哪个进程。

10.1.3　网络传输协议

尽管 TCP/IP 协议的名称中只有 TCP 这个协议名，但是在 TCP/IP 的传输层同时存在 TCP 和 UDP 两个协议。在 Intenet 中 TCP/IP 协议是使用最为广泛的通信协议。TCP/IP 是英文 Transmission Control Protocol/Internet Protocol 的缩写，意思是"传输控制协议/网际协议"。TCP/IP 实际上是一组协议，它包括上百个各种功能的协议，例如，远程登录、文件传输和电子邮件等，而 TCP 协议和 IP 协议是保证数据完整传输的两个基本的重要协议。通常说 TCP/IP 是 Internet 的协议族，而不单单只是 TCP 协议和 IP 协议。

协议可以理解为规定，两台机器联系必定要约定统一的规则才能通信。我们可以这样理解，中国人和中国人可以顺利的交流，是因为他们都说汉语。美国人和美国人可以顺利的交流是因为他们都说英语。汉语和英语可以看作说话方式规则的规定。同理，两台计算机只有遵守相同的规定，即协议，才可以顺利的通信。

通过 TCP 协议传输，得到的是一个顺序的无差错的数据流。在发送方和接收方的两个socket 之间必须建立连接，以便在 TCP 协议的基础上进行通信，当一个 socket（通常是 server socket）等待建立连接时，另一个 socket 可以要求进行连接，一旦这两个 socket 连接起来时，他们就可以进行双向数据传输，双方都可以进行发送或接受操作。可以将 TCP 协议传输想象为打电话，两个人如果要通话，首先要建立连接——打电话时的拨号，等待响应后——接听电话后，才能相互传递信息，最后还要断开连接——挂电话。

UDP 是 User Datagram Protocol 的简称，即用户数据报协议，是一种无连接的协议。UDP 和 TCP 位于同一个传输层，但它对于数据包的顺序错误或重发没有 TCP 可靠，每个数据报都是一个独立的信息，包括完整的源地址和目的地址，它在网络上以任何可能的路径传往目的地，因此能否到达目的地，到达目的地的时间以及内容的正确性都是不能被保证的。可以将 UDP 用户数据报协议想象为写信，写完信并填写好收信人的地址并贴邮票后将信投入邮筒，收信人就可以收到了。在这里寄信人只要将信寄出去，而不保证收信人一定可以收到。

下面对这两种协议作简单比较。

（1）传输效率

使用 UDP 协议时，每个数据报中都给出了完整的地址信息，因此无须建立发送方和接收方的连接。对于 TCP 协议，由于它是一个面向连接的协议，在 socket 之间进行数据传输之前必然要建立连接，在 TCP 协议使用中多了一个建立连接的时间。

（2）传输大小

使用 UDP 协议传输数据时是有大小限制的，每个被传输的数据报必须限定在 64KB 之内。而 TCP 协议没有这方面的限制，一旦连接建立起来，双方的 socket 就可以按统一的格式传输大量的数据。

（3）可靠性

UDP 协议是一个不可靠的协议，发送方所发送的数据报并不一定以相同的次序到达接收方。而 TCP 协议是一个可靠的协议，它确保接收方完全正确的获取发送方所发送的全部数据。

在这里读者可能有疑惑了，既然有了保证可靠传输的 TCP 协议，为什么还要非可靠传输的 UDP 协议呢？主要的原因有以下两个。

1）可靠的传输是要付出代价的，对数据内容正确性的检验必然占用计算机的处理时间和网络的带宽，因此 TCP 协议传输的效率不如 UDP 协议高。

2）在许多应用中并不需要保证严格的传输可靠性，比如视频会议系统，并不要求音频和视频数据绝对的正确，只要保证连贯性就可以了，这种情况下显然使用 UDP 协议会更合理一些。

腾讯 QQ 在访问服务器时使用两种协议即 UDP 协议和 TCP 协议，允许用户进行选择，如图 10-4 所示。

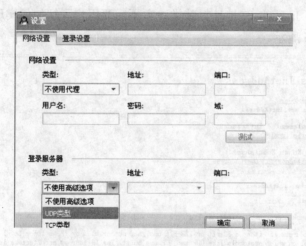

图 10-4　QQ 登录协议选择截图

10.2　Java 网络类和接口

Java 中有关网络方面的功能都定义在 java.net 包中，Java 所提供的网络功能可分为以下三大类。

（1）URL 和 URLConnection

IP 地址唯一标识了 Internet 上的计算机，而 URL 则标识了这些计算机上的资源。一般情况下，URL 是一个包含了传输协议、主机名称、文件名称等信息的字符串，程序员处理这样一个字符串时比较繁琐。为了方便程序员编程，JDK 中提供了 URL 类，该类的全名是 java.net.URL，有了这样一个类，就可以使用它的各种方法来对 URL 对象进行分割、合并等处理。

URLConnection 是访问远程资源属性的一般用途的类。如果建立了与远程服务器之间的连接，就可以在传输它到本地之前用 URLConnection 来检查远程对象的属性。这些属性由 HTTP 协议规范定义并且仅对用 HTTP 协议的 URL 对象有意义。此类的实例可用于读取和写入此 URL 引用的资源。

（2）Socket

Socket 类为网络通信提供了一套丰富的方法和属性。Socket 类允许您使用 ProtocolType 枚举中所列出的任何一种协议执行异步和同步数据传输。Socket 类遵循异步方法的.NET Framework 命名模式，例如，同步 Receive 方法对应于异步 BeginReceive 和 EndReceive 方法。

（3）Datagram

Dategram（数据包）是一种尽力而为的传输数据的方式，它只是把数据的目的地记录在数据包中，然后就直接放在网络上，系统不保证数据能不能安全送到，或者什么时候可以送到，也就是说他并不保证传输质量。

10.3   InetAdddress 类

InetAddress 类是 Java 的 IP 地址封装类，它不需要用户了解如何实现地址的细节，此类的 API 文档如图 10-5 所示。

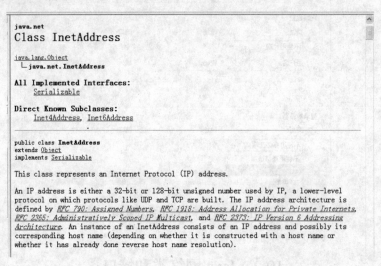

图 10-5   InetAddress 类的 API 文档图

InetAddress 类没有构造方法，可以通过该类的静态方法创建该类的实例对象，这些静态方法见表 10-1。

表 10.1   InetAddress 类的静态方法列表

方　法　名	说　　明
static InetAddress[] getAllByNam(String host)	在给定主机的情况下，根据系统上配置的名称服务返回其 IP 地址所组成的数组
static InetAddress getByAddress (bytel[]addr)	在给定原始 IP 地址的情况下，返回 InetAddress 对象
static InetAddress getByAddress (String host, bytel[] addr)	根据提供的主机名和 IP 地址创建 InetAddress
static InetAddress getByName (String host)	在给定主机名的情况下确定主机的 IP 地址
static InetAddress getLocalHost	返回本地主机

【例 10-1】 通过 InternetDemo.java 来介绍 InetAddress 类的相关用法。

```java
package cn.edu.hpu.playnet.net;
import java.net.InetAddress;

public class InetAddressDemo {
    /**
     * @param args
     */
    public static void main(String[] args) {
        try {
            InetAddress inetadd = InetAddress.getLocalHost();
            //将此 IP 地址转换为 String
            System.out.println(inetadd.toString());
            //获取此 IP 地址的主机名。
            System.out.println(inetadd.getHostName());
            //获取 IP。
            System.out.println(inetadd.getHostAddress());
        } catch (Exception e) {
            e.printStackTrace();
        }
    }
}
```

运行此程序，输出结果如下。

```
playnet-c79b11f12/192.168.10.7
playnet-c79b11f12
192.168.10.7
```

10.4 URL 和 URLConnection 类

10.4.1 URL

URL 是 Uniform Resource Location 的缩写，即统一资源定位符。通俗讲，URL 是在 Internet 上用来描述信息资源的字符串，主要用在各种 WWW 客户程序和服务器程序上。采用 URL 可以用一种统一的格式来描述各种信息资源，包括文件、服务器的地址和目录等，这种格式已经成为描述数据资源位置的标准方式。URL 类的 API 文档截图如图 10-6 所示。

图 10-6 URL 类的 API 文档图

可以通过 URL 类提供的构造方法来获取 URL 实例对象，URL 类的常用构造方法见表 10-2。

表 10.2   **URL 类的常用构造方法列表**

方 法 名	说 明
URL(String spec)	根据 String 表示形式创建 URL 对象
URL(String protocol, String host,int port, String file)	根据指定的 protocol、host、port 和 file 创建 URL 对象
URL(String protocol, String host, String file)	根据指定的 protocol、host、和 file 创建 URL
URL(URL context,String spec)	通过在指定的上下文中对给定的 spec 进行解析创建 URL

URL 类中一些基本的方法如下：
- Public String getProtocol()　获取该 URL 的协议名。
- Public String getHost()　获取该 URL 的主机名。
- Public String getPort()　获取该 URL 的端口号。
- Public String getPath()　获取该 URL 的文件路径。
- Public String getFile()　获取该 URL 的文件名。
- Public String getRef ()　获取该 URL 在文件中的相对位置。
- Public String getQuery()　获取 URL 的查询名。
- Public final Object getContent()　获取传输协议。
- Public final InputStream openStream()　打开到此 URL 的连接并返回一个用于从该连接读入的 InputStream。

【例 10-2】 通过 URLReader.java 来介绍 URL 类的相关用法。

```
package cn.edu.hpu.playnet.net;

import java.io.BufferedReader;
import java.io.IOException;
import java.io.InputStreamReader;
import java.net.URL;

public class URLReader {
    public static void main(String args[]) {

        BufferedReader br = null;
        InputStreamReader isr = null;
        try {
            URL google = new URL("http://www.google.com.hk");
            System.out.println("Protocol: "+google.getProtocol());
            System.out.println("hostname: "+google.getHost());
            System.out.println("port    : "+google.getPort());
            System.out.println("file    : "+google.getFile());
            System.out.println("toString: "+google.toString());
            System.out.println("========================");
            isr = new InputStreamReader(google.openStream(),"utf-8");
            br = new BufferedReader(isr);
            //读取 google 网站信息
```

```
                String line;
                while ((line = br.readLine()) != null) {
                    System.out.println(line);
                }

        } catch (Exception e) {
            System.out.println(e);
        } finally
        {

            try {
                if(isr != null)
                {
                    isr.close();
                }
                if(br != null)
                {
                    br.close();
                }
            } catch (IOException e) {
                e.printStackTrace();
            }
        }
    }
}
```

运行此程序，输出结果如图 10-7 所示。

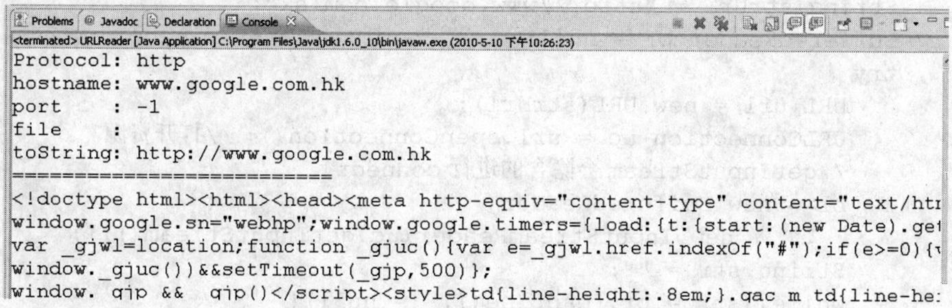

图 10-7　程序 URLReader.java 的运行结果截图

通过 URL 类的 toString()方法，可以很清楚地看出 URL 的格式由三部分组成：协议（或称为服务方式）、存有该数据源的主机 IP 地址（有时也包括端口号）和主机资源的具体地址，如目录和文件名等。前两者之间用"：//"符合隔开，后两者用"/"符合隔开。其中前两者不可缺少。

10.4.2　URLConnection 类

URLConnection 类是一个抽象类，它代表应用程序和 URL 之间的通信链接。URLConnection 类的实例可用于读取和写入此 URL 引用的资源。URLConnection 允许用POST、PUT 和其他的 HTTP 请求方法将数据送回服务器。使用 URLConnection 对象的一般步骤如下：

第一步，创建一个 URL 对象。

第二步，通过 URL 对象的 openConnection 方法创建 URLConnection 对象。

第三步，配置参数和一般请求属性。

第四步，读首部字段。

第五步，获取输入流并读数据。

第六步，获取输出流并写数据。

第七步，关闭连接。

使用 URLConnection 对象并不是必须要按以上步骤完成，用户如果使用 URL 类的默认设置，就可以省略第 3 步，有时候仅需要从服务器读取数据，并不需要向服务器发送数据，这种情况下也可以省略第 6 步。

下面通过［例 10-3］和［例 10-4］来演示 URLConnection 类的相关用法。

【例 10-3】 用 URLConnection 类来获取 www.google.com.hk 首页的相关内容。

```java
package cn.edu.hpu.playnet.net;

import java.io.BufferedReader;
import java.io.IOException;
import java.io.InputStreamReader;
import java.net.MalformedURLException;
import java.net.URL;
import java.net.URLConnection;

public class URLConnectionTest {
    public static void main(String[] args) {
        String strUrl = "http://www.google.com.hk";
        BufferedReader br = null;
        try {
            URL url = new URL(strUrl);
            URLConnection uc = url.openConnection(); //打开资源
            //getInputStream 会隐含的进行 connect
            br = new BufferedReader(
                    new InputStreamReader(uc.getInputStream()));
            String str = "";
            while((str = br.readLine()) != null){
                System.out.println(str);
            }
        } catch (MalformedURLException e) {
            e.printStackTrace();
        } catch (IOException e) {
            e.printStackTrace();
        }finally{
            if(null != br){
                try {
                    br.close();
                } catch (IOException e) {
                    e.printStackTrace();
                }
            }
        }
    }
```

```
        }
    }
```

运行程序的结果与图 10-6 相似，其实这就是 IE 中查看源代码功能的实现原理。URL 类
提供的 OpenStream()方法是打开链接到此 URL 的连接并返回一个用于从该连接读入的
InputStream。OpenStream()方法实际上是 openConnection().genInputStream()方法的缩写。

演示 URLConnection 类的另一个例子是用 HTTPURLConnection 类提交请求到百度搜索
并获取搜索后的结果，参见［例 10-4］。

【例 10-4】 通过 TestParamURL.java 来演示 URLConnection 类的相关用法。

```java
package cn.edu.hpu.playnet.net;

import java.io.BufferedReader;
import java.io.InputStreamReader;
import java.io.PrintWriter;
import java.net.HttpURLConnection;
import java.net.URL;
import java.net.URLConnection;

public class ParamURLTest {

    public static void main(String[] args) {
        String strUrl = "http://www.baidu.com/s";
        String param = "wd=java";
        System.out.println(sendGet(strUrl, param));
    }

    /**
     * 以 GET 方式提交 HTTP 请求到服务器,并返回结果
     *
     * @param url
     * @param param
     * @return
     */

    public static String sendGet(String url, String param) {
        String result = "";
        try {
            String urlName = url + "?" + param;
            URL u = new URL(urlName);
            URLConnection connection = u.openConnection();
            connection.connect();

            BufferedReader in = new BufferedReader(new InputStreamReader(
                    connection.getInputStream()));
            String line;
            while ((line = in.readLine()) != null) {
                result += "\n" + line;
            }
            in.close();

        } catch (Exception e) {
```

```
            System.out.println("没有结果！" + e);
        }
        return result;
}

/**
 * 以 POST 方式提交 HTTP 请求到服务器,并返回结果
 *
 * @param url
 * @param param
 * 参数形式为"参数名=值&参数名=值"
 * @return
 */

public static String sendPost(String url, String param) {

    String result = "";
    try {
        URL httpurl = new URL(url);
        HttpURLConnection httpConn = (HttpURLConnection) httpurl
                .openConnection();
        //设置是否向 httpUrlConnection 输出,因为这个是 post 请求,参数要放在 http
        //正文内,因此需要设为 true, 默认情况下是 false;
        httpConn.setDoOutput(true);
        //设置是否从 httpUrlConnection 读入,默认情况下是 true;
        httpConn.setDoInput(true);

        //Post 请求不能使用缓存
        httpConn.setUseCaches(false);

        //设定传送的内容类型是可序列化的 java 对象
        //(如果不设此项,在传送序列化对象时,当 WEB 服务默认的不是这种类型时可能抛
        //java.io.EOFException)
        httpConn.setRequestProperty("Content-type",
                "application/x-java-serialized-object");

        //设定请求的方法为"POST", 默认是 GET
        httpConn.setRequestMethod("POST");

        //利用输出流向服务器传送参数,参数形式为"参数名=值&参数名=值"
        PrintWriter out = new PrintWriter(httpConn.getOutputStream());
        out.print(param);
        out.flush();
        out.close();
        BufferedReader in = new BufferedReader(new InputStreamReader(
                httpConn.getInputStream()));
        String line;
        while ((line = in.readLine()) != null) {
            result += "\n" + line;
        }
        in.close();
```

```
    } catch (Exception e) {
        System.out.println("没有结果！" + e);
    }
    return result;
}
```

首先打开 www.baidu.com，在查询框中输入"java"，单击【百度一下】按钮，提交请求信息，在查询结果页可以看到，请求被提交到"www.baidu.com/s?wd＝java"，搜索出与 Java 相关的信息约有 1000 000 000 篇，查询结果如图 10-8 所示。

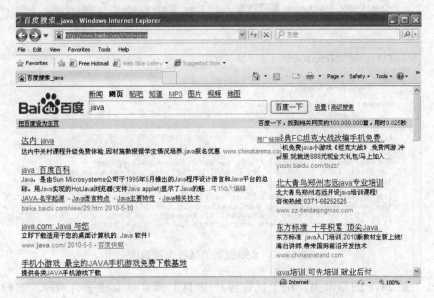

图 10-8　百度中搜索 java 关键字后的页面截图

将此程序运行后打印的结果存入 index.html 文件中，然后使用 IE 浏览器打开此文件，我们看到的结果图如图 10-9 所示。

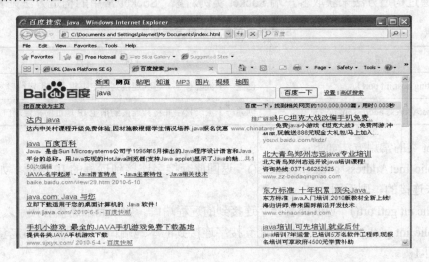

图 10-9　将程序运行结果存入 index.html 后的页面截图

10.5　Socket 套 接 字

套接字（Scoket）是由伯克利大学首创的，它允许程序把网络连接当成一个流，可以通过流的方式实现数据的交换。Java 中由专门的 Socket 类处理用户的请求和响应，利用 Socket 类可以轻松实现两台计算机间的通信。Socket 类的 API 截图如图 10-10 所示。

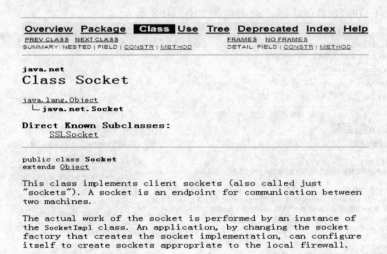

图 10-10　Socket 类的 API 文档截图

Socket 类是 Java 的基础类，用于执行客户端 TCP 操作。套接字有两种：一种套接字是在服务器端创建的，叫做服务器套接字（ServerSocket）；另一种是在客户端创建的，就是客户端套接字（Socket）。

（1）客户端套接字

可以通过构造方法来获取客户端 Socket 实例对象，Socket 常用的构造方法见表 10-3。

表 10-3　　　　　　　　　　　　Socket 类的常用构造方法列表

方　法　名	说　　　明
Socket（Sting host,int port）	创建一个流套接字并将其连接到指定主机上的指定端口号
Socket（InetAddress address,int port）	创建一个流套接字并将其连接到指定 IP 地址的指定端口号

Socket 类的常用方法如下：

- public InetAddress getInetAddress()　返回此套接字连接到远程的 IP 地址。如果套接字是未连接的，则返回 null。
- public int getPort()　返回此套接字连接到的远程端口。如果尚未连接套接字，则返回 0。
- public int getLocalPort()　返回此套接字连接到的本地端口。如果尚未绑定套接字，则返回-1。
- public InetAddress getLocalAddress()　获取套接字绑定的本地地址。如果尚未绑定套接字，则返回 NULL。

- public InputStream getInputStream()throws IOException　返回此套接字的输入流。如果此套接字具有关联的通道，则得到的输入流会将其所有操作委托给通道。如果通道为非阻塞模式，则输入流的 read 操作将抛出 IllegalBlockingModeException 异常。
- public OutputStream getOutputStream()throws IOException　返回此套接字的输出流。如果此套接字具有关联的通道，则得到的输出流会将其所有操作委托给通道。如果通道为非阻塞模式，则输出流的 write 操作将抛出 IllegalBlockingModeException 异常。
- public void close()throws IQException　关闭此套接字。所有当前阻塞于此套接字上的 I/O 操作中的线程都将抛出 SocketException 异常。套接字被关闭后，便不可以在以后的网络连接中使用（即无法重新连接或重新绑定），需要创建新的套接字。如果此套接字有一个与之关联的通道，则关闭该通道。

（2）服务器端套接字

每个服务器端套接字运行在服务器上特定的端口，监听在这个端口的 TCP 连接，当远程客户端的 Socket 试图与服务器指定端口建立连接时，服务器被激活，判定客户程序的连接，并打开两个主机之间固有的连接。一旦客户端与服务器建立了连接，则两者之间就可以传达数据。

可以通过构造方法来获取 ServerSocket 实例对象，常用构造方法如表 10-4 所示。

表 10-4　　　　　　　　　　　　　ServerSocket 类的常用构造方法列表

方 法 名	说 明
ServerSocket()	创建非绑定服务器套接字
ServerSocket(int port)	创建绑定到特定端口的服务器套接字
ServerSocket(int port,int backlog)	利用指定的 backlog 创建服务器套接字并将其绑定到指定的本地端口号
ServerSocket(int port,int backlog,InetAddress bindAddr)	使用指定的端口、监听 backlog 和要绑定到的本地 IP 地址创建服务器

常用方法如下：

- Socket accept()　监听并接收到此套接字的连接。
- void close()　关闭此套接字。

不管一个 Socket 通信程序的功能多么齐全、程序多么复杂，其基本结构都是一样的，都包括以下四个基本步骤：

第一步，在客户端和服务器端创建 Socket/ServerSocket 实例。

第二步，打开连接到 Socket 的输入/输出流。

第三步，利用输入/输出流，按照一定的协议对 Socket 进行读/写操作。

第四步，关闭输入/输出流和 Socket。

Socket 通信过程如图 10-11 所示。

下面通过［例 10-5］来演示 ServerSocket 在端口 3434 监听并输出客户端发来的信息，一旦客户端发来信息，在服务器端就会打印出该信息。服务器端代码如下。

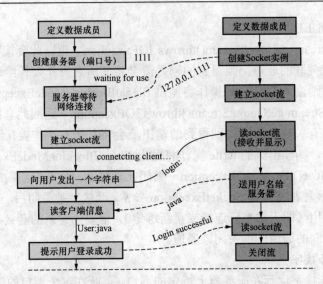

图 10-11   Socket 通信过程图

【例 10-5】 ServerSocket 类的用法。

```java
package cn.edu.hpu.playnet.net;

import java.io.BufferedReader;
import java.io.IOException;
import java.io.InputStreamReader;
import java.net.ServerSocket;
import java.net.Socket;

public class TCPServer { // TCP Server
    public static void main(String[] args) {
        try {
                //1、建立 Socket
            ServerSocket s = new ServerSocket(3434);
            while (true) {
                Socket s1 = s.accept();
                //2、在客户端和服务器端同时打开输入/输出流
                //BufferedWriter bw = new BufferedWriter(
                //new OutputStreamWriter(s1.getOutputStream()));
                //bw.write("你好, " +s1.getInetAddress()+ ":" + s1.getPort());
                //bw.close();
                //服务器端读信息
                BufferedReader br = new BufferedReader(new InputStreamReader(s1
                        .getInputStream()));
                String str = br.readLine();
                System.out.println("客户端说:" + str);

                s1.close();
            }
        } catch (IOException e) {
            e.printStackTrace();
        }
    }
}
```

```
    }
}
```

客户端程序代码如下：

```java
package cn.edu.hpu.playnet.net;

import java.io.BufferedWriter;
import java.io.IOException;
import java.io.OutputStreamWriter;
import java.net.Socket;
import java.net.UnknownHostException;
public class TCPClient {

        //TCP Client
    public static void main(String[] args) {

        Socket s = null;
        BufferedWriter bw = null;

        try {

            //1.建立 Socket
            s = new Socket("127.0.0.1", 3434);
            bw = new BufferedWriter(new OutputStreamWriter(s
                    .getOutputStream()));
            bw.write("你好, " + s.getInetAddress() + ":" + s.getPort());

        } catch (UnknownHostException e) {

            System.err.println("服务器连接失败!");
            e.printStackTrace();

        } catch (IOException e) {
            e.printStackTrace();
        } finally
        {
            try
            {
                if(bw != null)
                {
                    bw.close();
                }
                if(s != null)
                {
                    s.close();
                }

            }catch (Exception ex)
            {
                ex.printStackTrace();
            }
```

```
        }
    }
}
```

程序的运行过程应该是先运行服务器端程序,这时它会在端口 3434 监听来自客户端的信息,再运行客户端程序,这时会在服务器端打印输出客户端发送的内容如下:

客户端说:你好, /127.0.0.1:3434

10.6 Datagram 套接字

Datagram 套接字是利用 UDP 协议传输数据包的。UDP 协议是面向无连接的数据传输协议,是不可靠的,但效率高。如日常的音频、视频损失一些数据不会影响听和看的效果。在 Java 中有两个类 DatagramPacket 和 DatagramSocket 支持应用程序中采用数据报通信方式进行网络通信。

可以通过构造方法来获取 DatagramPacket 实例对象,常用构造方法见表 10-5。

表 10-5   **DatagramPacket 类的常用构造方法列表**

方　法　名	说　　明
DatagramPacket（byte[]buf, int length）	构建数据报包,用来接收长度为 length 的数据包
DatagramPacket（byte[]buf, int offset, int length）	构造数据报包,用来接收长度为 length 的包,在缓冲区中指定了偏移量
DatagramPacket（byte[]buf, int length, InetAddress address, int port）	构造数据报包,用来将长度为 length 的包发送到指定主机上的指定端口号
DatagramPacket（byte[]buf, int offset, int length, InetAddress address,int port）	构造数据报包,用来将长度为 length、偏移量为 offset 的包发送到指定主机上的指定端口号

DatagramPacket 类是用来创建数据包的,它的 API 文档截图如图 10-12 所示。

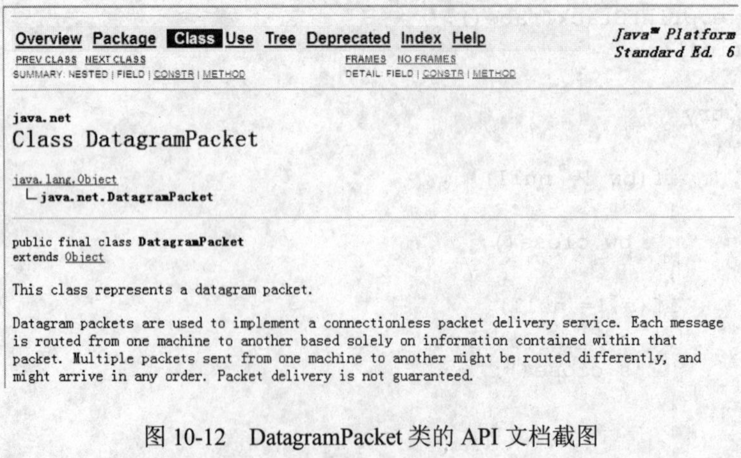

图 10-12 DatagramPacket 类的 API 文档截图

DatagramSocket 类是创建数据报通信的 Socket,它的 API 文档截图如图 10-13 所示。

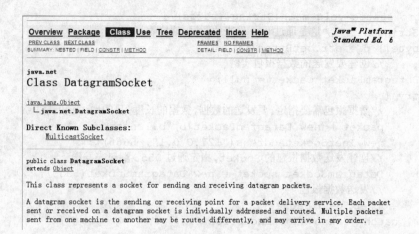

图 10-13　DatagramSocket 类的 API 文档截图

可以通过构造方法来获取 DatagramSocket 实例对象，常用构造方法见表 10-6。

表 10-6　　　　　　　　　DatagramSocket 类的常用构造方法列表

方　法　名	说　　明
DatagramSocket()	构造数据报套接字并将其绑定到本地主机上任何可用的端口
DatagramSocket（int port）	构造数据报套接字并将其绑定到本地主机上的指定端口

使用数据包方式首先将数据打包，用 DatagramSocket 类创建两种数据包，一种用来传递数据，该数据包有要传递到的目的地址；另一种数据包用来接收传递过来的数据包中的数据，数据报通信流程如图 10-14 所示。

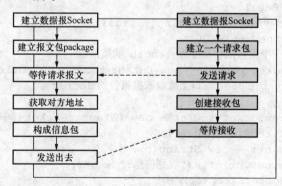

图 10.14　数据报通信流程图

【例 10-6】 UDP 的使用方法。发送者向接收者发送一条信息，发送者的程序如下。

```java
package cn.edu.hpu.playnet.net;

import java.io.IOException;
import java.net.*;
//发送端
public class UDPSender {
```

```
public static void main(String[] args) {
    String str = "这是通过 UDP 发来的数据,请接收!";
    byte[] b = str.getBytes();
            //创建要发送的数据报包实例
    DatagramPacket packet = null;
    try {
            //数据报包需要指定:要发送的数据,数据的长度,目的地 IP 和端口号
        packet = new DatagramPacket(b, b.length,
        new InetSocketAddress("127.0.0.1", 6666));
            //创建发送数据报包的 Socket,指定通过 5555 端口来发送
        DatagramSocket socket = new DatagramSocket(5555);
            //发送数据报包
        socket.send(packet);
    } catch (UnknownHostException e) {
        e.printStackTrace();
    } catch (SocketException e) {
        e.printStackTrace();
    } catch (IOException e) {
        e.printStackTrace();
    }
    }
}
```

接收者的代码如下:

```
package cn.edu.hpu.playnet.net;

import java.io.IOException;
import java.net.*;
            //接收端
public class UDPReceiver {
    public static void main(String[] args) {
        byte[] b = new byte[30];
            //创建一个用来接收长度为 length 的数据包
        DatagramPacket packet = new DatagramPacket(b, b.length);
            //创建一个在 6666 端口上接收数据报包的 Socket
        try {
            DatagramSocket socket = new DatagramSocket(6666);
            socket.receive(packet);
            String str = new String(b);
            System.out.println("收到信息:" + str);
        } catch (SocketException e) {
            e.printStackTrace();
        } catch (IOException e) {
            e.printStackTrace();
        }
    }
}
```

程序的运行顺序是:先运行接收者程序,让其在指定的端口等待接收数据,然后运行发送者程序,向接收者发送数据。接收者的控制台会打印如下结果:

收到信息:这是通过 UDP 发来的数据,请接收!

10.7 综合实例——聊天室程序

在了解了 Java 的网络特性及其使用的基础上，本节将介绍如何用 Java 程序来实现一个简易的网络聊天室。

10.7.1 聊天室基本原理

在这里所实现的聊天室程序，是基于 C/S 模式的 TCP/IP 协议下的连接。在网络中包含多个客户端聊天室程序和一个服务器端程序。程序中使用 Socket 及 ServerSocket 类实现网络通信。程序执行的过程如下：

1）当服务器启动后，就将一直监听指定的端口中是否有客户端发送来的请求。同时客户端若要建立到服务器的连接时，会向服务器发送请求，当服务器接收到客户端发送来的请求后，会创建一个 Socket 对象，用来保存与这个客户端的连接，之后继续监听端口。只要有新的客户端建立与服务器的连接，服务器就会创建 Socket 对象来保存与这个客户端的连接（就好像客户端第一次与服务器连接，就必须在服务器端做一个登记，记录下自己的信息）。

2）当客户端已经建立了到服务器的连接后，就可以实现聊天功能，当任何一个客户端发言时，该发言的字符信息会首先传送到服务器，之后，服务器会使用循环，将该信息发送至服务器端已经记录了建立连接的客户端。需要注意的是 Socket 是点对点方式的连接，所以服务器的一个 Socket 只是与某一个客户端的连接，服务器要实现对所有的客户端的信息群发，就必须使用循环，对之前存储的 Socket 对象都作一次信息发送实现。

以下实现一个简易的聊天程序，主要由客户端和服务器端程序两部分组成。客户端程序只包含 Client.java 文件，服务器端包含 5 个 java 文件，见表 10-7。

表 10-7 服务器端源文件及其作用

文 件 名	作 用
Server.java	服务器端主程序，负责界面和各线程的协调
ServerThread.java	服务器监听端口线程，用于监听指定端口是否有客户端的响应
ClientThread.java	服务器端维持与单个客户端的连接线程，负责接收客户端发送的数据信息
BroadCast.java	服务器端向客户端广播线程，用于向所有的客户端发送信息
CleanDeadConnect.java	服务器端用于删除已经死亡的连接的线程

10.7.2 客户端程序

客户端程序代码见［例 10-7］所示，实现了客户端界面以及与服务器建立连接、传输数据等功能。

【例 10-7】 客户端程序代码。

```
package cn.edu.hpu.playnet.net;

import java.awt.BorderLayout;
import java.awt.FlowLayout;
import java.awt.GridLayout;
import java.awt.Rectangle;
```

```java
import java.awt.event.ActionEvent;
import java.awt.event.ActionListener;
import java.io.DataInputStream;
import java.io.DataOutputStream;
import java.io.IOException;
import java.net.Socket;

import javax.swing.JButton;
import javax.swing.JFrame;
import javax.swing.JLabel;
import javax.swing.JPanel;
import javax.swing.JScrollPane;
import javax.swing.JTextArea;
import javax.swing.JTextField;

    //客户端程序
public class Client extends JFrame implements Runnable,ActionListener {

    //创建 Socket 通信端口号常量
    public static final int PORT = 8765;
    //创建客户端界面面板
    JPanel jPanel1 = new JPanel();
    JPanel jPanel2 = new JPanel();
    JPanel jPanel3 = new JPanel();
    JPanel jPanel4 = new JPanel();

    //创建布局管理方式
    BorderLayout borderLayout1 = new BorderLayout();
    JScrollPane jScrollPane2 = new JScrollPane();
    FlowLayout flowLayout1 = new FlowLayout();
    GridLayout gridLayout1 = new GridLayout();
    //创建客户端界面中的按钮
    JButton jButton1 = new JButton();
    JButton jButton2 = new JButton();
    JButton jButton3 = new JButton();
    //创建用户名录入对话框
    JTextField jTextField1 = new JTextField();
    //创建聊天对话显示区域
    JTextArea jTextArea1 = new JTextArea();
    //创建发言输入框
    JTextField jTextField2 = new JTextField();
    //创建服务器 IP 地址输入框
    JTextField jTextField3 = new JTextField();
    //创建服务器端口输入框
    JTextField jTextField4 = new JTextField();
    //创建标签对象
    JLabel jLabel1 = new JLabel();
    JLabel jLabel2 = new JLabel();
    JLabel jLabel3 = new JLabel();

    //声明套接字对象
```

```java
        Socket socket;
                        //声明线程对象
        Thread thread;

                        //声明客户端数据输入输出流
        DataInputStream in;
        DataOutputStream out;
        boolean bool = false;

//声明字符串，name 存储用户名，chat_txt 存储发言信息，chat_in 存储从服务器接收到的信息
        String name;
        String chat_txt;
        String chat_in;
                        //声明 ip 用于存储 IP 地址
        String ip = null;

                        //客户端程序构造方法
        public Client()
        {
                        //设置内容面板无布局方式
            this.getContentPane().setLayout(null);
                        //初始化客户端界面中的各个组件，包括位置、大小以及初始显示内容
                        //初始化输入框组件
            jTextArea1.setText("");
            jTextField1.setText("用户名输入");
            jTextField1.setBounds(new Rectangle(103,4,77,25));
            jTextField2.setText("");
            jTextField2.setBounds(new Rectangle(4,6,311,22));
            jTextField3.setText("");
            jTextField4.setText("8765");
                        //初始化按钮组件
            jButton1.setBounds(new Rectangle(210,4,89,25));
            jButton1.setToolTipText("");
            jButton1.setText("进入聊天室");
            jButton1.addActionListener(this);
            jButton2.setBounds(new Rectangle(322,5,73,25));
            jButton2.setText("发送");
            jButton2.addActionListener(this);
            jButton3.setBounds(new Rectangle(302,5,97,24));
            jButton3.setText("退出聊天室");
            jButton3.addActionListener(this);
                        //初始化面板组件
            jPanel1.setLayout(null);
            jPanel1.setBounds(new Rectangle(0,0,400,35));
            jPanel2.setLayout(gridLayout1);
            jPanel2.setBounds(new Rectangle(264,35,136,230));
            jPanel3.setLayout(borderLayout1);
            jPanel3.setBounds(new Rectangle(5,35,255,230));
            jPanel4.setLayout(null);
            jPanel4.setBounds(new Rectangle(0,265,400,35));
                        //初始化标签组件
```

```java
        jLabel1.setText("用户名");
        jLabel1.setBounds(new Rectangle(46,5,109,23));
        jLabel2.setText("服务器地址");
        jLabel3.setText("端口");
                        //添加组件到指定面板的固定位置
        gridLayout1.setColumns(1);
        gridLayout1.setRows(4);
        this.getContentPane().add(jPanel1,null);
        jPanel4.add(jTextField2);
        jPanel4.add(jButton2);
        jPanel1.add(jTextField1,null);
        jPanel1.add(jLabel1);
        jPanel1.add(jButton1,null);
        jPanel1.add(jButton3,null);
        this.getContentPane().add(jPanel2,null);
        jPanel2.add(jLabel2);
        jPanel2.add(jTextField3);
        jPanel2.add(jLabel3);
        jPanel2.add(jTextField4);
        this.getContentPane().add(jPanel3,null);
        this.getContentPane().add(jPanel4,null);
        jPanel3.add(jScrollPane2,BorderLayout.CENTER);
        jScrollPane2.getViewport().add(jTextArea1);
        this.setSize(450,380);
        this.setLocation(200, 200);
        this.setTitle("客户端");
        this.setVisible(true);


}

                        //按钮事件的处理机制
@Override
public void actionPerformed(ActionEvent e) {

    if(e.getSource() == jButton1)
    {
        name = jTextField1.getText();
        ip = jTextField3.getText();
        if(!name.equals("用户名输入") && ip != null)
        {
            try {
                    //创建 Socket 对象
                socket = new Socket(ip,PORT);
                    //创建客户端数据输入输出流，用于对服务器端发送或接收数据
                in = new DataInputStream(socket.getInputStream());
                out = new DataOutputStream(socket.getOutputStream());
            } catch (IOException e2) {
                e2.printStackTrace();
                System.out.println("连接失败!");
            }
            thread = new Thread(this);
```

```
                thread.start();
                bool = true;
            }
        }else if(e.getSource() == jButton2)
        {
            chat_txt = jTextField2.getText();
            if(chat_txt != null)
            {
                        //发言，向服务器发送发言的信息
                try {
                    out.writeUTF(jTextField1.getText()+"对大家说:"+chat_txt+"\n");
                } catch (Exception e2) {
                    e2.printStackTrace();
                }
            }else
            {
                try {
                    out.writeUTF("请说话");
                } catch (IOException e2) {
                    e2.printStackTrace();
                }
            }
        }else if(e.getSource() == jButton3)
        {
            if(bool == true)
            {
                try {
                    socket.close();
                } catch (IOException e2) {
                    e2.printStackTrace();
                }
            }
            thread.destroy();
            bool = false;
            this.setVisible(false);
        }
    }


            //客户端线程启动后的动作
    @Override
    public void run() {
            //循环执行
        while(true)
        {
            try {
                    //读取服务器发送来的数据信息，并显示在对话框中
                chat_in = in.readUTF();
                jTextArea1.append(chat_in);
            } catch (Exception e) {
                e.printStackTrace();
            }
```

```java
        }
    }

    public static void main(String[] args) {
        Client client = new Client();
        client.setDefaultCloseOperation(JFrame.EXIT_ON_CLOSE);
    }

}
```

10.7.3　服务器端程序

服务器端主程序 Server.java 的代码见［例 10-8］，实现了服务器端主界面，协调各个线程是服务器端的核心控制程序。

【例 10-8】　服务器端主程序代码。

```java
package cn.edu.hpu.playnet.net;

import java.awt.BorderLayout;
import java.awt.event.ActionEvent;
import java.awt.event.ActionListener;

import javax.swing.JButton;
import javax.swing.JFrame;
import javax.swing.JPanel;
import javax.swing.JScrollPane;
import javax.swing.JTextArea;

public class Server extends JFrame implements ActionListener{

    //服务器端主程序负责界面，以及服务器端主线程 ServerThread 的启动
    //服务器端主线程 ServerThread 又产生 BroadCast 及 ClientThread 线程
    //建立服务器端主界面中所用到的布局方式
    BorderLayout borderLayout1 = new BorderLayout();
    BorderLayout borderLayout2 = new BorderLayout();

    JPanel jPanel1 = new JPanel();          //创建面板
    JPanel jPanel2 = new JPanel();

    JButton jButton1 = new JButton();       //创建按钮
    JButton jButton2 = new JButton();       //创建按钮

    JScrollPane jScrollPane1 = new JScrollPane();

                                            //创建服务器端接收信息文本框
    static JTextArea jTextArea1 = new JTextArea();
    boolean bool = false, start = false;
    int i=0;
    ServerThread serverThread;              //声明 ServerThread 线程类对象
    Thread thread;

                                            //构造方法，用于初始化
```

```
public Server()
{
    //设置内容面板布局方式
    getContentPane().setLayout(borderLayout1);
    //初始化按钮组件
    jButton1.setText("关闭服务器");
    jButton1.addActionListener(this);
    jButton2.setText("启动服务器");
    jButton2.addActionListener(this);
    //初始化jPanel1面板对象，并向其中加入组件
    this.getContentPane().add(jPanel1,BorderLayout.NORTH);
    jPanel1.add(jButton1);
    jPanel1.add(jButton2);
    //初始化jPanel2面板对象，并向其中加入组件
    jTextArea1.setText("");
    jPanel2.setLayout(borderLayout2);
    jPanel2.add(jScrollPane1,BorderLayout.CENTER);
    jScrollPane1.getViewport().add(jTextArea1);
    this.getContentPane().add(jPanel2,BorderLayout.CENTER);
    this.setSize(400,400);
    this.setTitle("服务器");
    this.setVisible(true);

}

    //服务器界面中按钮事件处理
@Override
public void actionPerformed(ActionEvent e) {

    if(e.getSource() == jButton1)
    {
        bool = false;
        start = false;
        serverThread.finalize();
        this.setVisible(false);
    }else if(e.getSource() == jButton2)
    {
        serverThread = new ServerThread();
        serverThread.start();
    }
}

public static void main(String[] args) {
    Server server = new Server();
    server.setDefaultCloseOperation(JFrame.EXIT_ON_CLOSE);
}

}
```

服务器端端口监听程序 **ServerThread.java** 的代码见［例 10-9］，实现服务器监听端口线程，用于监听指定端口是否有客户端的响应。

【例 10-9】 服务器端端口监听程序代码。

```java
package cn.edu.hpu.playnet.net;

import java.io.IOException;
import java.net.InetAddress;
import java.net.ServerSocket;
import java.net.Socket;
import java.net.UnknownHostException;
import java.util.Vector;

//服务器端监听端口程序
public class ServerThread extends Thread {
    //声明 ServerSocket 类对象
    ServerSocket serverSocket;
    //指定服务器端监听端口常量
    public static final int PORT = 8765;
    //创建两个 Vector 对象，分别用于存储客户端连接的 Socket 对象
    Vector<ClientThread> clients;
    Vector<String> messages;
    BroadCast broadcast;              //声明 BroadCast 类对象
    String ip;
    InetAddress myIPAddress = null;
    public ServerThread()
    {
        //创建两个 Vector 数组尤为重要，clients 负责存储多个客户端与服务器连接
        //message 负责存储服务器接收到的全部客户端的信息
        clients = new Vector();
        messages = new Vector();

        try {
        //创建 ServerSocket 类对象
            serverSocket = new ServerSocket(PORT);
        } catch (IOException e) {
            e.printStackTrace();
        }

        //获取本地服务器地址信息
        try {
            myIPAddress = InetAddress.getLocalHost();
        } catch (UnknownHostException e) {
            e.printStackTrace();
        }
        ip = String.valueOf(myIPAddress);
        server.jTextArea1.append("服务器地址:"+ip+":"+String.valueOf(serverSocket.
getLocalPort()+"\n"));

        //创建广播线程，并启动
        broadcast = new BroadCast(this);
        broadcast.start();
```

```
                    //注意：一旦监听到有客户端请求，
                    //就创建一个ClientThread来维持服务器与这个客户端的连接

        }
        public void run()
        {
            while(true)
            {

                try {
                            //获取客户端连接
                    Socket socket = serverSocket.accept();
                            //创建 ClientThread 线程并启动
                    ClientThread clientThread = new ClientThread(socket,this);
                    clientThread.start();
                    if(socket != null)
                    {
                        synchronized (clients) {
                            //将客户端连接加入到 Vector 数组中保存
                            clients.addElement(clientThread);
                        }
                    }
                } catch (IOException e) {
                    e.printStackTrace();
                    System.out.println("建立客户端联机失败!");
                    System.exit(2);
                }
            }
        }


                        //关闭 serverSocket 方法
        public void finalize()
        {
            try {
                serverSocket.close();
            } catch (IOException e) {
                e.printStackTrace();
            }
            serverSocket = null;
        }
    }
```

程序 ClientThread.java 用于维持服务器与单个客户端的连接线程，负责接收客户端发来的信息，程序见［例 10-10］。

【例 10-10】 ClientThread.java 应用。

```
package cn.edu.hpu.playnet.net;

import java.io.DataInputStream;
import java.io.DataOutputStream;
import java.io.IOException;
```

```java
import java.net.Socket;

                    //维持服务器与单个客户端连接的线程，负责接收客户端发来的消息
public class ClientThread extends Thread {

                    //声明 Socket 对象，用于保存客户端的连接
    Socket clientSocket;
                    //声明服务器端数据输入输出流
    DataInputStream in;
    DataOutputStream out;
                    //声明 ServerThread 对象
    ServerThread serverThread;
    String str;
    public static int connectNumber = 0;

    public ClientThread(Socket socket, ServerThread serverThread) {
        this.clientSocket = socket;
        this.serverThread = serverThread;
        try {
                    //创建服务器端数据输入输出流
            in = new DataInputStream(clientSocket.getInputStream());
            out = new DataOutputStream(clientSocket.getOutputStream());
        } catch (Exception e) {
            e.printStackTrace();
            System.out.println("发生异常"+e);
            System.out.println("建立 IO 通道失败!");
            System.exit(3);
        }
    }


    public void run()
    {
        while(true){
            try {

                    //读入客户端发送来的消息
                String message = in.readUTF();
                synchronized (serverThread.messages) {
                    if(message != null)
                    {
                    //将客户端发送来的信息存于 Vector 数组中
                        serverThread.messages.addElement(message);
                        Server.jTextArea1.append(message+"\n");

                    }
                }
            } catch (IOException e) {
                e.printStackTrace();
                break;
            }
        }
```

```
    }

}
```

程序 BroadCast.java 用来实现服务器向客户端的广播线程，向所有已经记录了地址的客户端发送数据信息，代码见［例 10-11］。

【例 10-11】 BroadCast.java 的应用。

```
package cn.edu.hpu.playnet.net;

import java.io.IOException;

            //服务器向客户端广播线程
public class BroadCast extends Thread {

            //声明 ClientThread 对象
    ClientThread clientThread;
            //声明 ServerThread 对象
    ServerThread serverThread;
    String str;
    public BroadCast(ServerThread serverThread)
    {
        this.serverThread = serverThread;
    }
    public void run()
    {
            //线程休眠 300 毫秒
    while(true)
    {
        try {
            Thread.sleep(300);
        } catch (InterruptedException e) {
            e.printStackTrace();
        }
            //同步化 serverThread.messages
        synchronized (serverThread.messages) {

            //获取服务器端存取的某一客户端发送来的数据消息
            if(serverThread.messages.isEmpty())
            {
                continue;
            }
            str = this.serverThread.messages.firstElement();

            //从 Vector 数组中删除该客户端发送来的数据信息
            this.serverThread.messages.removeElement(str);
        }
            //同步化 serverThread.clients
        synchronized (serverThread.clients) {
            //利用循环获取服务器中存储的所有建立的与客户端的连接
            for(int i=0; i<serverThread.clients.size(); i++)
            {
```

```
            clientThread = serverThread.clients.elementAt(i);
            try {
                //向记录的每一个客户端发送数据消息
                clientThread.out.writeUTF(str);
            } catch (IOException e) {
                e.printStackTrace();
            }
        }
    }
}

}
```

程序 CleanDeadConnect.java 用于删除已经死亡的连接的线程，代码见［例 10-12］。

【例 10-12】 CleanDeadConnect.java 的应用。

```
package cn.edu.hpu.playnet.net;
                    //删除已死亡的连接线程
public class CleanDeadConnect extends Thread {
                    //声明 ServerThread 对象
    ServerThread serverThread;
                    //声明 ClientServer 对象
    ClientThread clientThread;
    String str;
    public CleanDeadConnect(ServerThread serverThread)
    {
        this.serverThread = serverThread;
    }
    public void run()
    {
        while(true)
        {
                        //线程休眠 10000 毫秒
            try {
                Thread.sleep(10000);
            } catch (InterruptedException e) {
                e.printStackTrace();
            }
                        //同步化 serverThread.clients
            synchronized (serverThread.clients) {
                for(int i=0; i<serverThread.clients.size(); i++)
                {
                        //获取存储的与客户端的连接
                    clientThread = serverThread.clients.elementAt(i);
                    if(!clientThread.isAlive())
                    {
                        //计算器减 1
                        ClientThread.connectNumber--;
                        //从 Vector 数组中删除指定的与客户端的连接
                    }
                }
```

```
            }
        }
    }
}
```

代码编写完成就可以测试了，测试的步骤如下：

1）首先运行服务器程序，启动服务器；

2）运行客户端程序，进入聊天室；

3）输入服务器地址、用户名和消息并发送；

4）可以运行多个客户端。

测试的效果如图 10-15 所示。

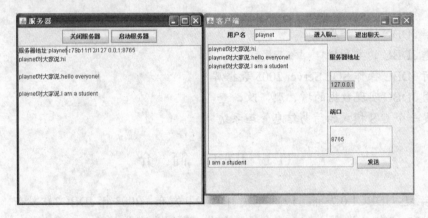

图 10-15   服务器客户端同时运行截图

小   结

本章首先介绍了网络编程的基本概念，读者应理解客户端/服务器（C/S）模式的工作原理，了解类 InetAddress、URL、URLConnection 的含义和用法。然后给出了 Socket 套接字和 Datagram 套接字的应用实例。最后在掌握了网络编程的基本知识后，用一个简易的基于 TCP 协议的网络聊天室来巩固本章所学知识。

习   题

10.1   简述 C/S 模式的工作原理。

10.2   简述 Socket 编程和 DatagramSocket 编程的区别和联系。

10.3   编写程序实现浏览器的查看源代码功能。

10.4   编写一个程序，将网络上的一张图片下载到本地计算机。

第 11 章　JDBC

　　Java 数据库连接（Java Data Base Connectivity，JDBC）是一种用于执行 SQL 语句的 Java API，可以为多种关系数据库提供统一访问，它由一组用 Java 语言编写的类和接口组成。JDBC 为工具/数据库开发人员提供了一个标准的 API，据此可以构建更高级的工具和接口，使数据库开发人员能够用纯 Java API 编写数据库应用程序。

学习目标：

- 理解 JDBC 的工作原理
- 熟悉 JDBC 的类和接口
- 运行 JDBC 操作 SQL Server 2005 数据库
- 运用 JDBC 实现数据的增、删、改、查
- 开发一个 C/S 模式的简易信息管理系统

11.1　JDBC 简 介

　　1996 年夏，JDBC1.0 发布，1998 年底 JDBC2.0 发布，2003 年 JDBC3.0 发布，2006 年底 JDBC4.0 发布。JDBC 类库是 Java 平台的一部分，所以类库分布于 java.sql 和 javax.sql 之中。JDBC 由两层组成：上面一层是 JDBC API，该 API 负责与 JDBC 驱动程序管理器 API 进行通信，将各个不同的 SQL 语句发送给它；下面一层是驱动程序管理器 API，它与实际连接到的数据库驱动程序进行通信，并且返回查询的信息，或者执行规定的操作。

　　通过使用 JDBC，开发人员可以很方便地将 SQL 语句传送给大多数数据库。也就是说，开发人员可以不必写一个程序访问 Oracle，写另一个程序访问 MySQL，再写一个程序访问 SQLServer。用 JDBC 写的程序能够自动地将 SQL 语句传送给相应的数据库管理系统（DBMS）。不但如此，使用 Java 编写的应用程序可以在任何支持 Java 的平台上运行，而不必在不同的平台上编写不同的应用程序。Java 和 JDBC 的结合可以让开发人员在开发数据库应用时真正实现"一次编写，处处运行"。

　　开发人员使用 JDBC 统一的 API 接口，并专注于标准 SQL 语句，就可以避免直接处理底层数据库驱动程序与相关操作接口的差异性。JDBC 提供连接各种常用数据库的能力如图 11-1 所示。

11.2　JDBC 类 和 接 口

　　在 Java 语言中提供了丰富的类和接口用于数据库编程，利用它们可以方便地进行数据的访问和处理。下面主要介绍 java.sql 包中提供的常用类和接口。java.sql 包中提供了 JDBC 中核心的常用类、接口和异常，其常用类见表 11-1，接口见表 11-2，异常见表 11-3。

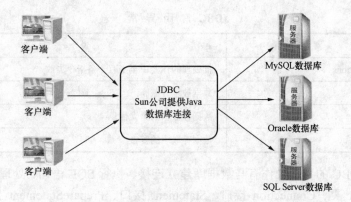

图 11-1　JDBC 数据库连接应用技术

表 11-1 JDBC 常 用 类

JDBC 常用类	说　明
Date	此类包含将 SQL 日期格式转换成 Java 日期格式的各种方法
DriverManager	注册、连接以及注销等管理数据库驱动程序任务
DriverPropertyInfo	管理数据库驱动程序的属性
Time	接收数据库的 Time 对象时间
Timestamp	此类通过添加纳秒字段为时间提供更高的精确度
Types	提供预定义的整数列表与各种数据类型的一一对应

表 11-2 JDBC 常 用 接 口

JDBC 常用接口	说　明
Array	Java 语言与 SQL 语言中的 ARRAY 类型的映射
Blob	Java 语言与 SQL 语言中的 BLOB 类型的映射
CallableStatemet	执行 SQL 存储过程
Clob	Java 语言与 SQL 语言中的 CLOB 类型的映射
Connection	应用程序与特定数据库的连接
DatabaseMetaData	数据库的有关信息
Driver	驱动程序必须实现的接口
ParameterMetaData	PreparedStatement 对象中变量的类型和属性
PreparedStatement	代表预编译的 SQL 语句
Ref	Java 语言与 SQL 语言中的 REF 类型的映射
ResultSet	接收 SQL 语句并返回结果集
ResultSetMetaData	获取关于 ResultSet 对象中列的类型和属性信息的对象
SQLData	Java 语言与 SQL 语言中用户自定义类型的映射
Statement	执行 SQL 语句并返回结果
Struct	Java 语言与 SQL 语言中的 Structed 类型的映射

表 11-3   JDBC 常 用 异 常

异　　常	说　　明
BatchUpdatedExceptions	批处理的作业中至少有一条指令失败
DataTruncation	数据被意外截断
SQLException	数据存取中的错误信息
SQLWarning	数据存取中的警告

用户使用 JDBC 的主要操作有与数据库建立连接、执行 SQL 语句、处理结果等，主要涉及 DriverManager 类、Connection 接口、Statement 接口、PrepareStatement 接口和 ResultSet 接口的使用。它们之间的关系如图 11-2 所示。本节将详细讲解这些接口及其使用。

11.2.1　DriverManager 类

DriverManager 类是 JDBC 的管理层，作用于用户和驱动程序之间。它跟踪可用的驱动程序，并在数据库和相应驱动程序之间建立连接。另外，DriverManager 类也处理诸如驱动程序登录时间限制及登录和跟踪信息的显示等事务。本书只涉及它的简单应用，即通过 DriverManager.getConnection 建立与数据库的连接。

要通过 JDBC 来存取某一特定的数据库，必须有相应的 JDBC driver，它往往是由生产数据库的厂家提供，是连接 JDBC API 与具体数据库之间的桥梁。通常，Java 程序首先使用 JDBC API 来与 JDBC Driver Manager 交互，由 JDBC Driver Manager 载入指定的 JDBC driver，然后通过 JDBC API 来操作数据库。数据库驱动调用过程如图 11-3 所示。

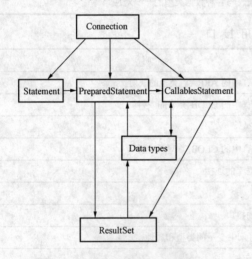

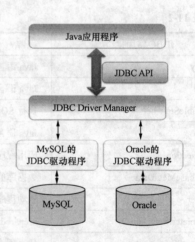

图 11-2　JDBC 类和接口之间的关系　　　　　图 11-3　数据库驱动调用过程

JDBC driver 是用于特定数据库的一套实施了 JDBC 接口的类集，共有四种类型的 JDBC driver。

（1）JDBC-ODBC 桥驱动程序

这种方式要求用户的计算机上必须安装有 ODBC 驱动程序，JDBC-ODBC 桥驱动程序利用桥接（brigde）方式，将 JDBC 的调用方式转换为 ODBC 驱动程序的调用方式，Microsoft Access 数据库存取就是使用这种类型。这种存取方式如图 11-4 所示。此种连接可以访问所有

ODBC 可以访问的数据库，但它的执行效率低、功能不够强大。

（2）本地 API 部分 Java 驱动程序

这种方式是将 JDBC 调用转换为特定的数据库调用。驱动程序上层封装 Java 程序与 Java 应用程序沟通，将 JDBC 调用转为本地（Native）程序代码的调用，下层为本地语言与数据库进行沟通，下层的函数库是针对特定数据库设计的。这种存取方式如图 11-5 所示。

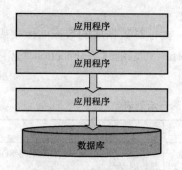

图 11-4 JDBC-ODBC 桥驱动

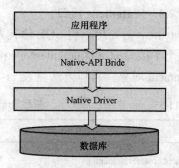

图 11-5 本地 API 部分 Java 驱动

（3）JDBC 网络纯 Java 驱动程序

这种方式将 JDBC 的调用转换为独立于数据库的网络协议。通过中间件（middleware）来存取数据库，用户不必安装特定的驱动程序，由中间件完成所有的数据库存取动作，然后将结果返回给应用程序。这种存取方式如图 11-6 所示。

（4）本地协议纯 Java 驱动程序

这种方式能将 JDBC 调用转换为数据库直接使用的网络协议。它不需要安装客户端软件，它是纯 Java 程序，使用 Java sockets 来连接数据库，所以它特别适合于通过网络使用数据库的各种应用程序，本节也主要使用这种类型的 driver。这种存取方式如图 11-7 所示。

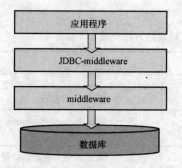

图 11-6 JDBC 网络纯 Java 驱动

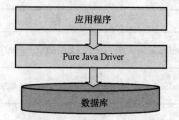

图 11-7 本地协议纯 Java 驱动

11.2.2 Connection 接口

Connection 对象代表特定数据库的连接（会话）。通过 DriverManager 类的静态方法 getConnection()方法可以获取 Connection 接口的实现类对象。DriverManager 类提供获取 Connection 实现类对象的方法见表 11-4。

表 11-4　　　　　　　　　　　获取 Connection 实现类对象的方法列表

方 法 名	说 明
static Connection getConnection(String url)	试图建立到给定数据库 URL 的连接
static Connection getConnection(String url, Properties info)	试图建立到给定数据库 URL 的连接
static Connection getConnection(String url, String user, String password)	试图建立到给定数据库 URL 的连接

11.2.3　Statement 接口

Statement 对象用于将 SQL 语句发送到数据库中，执行对数据库的数据的检索或者更新。它有两个子接口：CallableStatement 和 PreparedStatement，可以通过 Connection 的相关方法获取 Statement 对象。具体方法见表 11-5。

表 11-5　　　　　　　　　　获取 Statement 实现类对象的方法列表

方 法 名	说 明
Statement createStatement()	创建一个 Statement 对象来将 SQL 语句发送到数据库
Statement createStatement(int resultSetType,int resultSetConcurrency)	创建一个 Statement 对象，该对象生成具有给定类型和并发性的 RsultSet 对象
Statement createStatement(int resultSetType,int resultSetConcurrency, int resultSetHoldability)	创建一个 Statement 对象，该对象生成具有给定类型、并发性和可保存性的 RsultSet 对象

11.2.4　PreparedStatement 接口

Statement 主要用于执行静态的 SQL 语句。如果有些操作只是与 SQL 语句中某些参数有所不同，其余的 SQL 语句皆相同，则可以使用 PreparedStatement 来提高执行效率。可以使用 Connection 的 PreparedStatement()方法建立好一个预先编译（precompile）的 SQL 语句：其中参数会变动的部分用"?"作为占位符，等到需要真正指定参数执行时，再使用相对应的 setXXX（int parameterIndex, 值）方法指定 "?" 处真正应该有的参数值。可以通过 Connection 的相关方法获取 Statement 对象。具体方法见表 11-6。

表 11-6　　　　　　　　　获取 PreparedStatement 实现类对象的方法列表

方 法 名	说 明
PreparedStatement preparedStatement(String sql)	创建一个 PeparedStatement 对象来将参数化的 SQL 语句发送到数据库
PreparedStatement preparedStatement(String sql, int autoGeneratedKeys)	创建一个默认 PreparedStatement 对象，该对象检索自动生成的键
PreparedStatement preparedStatement(String sql, int[] columnIndexes)	创建一个能够返回由给定数组指定的自动生成键的默认 PreparedStatement 对象
PreparedStatement preparedStatement(String sql, int resultSetType, int resultSetConcurrency)	创建一个 PreparedStatement 对象，该对象将生成具有给定类型和并发性的 ResultSet 对象
PreparedStatement preparedStatement(String sql,int resultSetType,int resultSetConcurrency, int resultSetHoldability)	创建一个 PreparedStatement 对象，该对象将生成具有给定类型、并发性和可保存性的 ResultSet 对象
PreparedStatement preparedStatement(String sql, String[] comlumnNames)	创建一个能够返回由给定数组指定的自动生成键的默认 PreparedStatement 对象

11.2.5　ResultSet 接口

ResultSet 包含符合 SQL 语句条件的所有行，并且它通过一套 get()方法提供了对这些数据的访问，get()方法可以访问当前行中的不同列。ResultSet.next()方法用来移动到 ResultSet 中的下一行，使下一行成为当前行，可以通过 Statement 的相关方法获取 ResultSet 对象。具体方法见表 11-7。

表 11-7　　　　　　　　　　　获取 ResultSet 实现类对象的方法列表

方　法　名	说　　明
boolean execute(String sql)	执行给定的 SQL 语句，该语句可能返回多个结果
boolen execute(String sql, String[]coluumnNames)	执行给定的 SQL 语句（该语句可能返回多个结果），并通知驱动程序在给定数组中指示的自动生成的键应该可用于检索
int[] executeBatch()	将一批命令提交给数据库来执行，如果全部命令执行成功，则返回更新计数组成的数组
ResultSet executeQuery(String sql)	执行给定的 SQL 语句，该语句返回单个 ResultSet 对象
int executeUpdate(String sql)	执行给定的 SQL 语句，该语句可能为 INSERT、UPDATE 或 DELETE 语句，或者不返回任何内容的 SQL 语句（如 SQL DDL 语句）

在建立 Statement 对象中可指定结果集类型，可指定的类型包括如下。

1）ResultSet.TYPE_FORWARD_ONLY：只前进的，默认值。

2）ResultSet.TYPE_SCROLL_INSENSITIVE：可滚动的，但是不受其他用户对数据库更改的影响。

3）ResultSet.TYPE_SCROLL_SENSITIVE：可滚动的，当其他用户更改数据库时这个记录也会改变。

指定结果集类型的同时还必须指定并发类型。

4）ResultSet.CONCUR_READ_ONLY：表示只读 ResultSet。

5）ResultSet.CONCUR_UPDATABLE：表示可修改的 ResultSet。

ResultSet 对象常用的方法如下：

```
//遍历结果集
while (rs.next()) {
    //获得id
    int id = rs.getInt("id");
    //获得name
    String name = rs.getString("name");
    //获得age
    int age = rs.getInt("age");
    System.out.println(id + "\t" + name + "\t" + age);
}
```

Statement 对象中提供了相应的方法获取对象 Java 类型的数据。在 JDBC 规范中也提供了数据库类型与 Java 类型关系对应表，常用字段的对应关系表见表 11-8。

表 11-8   **JDBC 与 Java 数据类型对应关系表**

JDBC 类型	Java 类型	JDBC 类型	Java 类型
CHAR	String	BINARY	byte[]
VARCHAR	String	VARCHAR	byte[]
LONGVARCHAR	String	LONGVARCHAR	byte[]
NUMERIC	java.math.BigDecimal	DATE	java.sql.Date
DECIMAL	java.math.BigDecimal	TIME	java.sql.Time
BIT	boolean	TIMESTAMP	java.sql.Timestamp
BOOLEAN	boolean	GLOB	Clob
TINYINT	Byte	BLOB	Blob
SMALLINT	Short	ARRAY	Array
INTEGER	int	DISTINGI	Mapping of underlying type
BIGINT	Long	STRUCT	Struct
REAL	Float	REF	Ref
FLOAT	double	DATALINK	java.net.URL
DOUBLE	double	JAVA_OBJECT	Underlying Java class

11.3   JDBC 操 作 SQL

前面介绍了与 JDBC 相关的接口和类，本节将介绍 JDBC 的基本使用，JDBC API 连接数据库的过程如图 11-8 所示。

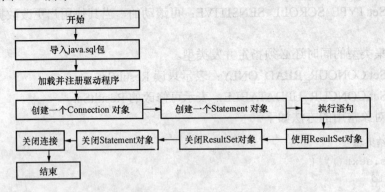

图 11-8   JDBC API 连接数据库的过程图

完成与数据库的相关操作，需要执行以下步骤：

第一步，导入与 SQL 相关的包。

导入 java.sql.*包或 javax.sql.*包。在进行数据库连接的时候必须先导入相关的包，具体语法如下所示。

```
import java.sql.Connection;
import java.sql.Statement;
import java.sql.ResultSet;
```

```
import java.sql.DriverManager;
import java.sql.SQLException;
import java.sql.PreparedStatement ;
```

第二步，加载 JDBC 驱动程序。

根据不同的数据库加载对应厂商提供的驱动程序。把厂商提供的驱动程序 JAR 包添加到 classpath 中，在 Java 代码中显示加载数据库驱动程序类。加载完成数据库驱动程序类，驱动程序会自动通过 DriverManager.registerDriver()方法注册，这样 DriverManager 就可以与厂商的驱动程序通信了。

不同数据库厂商的驱动类名不同，常用的驱动器全名如下。

- My SQL：com.mysql.jdbc.Driver
- SQL Server：com.microsoft.sqlserver.jdbc.SQLServerDriver
- Oracle：oracle.jdbc.driver.OracleDriver

```
try {

    Class.forName("com.microsoft.sqlserver.jdbc.SQLServerDriver");

}
catch (ClassNotFoundException ex) {
    ex.printStackTrace();
}
```

在操作这一步的时候，需要将数据库驱动 JAR 包加载到类路径中，有两种方式添加 JAR 包。

- 将下载的 JAR 包放置于 JDK 中 tools.jar 所在的目录中，然后在环境变量 CLASSPATH 值 "%JAVA_HOME%\lib\tools.jar; %JAVA_HOME%\lib\rt.jar;" 后加 "%JAVA_HOME%\lib\ sqljdbc.jar"。
- 在工程中引入第三方 JAR 包。

选中下载的 "sqljdbc.jar" 文件，在 MyEclips 中选中项目名，执行复制粘贴命令，将此文件复制到项目文件之中，选中这个文件，右击，在弹出的快捷菜单中选择 Build→Add to Build Path 命令，将此 JAR 包与工程相关联。操作过程如图 11-9 所示。

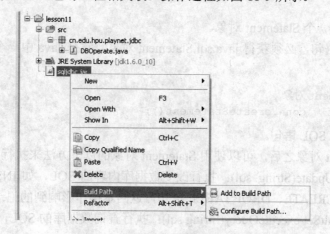

图 11-9　将 JAR 包与工程相关联

第三步，提供连接 URL。

连接 URL 定义了连接数据库时的协议、子协议、数据源识别，形式为："协议：子协议：数据源识别"。"协议"在 JDBC 中总是以"jdbc"开始。"子协议"是桥接的驱动程序或数据库管理系统名称，例如 SQL Server 2005 的子协议是"sqlserver"；"数据源识别"标出数据库来源地址与连接端口。

SQL Server2005 的连接 URL 编写格式为：jdbc:sqlserver://[serverName[\instanceName] [:portNumber]][; property=value[;property=value]]。如 jdbc:sqlserver://localhost;user=MyUserName; password=*****或 jdbc:sqlserver://localhost; integratedSecurity=true 等，具体参见帮助文档。

Oracle 的连接 URL 编写格式为：

```
jdbc:oracle:thin:@localhost:1521:sid
```

第四步，建立一个数据库的连接。

通过 java.sql.DriverManager 获得 java.sql.Connection 对象。Connection 是数据库连接的具体代表对象，一个 Connection 对象就代表一个数据库连接，可以使用 DriverManager 的 getConnection()方法传入指定的连接 URL、用户名和密码来获得。java.sql.SQLException 是在处理 JDBC 时经常遇到的一个受检异常对象。如：

```
    try {
        …
        String url="jdbc:sqlserver://localhost:1433;databaseName=studentmanager;
user=sa;password=playnet";
        Connection conn = DriverManager.getConnection(url);
        …
    }
    catch (ClassNotFoundException ex) {
        ex.printStackTrace();
    }
    catch (SQLException ex)
    {
        ex.printStackTrace();
    }
```

第五步，创建一个 Statement 对象。

要执行 SQL 语句，必须获得 java.sql.Statement 对象，它是 Java 中一个 SQL 叙述的具体代表对象。如：

```
//创建 Statement 对象
Statement st = conn.createStatement();
```

第六步，执行 SQL 语句。

获得 Statement 对象之后，可以使用 Statement 对象的以下方法来执行 SQL 语句。

- int executeUpdate(String sql)：执行改变数据库内容的 SQL，如 INSERT、DELETE、UPDATE、CREATE、DROP TABLE 语句，返回本操作影响到的记录数。

- java.sql.ResultSet executeQuery(String sql)：执行查询数据库的 SQL，如 SELECT 语句，返回查询到结果集 ResultSet 对象。如：

```
ResultSet rs = st.executeQuery("select * from students");
int rows = st.executeUpdate("delete from student where id=2");
```

第七步，处理结果。

执行更新操作返回的结果是本次操作影响到的记录数。执行查询操作返回的结果是一个
ResultSet 对象，ResultSet 是数据库结果集的数据表，ResultSet 对象具有指向其当前数据行的
光标。最初，光标被置于第一行之前，可以使用 ResultSet 的 next()方法来移动光标到下一行，
它会返回 true 或 false 表示是否有下一行记录。ResultSet 对象有两种方式可以从当前行获取
指定列的值。

- getXXX(int columnIndex)：使用列索引获取值。列从 1 开始编号，较为高效。
- getXXX(String columnLabel)：使用列的名称获取值。

示例代码如下：

```
//遍历结果集
while (rs.next()) {

    //获得id
    int id = rs.getInt("id");
    //获得name
    String name = rs.getString("name");
    //获得age
    int age = rs.getInt("age");
    System.out.println(id + "\t" + name + "\t" + age);

}
```

第八步，关闭 JDBC 对象。

操作完成后需要把所使用的 JDBC 对象全都显式关闭，以释放 JDBC 资源。

- 调用 ResultSet 的 close()方法。
- 调用 Statement 的 close()方法。
- 调用 Connection 的 close()方法。

下面通过示例 JDBCOperate 来演示以上步骤的综合使用。在示例中使用的数据库名为
studentmanager，用户名为 sa，密码为 playnet，数据库类型为 SQL Server 2005。studentmanager
数据库中有 students 表，它包含四个字段：id、name、sex 和 age。库表内容如图 11-10 所示。

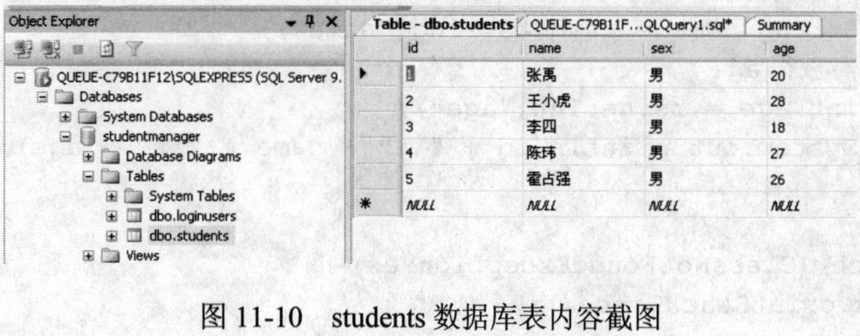

图 11-10　students 数据库表内容截图

创建工程 jdbcdemo，并将连接 SQL Server 2005 数据库的 JAR 包与工程关联。编写
JDBCOperate.java 类来实现与数据库的交互。具体代码清单如下。

```
package cn.edu.hpu.playnet.jdbc;
```

```
import java.sql.Connection;
import java.sql.Statement;
import java.sql.ResultSet;
import java.sql.DriverManager;
import java.sql.SQLException;

public class DBOperate {

    public static void main(String[] args) {
        //声明 Connection 引用
        Connection conn = null;
        //声明 Statement 引用
        Statement st = null;
        //声明 ResultSet 对象
        ResultSet rs = null;
        try {
            //加载和注册驱动
            Class.forName("com.microsoft.sqlserver.jdbc.SQLServerDriver");
            //获得 Connection 对象
            String url =
                "jdbc:sqlserver://localhost:1433;databaseName=studentmanager;
user=sa;password=playnet";
            conn = DriverManager.getConnection(url);
            if (conn != null) {
                System.out.println("连接成功");
            }
            //编写 sql 语句
            String sql = "select * from students";
            //创建 Statement 对象
            st = conn.createStatement();
            //执行查询，返回结果集
            rs = st.executeQuery(sql);
            //遍历结果集
            while (rs.next()) {
                //获得 id
                int id = rs.getInt("id");
                //获得 name
                String name = rs.getString("name");
                //获得 age
                int age = rs.getInt("age");
                System.out.println(id + "\t" + name + "\t" + age);
            }
        }
        catch (ClassNotFoundException ex) {
            ex.printStackTrace();
        }
        catch (SQLException ex)
        {
            ex.printStackTrace();
        }finally
```

```
    {
        try {
            if(rs != null)
            {
                rs.close();
            }
            if(st != null)
            {
                st.close();
            }
            if(conn != null)
            {
                conn.close();
            }
        } catch (SQLException e) {
            e.printStackTrace();
        }
    }
}
```

运行此程序，输出结果如图 11-11 所示。

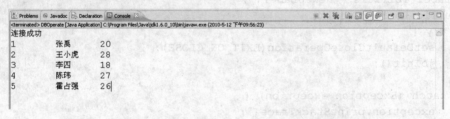

图 11-11　JDBCOperate 示例运行结果截图

11.4　JDBC 基 本 实 例

11.4.1　用户登录程序

本小节演示一个基于 GUI 的用户登录程序。首先创建数据库 db_login，数据库表 loginusers，设计见表 11-9。

表 11-9　　　　　　　　　　　　　　　用户登录程序的数据库设计

序　号	字段名称	字段说明	类　型	属　性	备　注
1	username	用户登录名	varchar(20)	非　空	主　键
2	password	用户密码	varchar(20)	非　空	

程序运行的初始界面如图 11-12 所示。

完成的功能为：如果没有输入用户名或密码，提示；数据库中存在输入的用户名并密码正确，登录成功；否则，登录失败。具体代码如下。

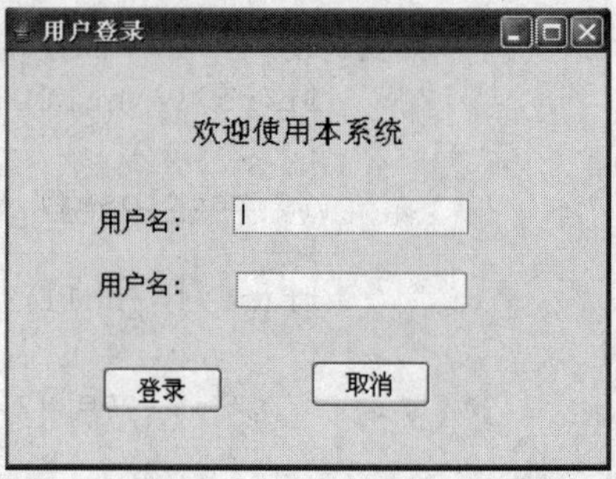

```
package cn.edu.hpu.playnet;

import java.awt.*;
import javax.swing.*;
import java.awt.Rectangle;
import java.awt.event.ActionEvent;
import java.awt.event.ActionListener;
import java.sql.Connection;
import java.sql.Statement;
import java.sql.ResultSet;
import java.sql.SQLException;
import java.sql.DriverManager;
import java.awt.Font;
```

图 11-12 用户登录程序初始界面

```
public class LoginFrame
    extends JFrame {
  JPanel contentPane;
  JTextField txtLoginName = new JTextField();
  JPasswordField pwdPassword = new JPasswordField();
  JButton btnCancel = new JButton();
  JButton btnLogin = new JButton();
  JLabel jLabel1 = new JLabel();
  JLabel jLabel2 = new JLabel();
  JLabel lblTitle = new JLabel();
  public LoginFrame() {
    try {
      setDefaultCloseOperation(EXIT_ON_CLOSE);
      jbInit();
    }
    catch (Exception exception) {
      exception.printStackTrace();
    }
  }

  /**
   * Component initialization.
   *
   * @throws java.lang.Exception
   */
  private void jbInit() throws Exception {
    contentPane = (JPanel) getContentPane();
    contentPane.setLayout(null);
    setSize(new Dimension(400, 300));
    setTitle("用户登录");
    txtLoginName.setBounds(new Rectangle(147, 94, 155, 23));
    pwdPassword.setBounds(new Rectangle(149, 142, 152, 23));
    btnCancel.setBounds(new Rectangle(198, 199, 79, 30));
    btnCancel.setFont(new java.awt.Font("宋体", Font.PLAIN, 16));
    btnCancel.setText("取消");
    btnCancel.addActionListener(new LoginFrame_btnCancel_actionAdapter(this));
    btnLogin.setBounds(new Rectangle(61, 203, 79, 30));
```

```
btnLogin.setFont(new java.awt.Font("宋体", Font.PLAIN, 16));
btnLogin.setText("登录");
btnLogin.addActionListener(new LoginFrame_btnLogin_actionAdapter(this));
jLabel1.setFont(new java.awt.Font("宋体", Font.PLAIN, 16));
jLabel1.setText("用户名:");
jLabel1.setBounds(new Rectangle(58, 136, 73, 29));
jLabel2.setFont(new java.awt.Font("宋体", Font.PLAIN, 16));
jLabel2.setText("用户名:");
jLabel2.setBounds(new Rectangle(58, 95, 73, 29));
lblTitle.setFont(new java.awt.Font("宋体", Font.PLAIN, 20));
lblTitle.setText("欢迎使用本系统");
lblTitle.setBounds(new Rectangle(119, 36, 157, 31));
contentPane.add(pwdPassword);
contentPane.add(btnLogin);
contentPane.add(btnCancel);
contentPane.add(txtLoginName);
contentPane.add(jLabel2);
contentPane.add(jLabel1);
contentPane.add(lblTitle);
}

public void btnLogin_actionPerformed(ActionEvent e) {
//获得输入的用户名和密码
String userName = txtLoginName.getText();
String password = new String(pwdPassword.getPassword());

if(userName.equals(""))
{
  JOptionPane.showMessageDialog(this,"请输入用户名");
  txtLoginName.requestFocus();
  return;
}

if(password.equals(""))
{
  JOptionPane.showMessageDialog(this,"请输入密码");
  pwdPassword.requestFocus();
  return;
}


//准备工作
Connection conn = null;
Statement st = null;
ResultSet rs = null;
String driver = "com.microsoft.sqlserver.jdbc.SQLServerDriver";
String url="jdbc:sqlserver://localhost:1433;databaseName=studentmanager;
user=sa;password=playnet";
```

```
    try {
      //加载和注册驱动
      Class.forName(driver);
      //获得 Connection 对象
      conn = DriverManager.getConnection(url);
      st = conn.createStatement();
      String sql = "select * from loginusers where username='"+userName+"' and
password='"+password+"'";
      //System.out.println(sql);
      rs = st.executeQuery(sql);
      if(rs.next())
      {
        JOptionPane.showMessageDialog(this,"登录成功");
      }else
      {
        JOptionPane.showMessageDialog(this,"登录失败");
      }
      txtLoginName.setText("");
      pwdPassword.setText("");
      txtLoginName.requestFocus();
    }
    catch (ClassNotFoundException ex) {
      ex.printStackTrace();
    }catch (SQLException ex)
    {
      ex.printStackTrace();
    }finally
    {
      try {
        if(rs != null)
        {
          rs.close();;
        }
        if(st != null)
        {
          st.close();
        }
        if(conn != null)
        {
          conn.close();
        }
      }
      catch (SQLException ex) {
        ex.printStackTrace();
      }
    }
  }
```

```
public void btnCancel_actionPerformed(ActionEvent e) {
  System.exit(0);
}

public static void main(String[] args) {
  LoginFrame frame = new LoginFrame();
  frame.setTitle("登录界面");
  frame.setDefaultCloseOperation(JFrame.EXIT_ON_CLOSE);
  frame.setLocation(200,200);
  frame.setVisible(true);
}

}

class LoginFrame_btnLogin_actionAdapter
  implements ActionListener {
 private LoginFrame adaptee;
 LoginFrame_btnLogin_actionAdapter(LoginFrame adaptee) {
  this.adaptee = adaptee;
 }

 public void actionPerformed(ActionEvent e) {
  adaptee.btnLogin_actionPerformed(e);
 }
}

class LoginFrame_btnCancel_actionAdapter
  implements ActionListener {
 private LoginFrame adaptee;
 LoginFrame_btnCancel_actionAdapter(LoginFrame adaptee) {
  this.adaptee = adaptee;
 }

 public void actionPerformed(ActionEvent e) {
  adaptee.btnCancel_actionPerformed(e);
 }
}
```

登录成功和登录失败的界面如图 11-13 和图 11-14 所示。

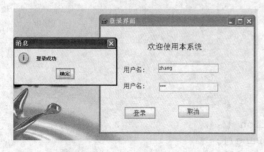

图 11-13　登录成功界面截图

图 11-14　登录失败界面截图

11.4.2　修改密码程序

本小节演示一个密码修改的程序。数据库设计见表
11-9。程序运行的初始界面如图 11-15 所示。

完成的功能为：如果数据库中没有查到输入的用户
的记录，则提示没有该用户；如果输入的旧密码不正确，
则提示旧密码不正确；如果旧密码正确，修改用户新密
码并提示修改成功。具体代码如下。

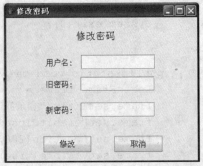

图 11-15　修改密码程序初始界面

```java
package cn.edu.hpu.playnet;

import java.awt.*;
import javax.swing.*;
import java.awt.Rectangle;
import java.awt.event.ActionEvent;
import java.awt.event.ActionListener;
import java.sql.*;
import java.awt.Font;

public class ModifyPasswordFrame
    extends JFrame {
  JPanel contentPane;
  JTextField txtOld = new JTextField();
  JTextField txtNew = new JTextField();
  JTextField txtUserName = new JTextField();
  JButton btnModify = new JButton();
  JButton btnCancel = new JButton();
  JLabel lblNewPwd = new JLabel();
  JLabel lblUserName = new JLabel();
  JLabel lblOldPwd = new JLabel();
  JLabel lblTitle = new JLabel();
  public ModifyPasswordFrame() {
    try {
      setDefaultCloseOperation(EXIT_ON_CLOSE);
      jbInit();
    }
    catch (Exception exception) {
      exception.printStackTrace();
    }
  }

  /**
   * Component initialization.
   *
   * @throws java.lang.Exception
   */
  private void jbInit() throws Exception {
    contentPane = (JPanel) getContentPane();
    contentPane.setLayout(null);
    setSize(new Dimension(400, 300));
```

```
        setTitle("Frame Title");
        txtOld.setBounds(new Rectangle(153, 119, 151, 29));
        txtNew.setBounds(new Rectangle(153, 171, 151, 29));
        txtUserName.setBounds(new Rectangle(154, 75, 151, 29));
        btnModify.setBounds(new Rectangle(76, 238, 98, 32));
        btnModify.setFont(new java.awt.Font("宋体", Font.PLAIN, 16));
        btnModify.setText("修改");
        btnModify.addActionListener(new ModifyPasswordFrame_btnModify_
actionAdapter(this));
        btnCancel.setBounds(new Rectangle(221, 238, 98, 32));
        btnCancel.setFont(new java.awt.Font("宋体", Font.PLAIN, 16));
        btnCancel.setText("取消");
        lblNewPwd.setFont(new java.awt.Font("宋体", Font.PLAIN, 16));
        lblNewPwd.setText("新密码:");
        lblNewPwd.setBounds(new Rectangle(81, 173, 65, 27));
        lblUserName.setFont(new java.awt.Font("宋体", Font.PLAIN, 16));
        lblUserName.setText("用户名:");
        lblUserName.setBounds(new Rectangle(81, 77, 65, 27));
        lblOldPwd.setFont(new java.awt.Font("宋体", Font.PLAIN, 16));
        lblOldPwd.setText("旧密码:");
        lblOldPwd.setBounds(new Rectangle(81, 121, 65, 27));
        lblTitle.setFont(new java.awt.Font("宋体", Font.PLAIN, 20));
        lblTitle.setText("修改密码");
        lblTitle.setBounds(new Rectangle(144, 24, 94, 27));
        contentPane.add(btnCancel);
        contentPane.add(txtOld);
        contentPane.add(txtUserName);
        contentPane.add(txtNew);
        contentPane.add(btnModify);
        contentPane.add(lblUserName);
        contentPane.add(lblOldPwd);
        contentPane.add(lblNewPwd);
        contentPane.add(lblTitle);
    }

    public void btnModify_actionPerformed(ActionEvent e) {
        //获得数据
        String userName = txtUserName.getText();
        //String oldPwd = txtOld.getText().trim();
        String oldPwd = txtOld.getText();
        String newPwd = txtNew.getText();
        System.out.println("oldPwd length"+oldPwd.length());
        //没有输入提示
        if(userName.equals(""))
        {
          JOptionPane.showMessageDialog(this,"请输入用户名");
          txtUserName.requestFocus();
          return;
        }
        if(oldPwd.equals(""))
        {
          JOptionPane.showMessageDialog(this,"请输入旧密码");
```

```java
      txtOld.requestFocus();
      return;
    }

    if(newPwd.equals(""))
    {
      JOptionPane.showMessageDialog(this,"请输入新密码");
      txtNew.requestFocus();
      return;
    }

    Connection conn = null;
    Statement st = null;
    ResultSet rs = null;
    String driver = "com.microsoft.sqlserver.jdbc.SQLServerDriver";
    String url="jdbc:sqlserver://localhost:1433;databaseName=studentmanager;
user=sa;password=playnet";

    try {
      Class.forName(driver);
      conn = DriverManager.getConnection(url);
      st = conn.createStatement();
      String sql="select password from loginusers where username='"+userName+"'";
      //System.out.println(sql);
      rs = st.executeQuery(sql);
      if(rs.next())
      {
        //String old = rs.getString("password").trim();
        String old = rs.getString("password");
        System.out.println("old length"+old.length());
        System.out.println(old);
        if(!old.equals(oldPwd))
        {
          JOptionPane.showMessageDialog(this,"旧密码不正确");
        }else
        {
          sql = "update loginusers set password='"+newPwd+"' where username='
"+userName+"'";
          int rows = st.executeUpdate(sql);
          if(rows > 0)
          {
            JOptionPane.showMessageDialog(this,"修改成功");

          }
        }
      }else
      {
        JOptionPane.showMessageDialog(this,"没有该用户");
      }
    }
    catch (Exception ex) {
      ex.printStackTrace();
```

```
    }
  }


  public static void main(String[] args) {
    ModifyPasswordFrame frame = new ModifyPasswordFrame();
    frame.setTitle("修改密码");
    frame.setDefaultCloseOperation(JFrame.EXIT_ON_CLOSE);
    frame.setLocation(200,200);
    frame.setVisible(true);
  }

}


class ModifyPasswordFrame_btnModify_actionAdapter
   implements ActionListener {
 private ModifyPasswordFrame adaptee;
 ModifyPasswordFrame_btnModify_actionAdapter(ModifyPasswordFrame adaptee){
   this.adaptee = adaptee;
 }

  public void actionPerformed(ActionEvent e) {
    adaptee.btnModify_actionPerformed(e);
  }
}
```

程序运行结果如图 11-16～图 11-19 所示。

图 11-16　输入不完整提示截图

图 11-17　没有该用户提示截图

图 11-18　旧密码不正确提示截图

图 11-19　修改成功提示截图

11.5　JDBC 综合实例

作为一个综合实例，我们将完成一个简易的学生信息管理系统，实现学生信息的增、删、改、查。该系统的初始界面如图 11-20 所示。数据库表 stuInfo 的结构如表 11-10 所示。

表 11-10　　　　　　　　　　　　　　用户登录程序的数据库设计

序　号	字段名称	字段说明	类　型	属　性	备　注
1	stuid	学生学号	varchar(20)	非空	主键
2	stuname	学生姓名	varchar(20)	非空	
3	stusex	学生性别	varchar(20)	非空	
4	stuage	学生年龄	int	非空	

查询学生信息界面如图 11-21 所示。如果直接单击【查询】按钮将查出所有学生信息，如果输入学号后单击【查询】按钮将只查询该学号的学生信息。

添加学生信息的界面如图 11-22 所示。如果输入信息不完整，给出提示；单击【添加】按钮将学生信息插入数据库；单击【返回】按钮，返回欢迎界面。

图 11-20　学生信息管理系统
初始界面

图 11-21　查询学生信息界面

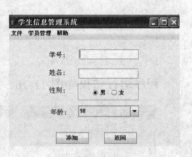

图 11-22　添加学生信息界面

修改学生信息界面如图 11-23 所示。选择【学号】会显示该学生的详细信息；学号不能修改，可以对其他信息进行修改；单击【修改】按钮，将数据在数据库中进行更新；单击【返回】，返回到欢迎界面。

删除学生信息的界面如图 11-24 所示。选择【学号】会显示该学生的详细信息；详细信息不能修改，只能确认；如信息无误，单击【删除】按钮，从数据库中删除该学生信息。

图 11-23　修改学生信息界面

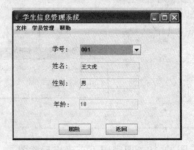

图 11-24　删除学生信息界面

详细代码如下。程序 Student.java 用于封装一个学生的信息。

```java
package studentmanager;

public class Student {
    private String id;
    private String name;
    private String sex;
    private int age;

    public String getId() {
        return id;
    }

    public String getName() {
        return name;
    }

    public String getSex() {
        return sex;
    }

    public int getAge() {
        return age;
    }

    public void setId(String id) {
        this.id = id;
    }

    public void setName(String name) {
        this.name = name;
    }

    public void setSex(String sex) {
        this.sex = sex;
    }

    public void setAge(int age) {
        this.age = age;
    }

}
```

程序 DAO.java 用于封装数据库的相关操作。

```java
package studentmanager;
import com.microsoft.jdbc.sqlserver.SQLServerDriver;
import java.sql.*;
import java.util.ArrayList;
```

```java
public class DAO {
    String driver = "com.microsoft.jdbc.sqlserver.SQLServerDriver";
    String url = "jdbc:sqlserver://localhost:1433;databaseName=studentmanager";
    public Connection getConnection()
    {
        Connection con = null;
        try {
            Class.forName(driver);
            con = DriverManager.getConnection(url,"sa","playnet");
            if(con != null)
            {
                System.out.println("Connection Success");
            }
        } catch (Exception ex) {
            ex.printStackTrace();
        }
        return con;
    }

    public boolean hasStudent(String sql)
    {
        boolean flag = false;
        Connection con = null;
        Statement st = null;
        ResultSet rs = null;
        try {
            con = this.getConnection();
            st = con.createStatement();
            rs = st.executeQuery(sql);
            if(rs.next())
            {
                flag = true;
            }
            rs.close();
            st.close();
            con.close();
        } catch (Exception ex) {
            ex.printStackTrace();
        }
        return flag;
    }

    public ArrayList getStudentIds(String sql)
    {
        ArrayList list = new ArrayList();
        Connection con = null;
        Statement st = null;
        ResultSet rs = null;
        try {
            con = this.getConnection();
            st = con.createStatement();
```

```
            rs = st.executeQuery(sql);
            while(rs.next())
            {
                list.add(rs.getString(1));
            }
            rs.close();
            st.close();
            con.close();
        } catch (Exception ex) {
            ex.printStackTrace();
        }
        return list;
    }

    public Student getStudent(String sql)
    {
        Student stu = new Student();
        Connection con = null;
        Statement st = null;
        ResultSet rs = null;
        try {
            con = this.getConnection();
            st = con.createStatement();
            rs = st.executeQuery(sql);
            if(rs.next())
            {
                stu.setId(rs.getString(1));
                stu.setName(rs.getString(2));
                stu.setSex(rs.getString(3));
                stu.setAge(rs.getInt(4));
            }
            rs.close();
            st.close();
            con.close();
        } catch (Exception ex) {
            ex.printStackTrace();
        }

        return stu;
    }

    public boolean updateInfo(String sql)
    {
        boolean flag = false;
        Connection con  = null;
        Statement st = null;
        try {
            con = this.getConnection();
            st = con.createStatement();
            int rowcount = st.executeUpdate(sql);
            if(rowcount > 0)
```

```
                {
                    flag = true;
                }
                st.close();
                con.close();
            } catch (Exception ex) {
                ex.printStackTrace();
            }
            return flag;
        }

    public ArrayList getStudentsInfo(String sql)
    {
        ArrayList list = new ArrayList();
        Connection con = null;
        Statement st = null;
        ResultSet rs = null;
        try {
            con = this.getConnection();
            st = con.createStatement();
            rs = st.executeQuery(sql);
            while(rs.next())
            {
                Student stu = new Student();
                stu.setId(rs.getString(1));
                stu.setName(rs.getString(2));
                stu.setSex(rs.getString(3));
                stu.setAge(rs.getInt(4));
                list.add(stu);
            }
        } catch (Exception ex) {
            ex.printStackTrace();
        }
        return list;
    }

    public static void main(String[] args) {
        DAO dao = new DAO();
        dao.getConnection();

    }
}
```

程序 InsertPanel.java 实现插入学生信息操作。

```
package studentmanager;

import java.awt.BorderLayout;

import javax.swing.JPanel;
import javax.swing.JLabel;
import java.awt.Rectangle;
```

```
import java.awt.Font;
import javax.swing.JTextField;
import javax.swing.BorderFactory;
import javax.swing.JRadioButton;
import javax.swing.JComboBox;
import javax.swing.ButtonGroup;
import javax.swing.JButton;
import java.awt.event.ActionEvent;
import java.awt.event.ActionListener;
import javax.swing.JOptionPane;

public class InsertPanel extends JPanel {
    StudentManagerFrame frame = null;
    public InsertPanel(StudentManagerFrame frame) {
        try {
            this.frame = frame;
            jbInit();
        } catch (Exception exception) {
            exception.printStackTrace();
        }
    }

    private void jbInit() throws Exception {
        this.setLayout(null);
        lblname.setFont(new java.awt.Font("宋体", Font.PLAIN, 15));
        lblname.setText("姓名:");
        lblname.setBounds(new Rectangle(92, 62, 50, 24));
        lblsex.setFont(new java.awt.Font("宋体", Font.PLAIN, 15));
        lblsex.setText("性别:");
        lblsex.setBounds(new Rectangle(92, 102, 50, 24));
        lblage.setFont(new java.awt.Font("宋体", Font.PLAIN, 15));
        lblage.setText("年龄:");
        lblage.setBounds(new Rectangle(95, 151, 50, 24));
        lblid.setFont(new java.awt.Font("宋体", Font.PLAIN, 15));
        lblid.setText("学号:");
        lblid.setBounds(new Rectangle(92, 23, 50, 24));
        txtname.setBounds(new Rectangle(159, 65, 138, 23));
        txtid.setBounds(new Rectangle(160, 22, 138, 23));
        jPanel1.setBorder(BorderFactory.createEtchedBorder());
        jPanel1.setBounds(new Rectangle(157, 99, 141, 38));
        radmale.setSelected(true);
        radmale.setText("男");
        radfemal.setText("女");
        cboage.setBounds(new Rectangle(158, 148, 139, 25));
        cboage.addItem("18");
        cboage.addItem("19");
        cboage.addItem("20");
        cboage.addItem("21");
        cboage.addItem("22");
        cboage.addItem("23");
        cboage.addItem("24");
```

```java
            cboage.addItem("25");
            btnreturn.setBounds(new Rectangle(217, 207, 75, 26));
            btnreturn.setText("返回");
            btnreturn.addActionListener(new InsertPanel_btnreturn_actionAdapter(this));
            btninsert.setBounds(new Rectangle(107, 207, 75, 26));
            btninsert.setToolTipText("");
            btninsert.setText("添加");
            btninsert.addActionListener(new InsertPanel_btninsert_actionAdapter(this));
            this.add(lblsex);
            this.add(lblname);
            this.add(lblid);
            this.add(txtid);
            this.add(txtname);
            this.add(jPanel1);
            jPanel1.add(radmale);
            jPanel1.add(radfemal);
            this.add(cboage);
            this.add(lblage);
            this.add(btninsert);
            this.add(btnreturn);
            buttonGroup1.add(radmale);
            buttonGroup1.add(radfemal);
        }

        JLabel lblname = new JLabel();
        JLabel lblsex = new JLabel();
        JLabel lblage = new JLabel();
        JLabel lblid = new JLabel();
        JTextField txtname = new JTextField();
        JTextField txtid = new JTextField();
        JPanel jPanel1 = new JPanel();
        JRadioButton radmale = new JRadioButton();
        JRadioButton radfemal = new JRadioButton();
        JComboBox cboage = new JComboBox();
        ButtonGroup buttonGroup1 = new ButtonGroup();
        JButton btnreturn = new JButton();
        JButton btninsert = new JButton();
        public void btnreturn_actionPerformed(ActionEvent e) {
            WelcomePanel welcome = new WelcomePanel();
            welcome.setSize(frame.getContentPane().getSize());
            welcome.setLocation(frame.getContentPane().getLocation());
            frame.remove(frame.getContentPane());
            frame.setContentPane(welcome);



        }

        public void btninsert_actionPerformed(ActionEvent e) {
            String id = txtid.getText();
            String name = txtname.getText();
            if(id.equals("") || name.equals(""))
```

```
        {
            JOptionPane.showMessageDialog(this,"请将信息填完整");
            return;
        }
        String sex = "";
        if(radmale.isSelected())
        {
            sex = "男";
        }else
        {
            sex = "女";
        }
        int age = Integer.parseInt((String)cboage.getSelectedItem());
        String sql = "select * from stuInfo where stuid='"+id+"'";
        DAO dao = new DAO();
        boolean flag = dao.hasStudent(sql);
        if(flag)
        {
            JOptionPane.showMessageDialog(this,"已有该学生信息");
            txtid.setText("");
            txtname.setText("");
            radmale.setSelected(true);
            cboage.setSelectedIndex(0);

            return;
        }
        sql = "insert into stuInfo values('"+id+"','"+
            name+"','"+sex+"',"+age+")";
        flag = dao.updateInfo(sql);
        if(flag)
        {
            JOptionPane.showMessageDialog(this,"添加成功");
            txtid.setText("");
            txtname.setText("");
            radmale.setSelected(true);
            cboage.setSelectedIndex(0);

        }
    }
}


class InsertPanel_btninsert_actionAdapter implements ActionListener {
    private InsertPanel adaptee;
    InsertPanel_btninsert_actionAdapter(InsertPanel adaptee) {
        this.adaptee = adaptee;
    }

    public void actionPerformed(ActionEvent e) {
        adaptee.btninsert_actionPerformed(e);
    }
```

```
    }


class InsertPanel_btnreturn_actionAdapter implements ActionListener {
    private InsertPanel adaptee;
    InsertPanel_btnreturn_actionAdapter(InsertPanel adaptee) {
        this.adaptee = adaptee;
    }

    public void actionPerformed(ActionEvent e) {
        adaptee.btnreturn_actionPerformed(e);
    }
}
```

程序 DeletePanel.java 用于实现删除学生信息的功能。

```
package studentmanager;

import java.awt.*;

import javax.swing.*;
import java.awt.Rectangle;
import java.awt.event.ActionEvent;
import java.awt.event.ActionListener;
import java.util.ArrayList;

public class DeletePanel extends JPanel {
    BorderLayout borderLayout1 = new BorderLayout();
    JLabel lblname = new JLabel();
    JLabel lblsex = new JLabel();
    JLabel lblage = new JLabel();
    JLabel lblid = new JLabel();
    JTextField txtname = new JTextField();
    ButtonGroup buttonGroup1 = new ButtonGroup();
    JButton btnreturn = new JButton();
    JButton btndelete = new JButton();
    JComboBox cboid = new JComboBox();
    JTextField txtage = new JTextField();
    JTextField txtsex = new JTextField();
    StudentManagerFrame frame = null;

    public DeletePanel(StudentManagerFrame frame) {
        try {
            this.frame = frame;
            jbInit();
        } catch (Exception exception) {
            exception.printStackTrace();
        }
    }

    private void jbInit() throws Exception {
        this.setLayout(null);
```

```java
        lblname.setFont(new java.awt.Font("宋体", Font.PLAIN, 15));
        lblname.setText("姓名:");
        lblname.setBounds(new Rectangle(92, 62, 50, 24));
        lblsex.setFont(new java.awt.Font("宋体", Font.PLAIN, 15));
        lblsex.setText("性别:");
        lblsex.setBounds(new Rectangle(92, 102, 50, 24));
        lblage.setFont(new java.awt.Font("宋体", Font.PLAIN, 15));
        lblage.setText("年龄:");
        lblage.setBounds(new Rectangle(95, 151, 50, 24));
        lblid.setFont(new java.awt.Font("宋体", Font.PLAIN, 15));
        lblid.setText("学号:");
        lblid.setBounds(new Rectangle(92, 23, 50, 24));
        txtname.setEditable(false);
        txtname.setBounds(new Rectangle(159, 65, 138, 23));
        btnreturn.setBounds(new Rectangle(217, 207, 75, 26));
        btnreturn.setText("返回");
        btnreturn.addActionListener(new DeletePanel_btnreturn_actionAdapter
(this));

        btndelete.setBounds(new Rectangle(107, 207, 75, 26));
        btndelete.setToolTipText("");
        btndelete.setText("删除");
        btndelete.addActionListener(new DeletePanel_btndelete_actionAdapter
(this));
        cboid.setBounds(new Rectangle(158, 24, 142, 24));
        cboid.addActionListener(new DeletePanel_cboid_actionAdapter(this));
        txtage.setEditable(false);
        txtage.setBounds(new Rectangle(156, 150, 137, 24));
        txtsex.setEditable(false);
        txtsex.setBounds(new Rectangle(158, 102, 137, 24));

        this.add(lblsex);
        this.add(lblname);
        this.add(lblid);
        this.add(txtname);
        this.add(lblage);
        this.add(btndelete);
        this.add(btnreturn);
        this.add(cboid);
        this.add(txtsex);
        this.add(txtage);
        cboid.addItem("请选择学号");
        DAO dao = new DAO();
        ArrayList list = dao.getStudentIds("select * from stuInfo");
        for(int i=0; i<list.size(); i++)
        {
            cboid.addItem(list.get(i));
        }
    }

    public void btnreturn_actionPerformed(ActionEvent e) {
```

```java
        WelcomePanel welcome = new WelcomePanel();
        welcome.setSize(frame.getContentPane().getSize());
        welcome.setLocation(frame.getContentPane().getLocation());
        frame.remove(frame.getContentPane());
        frame.setContentPane(welcome);

    }

    public void cboid_actionPerformed(ActionEvent e) {
        int index = cboid.getSelectedIndex();
        if(index > 0)
        {
            String stuid = (String)cboid.getSelectedItem();
            String sql = "select * from stuInfo where stuid='"+
                    stuid+"'";
            DAO dao = new DAO();
            Student stu = dao.getStudent(sql);
            txtname.setText(stu.getName());
            txtsex.setText(stu.getSex());
            txtage.setText(""+stu.getAge());
        }else
        {
            txtname.setText("");
            txtsex.setText("");
            txtage.setText("");
        }
    }

    public void btndelete_actionPerformed(ActionEvent e) {
        DAO dao = new DAO();
        String stuid = (String)cboid.getSelectedItem();
        String sql = "delete from stuInfo where stuid='"+stuid+"'";
        boolean flag = dao.updateInfo(sql);
        if(flag)
        {
            txtname.setText("");
            txtsex.setText("");
            txtage.setText("");
            int index = cboid.getSelectedIndex();
            cboid.removeItemAt(index);
            cboid.setSelectedIndex(0);
            JOptionPane.showMessageDialog(this,"删除成功");
        }
    }
}


class DeletePanel_cboid_actionAdapter implements ActionListener {
    private DeletePanel adaptee;
    DeletePanel_cboid_actionAdapter(DeletePanel adaptee) {
        this.adaptee = adaptee;
```

```
    }

    public void actionPerformed(ActionEvent e) {
        adaptee.cboid_actionPerformed(e);
    }
}


class DeletePanel_btndelete_actionAdapter implements ActionListener {
    private DeletePanel adaptee;
    DeletePanel_btndelete_actionAdapter(DeletePanel adaptee) {
        this.adaptee = adaptee;
    }

    public void actionPerformed(ActionEvent e) {
        adaptee.btndelete_actionPerformed(e);
    }
}


class DeletePanel_btnreturn_actionAdapter implements ActionListener {
    private DeletePanel adaptee;
    DeletePanel_btnreturn_actionAdapter(DeletePanel adaptee) {
        this.adaptee = adaptee;
    }

    public void actionPerformed(ActionEvent e) {
        adaptee.btnreturn_actionPerformed(e);
    }
}
```

程序 ModifyPanel.java 用于实现修改学生信息的功能。

```
package studentmanager;

import java.awt.*;

import javax.swing.*;
import java.awt.Rectangle;
import java.util.ArrayList;
import java.awt.event.ActionEvent;
import java.awt.event.ActionListener;

public class ModifyPanel extends JPanel {
    BorderLayout borderLayout1 = new BorderLayout();
    JLabel lblname = new JLabel();
    JLabel lblsex = new JLabel();
    JLabel lblage = new JLabel();
    JLabel lblid = new JLabel();
    JTextField txtname = new JTextField();
    JPanel jPanel1 = new JPanel();
    JRadioButton radmale = new JRadioButton();
```

```java
    JRadioButton radfemale = new JRadioButton();
    JComboBox cboage = new JComboBox();
    ButtonGroup buttonGroup1 = new ButtonGroup();
    JButton btnreturn = new JButton();
    JButton btnmodify = new JButton();
    JComboBox cboid = new JComboBox();
    StudentManagerFrame frame = null;
    public ModifyPanel(StudentManagerFrame frame) {
        this.frame = frame;
        try {
            jbInit();
        } catch (Exception exception) {
            exception.printStackTrace();
        }
    }

    private void jbInit() throws Exception {
        this.setLayout(null);
        lblname.setFont(new java.awt.Font("宋体", Font.PLAIN, 15));
        lblname.setText("姓名:");
        lblname.setBounds(new Rectangle(92, 62, 50, 24));
        lblsex.setFont(new java.awt.Font("宋体", Font.PLAIN, 15));
        lblsex.setText("性别:");
        lblsex.setBounds(new Rectangle(92, 102, 50, 24));
        lblage.setFont(new java.awt.Font("宋体", Font.PLAIN, 15));
        lblage.setText("年龄:");
        lblage.setBounds(new Rectangle(95, 151, 50, 24));
        lblid.setFont(new java.awt.Font("宋体", Font.PLAIN, 15));
        lblid.setText("学号:");
        lblid.setBounds(new Rectangle(92, 23, 50, 24));
        txtname.setBounds(new Rectangle(159, 65, 138, 23));
        jPanel1.setBorder(BorderFactory.createEtchedBorder());
        jPanel1.setBounds(new Rectangle(157, 101, 141, 37));
        radmale.setSelected(true);
        radmale.setText("男");
        radfemale.setText("女");
        cboage.setBounds(new Rectangle(158, 154, 139, 25));
        cboage.addItem("18");
        cboage.addItem("19");
        cboage.addItem("20");
        cboage.addItem("21");
        cboage.addItem("22");
        cboage.addItem("23");
        cboage.addItem("24");
        cboage.addItem("25");
        btnreturn.setBounds(new Rectangle(217, 207, 75, 26));
        btnreturn.setText("返回");
        btnreturn.addActionListener(new ModifyPanel_btnreturn_actionAdapter
(this));
        btnmodify.setBounds(new Rectangle(107, 207, 75, 26));
        btnmodify.setToolTipText("");
```

```
        btnmodify.setText("修改");
        btnmodify.addActionListener(new ModifyPanel_btnmodify_actionAdapter
(this));
        cboid.setBounds(new Rectangle(158, 24, 139, 23));
        cboid.addActionListener(new ModifyPanel_cboid_actionAdapter(this));
        this.add(lblsex);
        this.add(lblname);
        this.add(lblid);
        this.add(txtname);
        this.add(jPanel1);
        jPanel1.add(radmale);
        jPanel1.add(radfemale);
        this.add(lblage);
        this.add(btnmodify);
        this.add(btnreturn);
        this.add(cboid);
        this.add(cboage);
        buttonGroup1.add(radmale);
        cboid.addItem("请选择学号");
        DAO dao = new DAO();
        ArrayList list = dao.getStudentIds("select * from stuInfo");
        for(int i=0; i<list.size(); i++)
        {
            cboid.addItem(list.get(i));
        }

        buttonGroup1.add(radfemale);
    }

    public void cboid_actionPerformed(ActionEvent e) {
        int index = cboid.getSelectedIndex();
        if(index > 0)
        {
            String stuid = (String)cboid.getSelectedItem();
            String sql = "select * from stuInfo where stuid='"+
                    stuid+"'";
            DAO dao = new DAO();
            Student stu = dao.getStudent(sql);
            txtname.setText(stu.getName());
            if(stu.getSex().equals("男"))
            {
                radmale.setSelected(true);
            }else
            {
                radfemale.setSelected(true);
            }
            cboage.setSelectedIndex(stu.getAge()-18);
        }else
        {
            txtname.setText("");
            radmale.setSelected(true);
```

```java
            cboage.setSelectedIndex(0);
        }

    }

    public void btnreturn_actionPerformed(ActionEvent e) {
        WelcomePanel welcome = new WelcomePanel();
        welcome.setSize(frame.getContentPane().getSize());
        welcome.setLocation(frame.getContentPane().getLocation());
        frame.remove(frame.getContentPane());
        frame.setContentPane(welcome);

    }

    public void btnmodify_actionPerformed(ActionEvent e) {
        DAO dao = new DAO();
        String stuid = (String)cboid.getSelectedItem();
        String stuname = txtname.getText();
        String sex = "";
        if(radmale.isSelected())
        {
            sex = "男";
        }else
        {
            sex = "女";
        }
        int stuage = Integer.parseInt((String)cboage.getSelectedItem());
        String sql = "update stuInfo set stuname='"+
                    stuname+"',stusex='"+sex+"',stuage="+stuage+
                    " where stuid='"+stuid+"'";
        boolean flag = dao.updateInfo(sql);
        if(flag)
        {
            cboid.setSelectedIndex(0);
            JOptionPane.showMessageDialog(this,"修改成功");
        }

    }
}


class ModifyPanel_btnmodify_actionAdapter implements ActionListener {
    private ModifyPanel adaptee;
    ModifyPanel_btnmodify_actionAdapter(ModifyPanel adaptee) {
        this.adaptee = adaptee;
    }

    public void actionPerformed(ActionEvent e) {
        adaptee.btnmodify_actionPerformed(e);
    }
}
```

```
class ModifyPanel_btnreturn_actionAdapter implements ActionListener {
    private ModifyPanel adaptee;
    ModifyPanel_btnreturn_actionAdapter(ModifyPanel adaptee) {
        this.adaptee = adaptee;
    }

    public void actionPerformed(ActionEvent e) {
        adaptee.btnreturn_actionPerformed(e);
    }
}


class ModifyPanel_cboid_actionAdapter implements ActionListener {
    private ModifyPanel adaptee;
    ModifyPanel_cboid_actionAdapter(ModifyPanel adaptee) {
        this.adaptee = adaptee;
    }

    public void actionPerformed(ActionEvent e) {
        adaptee.cboid_actionPerformed(e);
    }
}
```

程序 QueryPanel.java 用于查询删除学生信息的功能。

```
package studentmanager;

import java.awt.BorderLayout;

import javax.swing.JPanel;
import javax.swing.JLabel;
import java.awt.Rectangle;
import java.awt.Font;
import javax.swing.JTextField;
import javax.swing.JTable;
import javax.swing.JScrollPane;
import javax.swing.table.DefaultTableModel;
import javax.swing.JButton;
import java.awt.event.ActionEvent;
import java.awt.event.ActionListener;
import java.util.ArrayList;

public class QueryPanel extends JPanel {
    StudentManagerFrame frame = null;
    public QueryPanel(StudentManagerFrame frame) {
        try {
            this.frame = frame;
            jbInit();
        } catch (Exception exception) {
            exception.printStackTrace();
```

```java
        }
    }

    private void jbInit() throws Exception {
        this.setLayout(null);
        lblid.setFont(new java.awt.Font("宋体", Font.PLAIN, 15));
        lblid.setText("学号: ");
        lblid.setBounds(new Rectangle(94, 25, 45, 27));
        txtid.setBounds(new Rectangle(150, 26, 139, 22));
        jScrollPane1.setBounds(new Rectangle(72, 72, 275, 109));
        btnreturn.setBounds(new Rectangle(225, 202, 66, 25));
        btnreturn.setText("返回");
        btnreturn.addActionListener(new QueryPanel_btnreturn_actionAdapter
(this));
        btnquery.setBounds(new Rectangle(111, 201, 66, 25));
        btnquery.setText("查询");
        btnquery.addActionListener(new QueryPanel_btnquery_actionAdapter
(this));
        this.add(jScrollPane1);
        this.add(lblid);
        this.add(txtid);
        this.add(btnquery);
        this.add(btnreturn);
        jScrollPane1.getViewport().add(tbldata);
    }

    JLabel lblid = new JLabel();
    JTextField txtid = new JTextField();
    JScrollPane jScrollPane1 = new JScrollPane();
    Object [][] data = {{"","",""}};
    String [] names = {"学号","姓名","性别","年龄"};
    DefaultTableModel dm = new DefaultTableModel(data,names);
    JTable tbldata = new JTable(dm);
    JButton btnreturn = new JButton();
    JButton btnquery = new JButton();
    public void btnreturn_actionPerformed(ActionEvent e) {
        WelcomePanel welcome = new WelcomePanel();
        welcome.setSize(frame.getContentPane().getSize());
        welcome.setLocation(frame.getContentPane().getLocation());
        frame.remove(frame.getContentPane());
        frame.setContentPane(welcome);

    }

    public void btnquery_actionPerformed(ActionEvent e) {
        String stuid = txtid.getText();
        DAO dao = new DAO();
        ArrayList list = null;
        dm.setRowCount(0);
        if(stuid.equals(""))
        {
```

```
                list = dao.getStudentsInfo("select * from stuInfo");
                for(int i=0; i<list.size(); i++)
                {
                    Student stu = (Student)list.get(i);
                    Object [] rowdata = {stu.getId(),stu.getName(),stu.getSex(),new
Integer(stu.getAge())};
                    dm.addRow(rowdata);
                }
            }else
            {

                list = dao.getStudentsInfo("select * from stuInfo where stuid=
'"+stuid+"'");
                for(int i=0; i<list.size(); i++)
                {
                    Student stu = (Student)list.get(i);
                    Object [] rowdata = {stu.getId(),stu.getName(),stu.getSex(),new
Integer(stu.getAge())};
                    dm.addRow(rowdata);
                }


            }
        }
    }

    class QueryPanel_btnquery_actionAdapter implements ActionListener {
        private QueryPanel adaptee;
        QueryPanel_btnquery_actionAdapter(QueryPanel adaptee) {
            this.adaptee = adaptee;
        }

        public void actionPerformed(ActionEvent e) {
            adaptee.btnquery_actionPerformed(e);
        }
    }


    class QueryPanel_btnreturn_actionAdapter implements ActionListener {
        private QueryPanel adaptee;
        QueryPanel_btnreturn_actionAdapter(QueryPanel adaptee) {
            this.adaptee = adaptee;
        }

        public void actionPerformed(ActionEvent e) {
            adaptee.btnreturn_actionPerformed(e);
        }
    }
```

程序 WelcomePanel.java 用于实现一个欢迎面板。

```
package studentmanager;
```

```java
import java.awt.BorderLayout;

import javax.swing.JPanel;
import javax.swing.JLabel;
import java.awt.Rectangle;
import java.awt.Font;
import javax.swing.*;

public class WelcomePanel extends JPanel {
    public WelcomePanel() {
        try {
            jbInit();
        } catch (Exception exception) {
            exception.printStackTrace();
        }
    }

    private void jbInit() throws Exception {
        this.setLayout(null);
        lblwelcome.setFont(new java.awt.Font("宋体", Font.PLAIN, 28));
        lblwelcome.setHorizontalAlignment(SwingConstants.CENTER);
        lblwelcome.setText("欢迎使用本系统");
        lblwelcome.setBounds(new Rectangle(65, 76, 254, 80));
        this.add(lblwelcome);
    }

    JLabel lblwelcome = new JLabel();
}
```

程序 StudentManagerFrame.java 用于实现该程序的主界面和各个面板之间的切换。

```java
package studentmanager;

import java.awt.*;
import java.awt.event.*;
import javax.swing.JFrame;
import javax.swing.JPanel;
import javax.swing.JMenuBar;
import javax.swing.JMenu;
import javax.swing.JMenuItem;

public class StudentManagerFrame extends JFrame {
    JPanel contentPane;
    BorderLayout borderLayout1 = new BorderLayout();
    JMenuBar jMenuBar1 = new JMenuBar();
    JMenu jMenuFile = new JMenu();
    JMenuItem jMenuFileExit = new JMenuItem();
    JMenu jMenuHelp = new JMenu();
    JMenuItem jMenuHelpAbout = new JMenuItem();
    JMenu jMenu1 = new JMenu();
    JMenuItem jMenuItem1 = new JMenuItem();
    JMenuItem jMenuItem2 = new JMenuItem();
```

```java
JMenuItem jMenuItem3 = new JMenuItem();
JMenuItem jMenuItem4 = new JMenuItem();

public StudentManagerFrame() {
    try {
        setDefaultCloseOperation(EXIT_ON_CLOSE);
        jbInit();
    } catch (Exception exception) {
        exception.printStackTrace();
    }
}

/**
 * Component initialization.
 *
 * @throws java.lang.Exception
 */
private void jbInit() throws Exception {
    contentPane = (JPanel) getContentPane();
    contentPane.setLayout(borderLayout1);
    setSize(new Dimension(400, 300));
    setTitle("学生信息管理系统");
    jMenuFile.setText("文件");
    jMenuFileExit.setText("退出");
    jMenuFileExit.addActionListener(new
            StudentManagerFrame_jMenuFileExit_ActionAdapter(this));
    jMenuHelp.setText("帮助");
    jMenuHelpAbout.setText("关于");
    jMenuHelpAbout.addActionListener(new
            StudentManagerFrame_jMenuHelpAbout_ActionAdapter(this));
    jMenu1.setText("学员管理");
    jMenuItem1.setText("添加学员");
    jMenuItem1.addActionListener(new
            StudentManagerFrame_jMenuItem1_actionAdapter(this));
    jMenuItem2.setText("删除学员");
    jMenuItem2.addActionListener(new
            StudentManagerFrame_jMenuItem2_actionAdapter(this));
    jMenuItem3.setText("修改信息");
    jMenuItem3.addActionListener(new
            StudentManagerFrame_jMenuItem3_actionAdapter(this));
    jMenuItem4.setText("查询信息");
    jMenuItem4.addActionListener(new
            StudentManagerFrame_jMenuItem4_actionAdapter(this));
    jMenuBar1.add(jMenuFile);
    jMenuBar1.add(jMenu1);
    jMenuFile.add(jMenuFileExit);
    jMenuBar1.add(jMenuHelp);
    jMenuHelp.add(jMenuHelpAbout);
    jMenu1.add(jMenuItem1);
    jMenu1.add(jMenuItem2);
    jMenu1.add(jMenuItem3);
```

```
        jMenu1.add(jMenuItem4);
        setJMenuBar(jMenuBar1);
        WelcomePanel welcome = new WelcomePanel();
        welcome.setSize(this.getContentPane().getSize());
        welcome.setLocation(this.getContentPane().getLocation());
        this.remove(this.getContentPane());
        this.setContentPane(welcome);
    }

    /**
     * File | Exit action performed.
     *
     * @param actionEvent ActionEvent
     */
    void jMenuFileExit_actionPerformed(ActionEvent actionEvent) {
        System.exit(0);
    }

    /**
     * Help | About action performed.
     *
     * @param actionEvent ActionEvent
     */
    void jMenuHelpAbout_actionPerformed(ActionEvent actionEvent) {
        StudentManagerFrame_AboutBox dlg = new StudentManagerFrame_AboutBox
(this);
        Dimension dlgSize = dlg.getPreferredSize();
        Dimension frmSize = getSize();
        Point loc = getLocation();
        dlg.setLocation((frmSize.width - dlgSize.width) / 2 + loc.x,
                        (frmSize.height - dlgSize.height) / 2 + loc.y);
        dlg.setModal(true);
        dlg.pack();
        dlg.setVisible(true);
    }

    public void jMenuItem1_actionPerformed(ActionEvent e) {
        InsertPanel insert = new InsertPanel(this);
        insert.setSize( this.getContentPane().getSize());
        insert.setLocation(this.getContentPane().getLocation());
        this.remove(this.getContentPane());
        this.setContentPane(insert);
    }

    public void jMenuItem2_actionPerformed(ActionEvent e) {
        DeletePanel delete = new DeletePanel(this);
        delete.setSize( this.getContentPane().getSize());
        delete.setLocation(this.getContentPane().getLocation());
        this.remove(this.getContentPane());
        this.setContentPane(delete);
```

```
    }

    public void jMenuItem3_actionPerformed(ActionEvent e) {
        ModifyPanel modify = new ModifyPanel(this);
        modify.setSize( this.getContentPane().getSize());
        modify.setLocation(this.getContentPane().getLocation());
        this.remove(this.getContentPane());
        this.setContentPane(modify);

    }

    public void jMenuItem4_actionPerformed(ActionEvent e) {
        QueryPanel query = new QueryPanel(this);
        query.setSize( this.getContentPane().getSize());
        query.setLocation(this.getContentPane().getLocation());
        this.remove(this.getContentPane());
        this.setContentPane(query);

    }
    public static void main(String[] args) {
        StudentManagerFrame sm = new StudentManagerFrame();
        sm.setTitle("学生信息管理系统");
        sm.setDefaultCloseOperation(JFrame.EXIT_ON_CLOSE);
        sm.setLocation(200,200);
        sm.setVisible(true);
    }

}


class StudentManagerFrame_jMenuItem4_actionAdapter implements ActionListener{
    private StudentManagerFrame adaptee;
    StudentManagerFrame_jMenuItem4_actionAdapter(StudentManagerFrame adaptee){
        this.adaptee = adaptee;
    }

    public void actionPerformed(ActionEvent e) {
        adaptee.jMenuItem4_actionPerformed(e);
    }
}


class StudentManagerFrame_jMenuItem3_actionAdapter implements ActionListener{
    private StudentManagerFrame adaptee;
    StudentManagerFrame_jMenuItem3_actionAdapter(StudentManagerFrame adaptee){
        this.adaptee = adaptee;
    }

    public void actionPerformed(ActionEvent e) {
        adaptee.jMenuItem3_actionPerformed(e);
    }
```

```
    }


class StudentManagerFrame_jMenuItem2_actionAdapter implements ActionListener{
    private StudentManagerFrame adaptee;
    StudentManagerFrame_jMenuItem2_actionAdapter(StudentManagerFrame adaptee){
        this.adaptee = adaptee;
    }

    public void actionPerformed(ActionEvent e) {
        adaptee.jMenuItem2_actionPerformed(e);
    }
}


class StudentManagerFrame_jMenuItem1_actionAdapter implements ActionListener{
    private StudentManagerFrame adaptee;
    StudentManagerFrame_jMenuItem1_actionAdapter(StudentManagerFrame adaptee){
        this.adaptee = adaptee;
    }

    public void actionPerformed(ActionEvent e) {
        adaptee.jMenuItem1_actionPerformed(e);
    }
}
class StudentManagerFrame_jMenuFileExit_ActionAdapter implements ActionListener{
    StudentManagerFrame adaptee;

    StudentManagerFrame_jMenuFileExit_ActionAdapter(StudentManagerFrame adaptee){
        this.adaptee = adaptee;
    }

    public void actionPerformed(ActionEvent actionEvent) {
        adaptee.jMenuFileExit_actionPerformed(actionEvent);
    }
}
class StudentManagerFrame_jMenuHelpAbout_ActionAdapter implements
        ActionListener {
    StudentManagerFrame adaptee;

    StudentManagerFrame_jMenuHelpAbout_ActionAdapter(StudentManagerFrame
            adaptee) {
        this.adaptee = adaptee;
    }

    public void actionPerformed(ActionEvent actionEvent) {
        adaptee.jMenuHelpAbout_actionPerformed(actionEvent);
    }
}
```

小　结

本章首先介绍了 JDBC 的工作原理；然后，介绍了 JDBC 常用类和接口的使用方法，以及 JDBC 操作数据库的基本步骤；最后我们完成用户登录和修改密码两个基本实例，并用一个相对完整的简易学生信息管理系统综合运用了本章所学知识。

习　题

11.1 简述 Class.forName()的作用。

11.2 简述 JDBC 操作数据库的基本步骤。

11.3 简述 Statement 和 PreparedStatement 的区别和联系。

11.4 自定义数据库，使用 JDBC 完成数据的增、删、改、查。

参 考 文 献

[1]（美）Y.Daniel Liang．Java 语言程序设计（基础篇）．北京：机械工业出版社，2004.

[2]（美）Y.Daniel Liang．Java 语言程序设计（进阶篇）．北京：机械工业出版社，2006.

[3] 吕凤翥．Java 语言程序设计．北京：清华大学出版社，2006.

[4]（美）Eric s.Roberts．Java 语言的科学与艺术．北京：清华大学出版社，2009.

[5] 单兴华，邱加永，徐明华．Java 基础与案例开发详解．北京：清华大学出版社，2009.

[6] H. M. Deitel, P. J. Deitel．Java How to Program．北京：电子工业出版社，2008.

[7] Quentin Charatan, Aaron Kans．Java 大学教程．北京：清华大学出版社，2008.

[8] 张克军，陆迟等．Java 程序设计教程．北京：人民邮电出版社，2009.